PANINI BOOKS

AUSSERDEM BEI PANINI ERHÄLTLICH

Spannende Abenteuer-Romane für *MINECRAFTER*

Karl Olsberg: DAS DORF Band 1: Der Fremde
ISBN 978-3-8332-3251-0

Karl Olsberg: DAS DORF Band 2: Kolle in Not
ISBN 978-3-8332-3252-7

Karl Olsberg: DAS DORF Band 3: Der Streit
ISBN 978-3-8332-3253-4

Karl Olsberg: WÜRFELWELT
ISBN 978-3-8332-3248-0

Karl Olsberg: ZURÜCK IN DIE WÜRFELWELT
ISBN 978-3-8332-3249-7

Karl Olsberg: FLUCHT AUS DER WÜRFELWELT
ISBN 978-3-8332-3250-3

Sean Fay Wolfe: DIE ELEMENTIA CHRONIKEN
Band 1: Die Suche nach Gerechtigkeit
ISBN 978-3-8332-3254-1

Sean Fay Wolfe: DIE ELEMENTIA CHRONIKEN
Band 2: Die neue Ordnung
ISBN 978-3-8332-3255-8

Winter Morgan: DIE SUCHE NACH DEM DIAMANTENSCHWERT
ISBN 978-3-8332-3007-3

Winter Morgan: DAS GEHEIMNIS DES GRIEFERS
ISBN 978-3-8332-3008-0

Winter Morgan: DIE ENDERMEN-INVASION
ISBN 978-3-8332-3243-5

Winter Morgan: SCHATZJÄGER IN SCHWIERIGKEITEN
ISBN 978-3-8332-3244-2

Winter Morgan: DIE SKELETTE SCHLAGEN ZURÜCK
ISBN 978-3-8332-3245-9

Nancy Osa: DIE SCHLACHT VON ZOMBIE-HILL
ISBN 978-3-8332-3246-6

Nähere Infos und weitere Bände unter
www.paninicomics.de

DAS VERBANNTE BATAILLON

– Verteidiger der Oberwelt –
Buch 2

Nancy Osa

Überleben, um weiterzukämpfen …

PANINI BOOKS

Bibliografische Information der Deutschen Nationalbibliothek
Die Deutsche Nationalbibliothek verzeichnet diese Publikation in der Deutschen Nationalbibliografie; detaillierte bibliografische Daten sind im Internet über http://dnb.d-nb.de abrufbar.

*Dieses Buch wurde auf chlorfreiem,
umweltfreundlich hergestelltem Papier gedruckt.*

FSC www.fsc.org
MIX
Papier aus verantwortungsvollen Quellen
FSC® C109440

Englische Originalausgabe:
„Defenders of the Overworld 2: Battalion Banished" by Nancy Osa,
published in the US by Sky Pony Press, New York, USA, 2015.

Geschäftsführer: Hermann Paul
Head of Editorial: Jo Löffler
Marketing & Kooperationen: Holger Wiest (E-Mail: marketing@panini.de)
Übersetzung: Maxi Lange
Lektorat: Kerstin Fricke
Produktion: Gunther Heeb, Sanja Ancic
Umschlaggestaltung: tab indivisuell, Stuttgart
Satz: Greiner & Reichel, Köln
Druck: LIBERDUPLEX S.L., Barcelona
Gedruckt in Spanien

YDMCJR002

ISBN 978-3-8332-3247-3
1. Auflage, August 2016

Auch als E-Book erhältlich:
ISBN 978-3-8332-3391-3

Findet uns im Netz:
www.paninicomics.de

PaniniComicsDE

Nur für Ken

Kapitel 1

Wie seltsam es sich doch anfühlte, in der Wildnis unterwegs zu sein, dachte Frida. Hier draußen, wo jederzeit Griefer, Zauberer oder andere feindliche Kreaturen angreifen konnten. Die erfahrene Überlebenskünstlerin ignorierte ihren Instinkt, der ihr riet, sich zu verstecken, und blieb wachsam. Sie musste unverdächtig auftreten und ihre neue Identität verinnerlichen – als Untergebene Lady Cravens und der Kriminellen, die die Oberwelt terrorisierten.

Irgendwie war es den menschlichen Griefern gelungen, sich einer Magie zu bemächtigen, die sie vor normalen Verletzungen schützte und mit der sie gefährlichen Monstern befehlen konnten, was immer sie wollten. Nachdem es Fridas Kommandant Hauptmann Rob gelungen war, den mächtigen Dr. Dreck zu besiegen, hatte sein erster Offizier – Lady Craven – Drecks Macht absorbiert und war nur noch furchterregender geworden. Die Magierin übernahm weiterhin systematisch ein Biom nach dem anderen, indem sie ihren untoten Legionen befahl, unschuldige Bewohner zu bedrohen. *Aber nicht mit mir*, dachte Frida grimmig.

Sie schritt energisch in Richtung Ebenengrenze aus und versuchte, sich in dem geborgten grauen Skln, der ihre normalerweise olivgrüne Haut und ihr Familientattoo verdeckte, unauffällig zu benehmen. Ihre sonst übliche Tarnkleidung hatte sie durch einen rot-weißen Jogginganzug ersetzt und ihr dunkles Haar mit einem Frotteehaarband zusammengebunden. *Überhaupt nicht mein Stil*, dachte sie und lächelte schwach. Aber mithilfe dieser Aufmachung hatte sie gute Chancen, das Berglager der Griefer zu infiltrieren, und würde hoffentlich nebenbei auch noch einen Weg für das Bataillon finden, die bösen Zombie- und Skelett-Truppen endgültig zu besiegen.

Auf ihrer Reise übte sie immer wieder den Text, den sie sich zurechtgelegt hatte, um Lady Cravens Offiziere davon zu überzeugen, dass sie eine von ihnen war: „Ich bin Drift und gehöre zu den Griefern von Pilzinsel 6. Wir mussten unsere Basis nach dem letzten Tsunami aufgeben. Ich habe von euch gehört und will mich eurer Sache anschließen."

Frida war sich sicher, dass sie zunächst eine Prüfung würde bestehen müssen, um ihre Vertrauenswürdigkeit unter Beweis zu stellen. Jools, der Quartiermeister ihres Bataillons, hatte sie mit TNT und einem Feuerzeug ausgerüstet, damit sie Sprengfallen im feindlichen Lager auslegen konnte. Zudem würde sie dieser Sprengstoff im Inventar glaubwürdig als Griefer ausweisen. Sie musste nur den rechten Moment abwarten, um ihn einzusetzen, und zwar vorzugsweise gegen Nicht-Zivilisten.

Sie seufzte. Dorfbewohner zu befreien und Grenzen zu bewachen war nicht gerade die Karriere gewesen, die sie sich ausgemalt hatte. Sie war in die Rolle einer Überlebenskünstlerin hineingeboren worden, trainiert von erfahrenen Frauen, um allein im Dschungel zurechtzukommen. Sie wollte nur ein gutes Leben führen, ungestört von den finsteren Mächten dieser Welt.

In besseren Tagen hatte sie genau das getan. Aber nun, da die Monster Amok liefen, vereint von Magiern, die das freie Land erobern wollten, war dieses schöne Leben vorbei ... jedenfalls so lange, bis es Frida und ihren Kameraden gelang, einen fürchterlichen Krieg entweder zu verhindern oder zu gewinnen. *Lieber offensiv agieren, als in der Defensive versauern*, dachte sie bei sich und war froh, dass sie diese Einzelmission auf sich genommen hatte, um die Karten neu zu mischen. Vielleicht würde sie Bataillon Null diesmal auf die Gewinnerseite befördern. Trotzdem musste sie zunächst ihre Feinde konfrontieren und sich damit in Lebensgefahr begeben.

„Ich könnte mir auch gleich eine Zielscheibe auf die Stirn malen", murmelte sie.

Das bange Warten auf einen Angriff erinnerte sie an den Moment, als sie zum ersten Mal auf einen Pferderücken geklettert war. Sie und ihre Freunde in Robs Kavallerieeinheit hatten festgestellt, dass das Zähmen und Reiten wilder Pferde leichter gesagt als getan war – aber Frida hatte es schon immer lernen wollen. Reiten zu können war für eine Frau, die allein in der Oberwelt unterwegs war, von großem Vorteil. Pferde waren schnell, konnten hoch springen, und – das musste Frida zugeben – sie waren gute Gesellschaft. Vorher hatte sie sich nie danach gesehnt, aber nachdem sie gemeinsam mit dem Bataillon in so viele Schlachten geritten war, hatte sie sich an diese neue Nähe gewöhnt.

So fremd ihre momentane Einsamkeit ihr jetzt auch erschien, so sehr genoss sie das Gefühl von Freiheit, das mit dem Alleinsein einherging. Ein Hühnchen tippelte durch das hohe Präriegras in ihr Sichtfeld, und Frida zog ihr Eisenschwert, um den Vogel zu erlegen und sogleich zu verspeisen. Sie wartete einen Moment, um zu sehen, ob sie das rohe Fleisch vertragen würde, aber sie hatte Glück. Risiken hatten sie noch nie tangiert, wenn die Chance auf Erfolg größer oder genauso hoch war wie die Gefahr, Schaden zu nehmen. *Aber ein so großes Risiko wie dieses …*

… war es wert, das hatte sie bereits beschlossen. Sie wiederholte laut einen Satz, den Unteroffizier Kim einmal geäußert hatte: „Nur eine freie Oberwelt ist eine akzeptable Oberwelt." Frida würde diese Überzeugung jedoch spätestens an der Ebenengrenze aufgeben müssen, die in der Ferne bereits sichtbar wurde. Denn dort warteten Lady Cravens Lakaien.

„Ich bin Drift …", sagte sie erneut, als müsse sie sich selbst überzeugen.

Bald näherte sie sich der Grenze, an der offenes Grasland auf felsige Gebirgsausläufer traf. Ihr war sehr wohl bewusst, mit welcher Wahrscheinlichkeit hier Skelette auftauchen würden: zu einhundert Prozent. Sie zog ihren Bogen und steckte einen Pfeil auf Vorrat in den hinteren Hosenbund. Es wäre unklug, einen allzu feindseligen Eindruck zu machen, aber ein Mädchen musste schließlich jederzeit bereit sein, sich zu verteidigen.

Die Anspannung währte nicht lange.

Pock! Pockpockpock! Ein Pfeil landete direkt zu ihren Füßen, gefolgt von drei weiteren, die im Kreis um sie herum einschlugen. Sie waren aus dem finsteren Fichtendickicht gekommen, das vor ihr lag. „Muss ich denn immer recht behalten?", murmelte sie.

„Identifiziere dich, Reisende!", erscholl eine nasale Stimme, die Frida nur zu gut kannte.

Ihr Besitzer kannte Frida ebenfalls, aber er hatte sie offenbar nicht erkannt – ihr Plan schien aufzugehen. Frida sah definitiv nicht mehr aus wie sie selbst.

„Man nennt mich Drift", sagte sie zur unsichtbaren

Kreatur im Dickicht, genau wie sie es geprobt hatte. „Ich habe Geschäftliches mit dem Griefer-Boss Lady Craven zu bereden!"

Sie erhielt ein höhnisches Lachen als Antwort. „Aber will sie auch mit *dir* reden? Das glaub ich kaum."

Schon jetzt hatte Frida genug von diesem feigen Griefer namens Legs, der sich in brenzligen Situationen immer hinter seinen untoten Bodyguards verschanzte. „Dann komm heraus, sodass ich dich sehen kann, und ich beweise es dir."

„Beweise es dem hier!", verlangte die dumpfe Stimme.

Sekundenbruchteile später brach ein grimmig aussehender Creeper aus dem Gebüsch hervor und kam schnell auf Frida zu. Sie wollte keinesfalls drei Pfeile an dieses Monster verschwenden, also blieb sie einfach stehen. Weder die fleckige grüne Haut noch die leeren Augenhöhlen des Creepers jagten ihr Angst ein.

Kurz bevor ihr das Monster zu nahe kam, tauschte Frida flink den Bogen gegen das Feuerzeug aus ihrem Inventar. *Rrrrumms!* Das beste Mittel, um einer Creeper-Explosion zu entkommen, war, sie selbst auszulösen.

„Hast du nichts Besseres auf Lager?", rief Frida.

Aus dem Schatten der Fichten trat ein geduckter Griefer mit einer großen Nase und drei dürren Beinen hervor. „Du kennst unsere geheime Losung", stellte Legs fest. „Du darfst die Grenze überqueren."

So ein Glück! Creeper in die Luft zu jagen, war also die Grußformel dieses reizenden Haufens. Mit der Wahl der richtigen Waffe hatte Frida ganz nebenbei wertvolle Informationen gesammelt. Sie setzte sich in Bewegung und ging an dem verbrannten Boden vorbei, den der explodierende Creeper hinterlassen hatte. Sie musste ihre ganze Willenskraft zusammennehmen, um Legs nicht hier und jetzt zu erledigen – diesen Abschaum, der schon so oft ihre Freunde und unzählige unschuldige Dorfbewohner bedroht hatte. Aber wenn sie sich jetzt in Zurückhaltung übte, würde sie schon bald weitere von Lady Cravens Handlangern kennenlernen.

Plötzlich sah sie sich von Babyzombies umzingelt, die an ihrer Kleidung zerrten und deren Gestank sie sogleich vollständig einhüllte. Sie wusste, dass Zombies im Sonnenlicht verbrannten, aber deren Baby-Varianten nicht. Frida ballte die Hände zu Fäusten, während die winzigen Monster sie festhielten. *So hatte ich mir das nicht vorgestellt*, dachte sie.

Aber sich gefangen nehmen zu lassen, war ein notwendiger Teil ihres Plans gewesen, also spielte sie Legs die Bittstellerin vor.

„Bitte lass mich gehen! Ich bin ein Griefer, genau wie du. Der letzte Tsunami hat unsere Inselbasis zerstört, und meine Leute sind jetzt überall verstreut."

„Das mag ja sein", erwiderte Legs. „Aber warum sollten wir dich aufnehmen?"

Frida rang mit den stinkenden Babyzombies, schüttelte sie aber nicht ab. „Ich habe von eurem Plan gehört. Ich hasse diese Dorfbewohner, die umherlaufen, als gehöre ihnen die Welt. Ich will bei euch mitmachen und sie ein für alle Mal auslöschen."

Legs maß sie mit Blicken und befahl dann den Zombies mit einem Wink, sie loszulassen. „Hier lang", sagte er und führte sie ins Zwielicht unterhalb der Fichten.

Bevor Fridas Augen sich auf die Lichtverhältnisse eingestellt hatten, hörte sie schon das charakteristische Klappern und Rasseln von Skeletten und Bögen. Sie versuchte, nicht zurückzuschrecken. Jegliches Zeichen von Schwäche könnte diese Monster dazu veranlassen, auf sie loszugehen wie ein Rudel untoter Wölfe.

„Okay", meinte Legs. „Wir hören uns an, was du zu sagen hast, Fremde. Und entscheiden dann, ob du leben oder sterben wirst." Er warf einem anderen Mann, dessen Gesicht so zerfurcht war wie die Landschaft, etwas Spinnenseide zu und befahl ihm, Frida festzubinden. „Mach's schön fest, Dingo! Damit sie nicht an ihr Inventar kommt." Der Lakai mit den zerklüfteten Gesichtszügen zurrte Fridas Handgelenke zusammen und begann zu hecheln, als er sich ihren Fußknöcheln widmete. Sabber fiel von seinen schlaffen Lippen auf Fridas nackte Haut, und sie erschauderte. Irgendwo hinter ihr traten die Skelette von einem Fuß auf den anderen und warteten auf Befehle.

Frida holte tief Luft und begann, ihre erfundene Geschichte zu erzählen. „PI 6 gelangen alle Angriffe, die unser Griefer-Ring gegen die Dorfbewohner startete. Wir machten eine Menge Beute, indem wir Städte verbrannten und das Zeug dann mit Booten auf unsere Insel brachten."

„Klingt doch gut. Wo ist das Problem?", fragte Legs.

„Es hat nicht ausgereicht. Die Dorfbewohner bauten alles wieder auf, und wir mussten immer neue Angriffe planen. Wir wollten, dass die Griefer endlich sämtliche Reichtümer der Oberwelt kontrollierten, und zwar für immer."

Dingo grunzte.

Legs rieb sich das Kinn. „Das scheint wirklich eine unendliche Aufgabe zu sein. Aber Lady Craven hat jetzt ein System."

„Ihr könnt bestimmt immer neue Leute gebrauchen", sagte Frida. „Deshalb bin ich hier – bereit, den Bauern die Biome wegzunehmen. Die Leute mit der größten Macht sollten sie regieren."

Legs schien zufrieden mit dieser Aussage zu sein und ließ sie losbinden. „Wir brauchen jemanden wie dich, um die Zombies an der westlichen Grenze anzuführen. Du bist jetzt in der Probezeit, Drift. Bewältige deine erste Aufgabe, und wir befördern dich vielleicht zum Skelettdienst." Er warf ihr ein Medaillon zu, das sie zu einer der Seinen machte – einen goldenen Anhänger, der die Buchstaben *LC* formte – und das sie sich umhängte.

Ihre Aufgabe bestand darin, die verzauberten Zombies und Babyzombies zur Nacht in Richtung Grenze zu führen, damit sie dort unbedarfte Touristen überfallen konnten. Morgens sollte sie die Monster zurück in die Sicherheit einer Höhle hinter dem Fichtenhain bringen. Das Ganze hörte sich zwar ziemlich einfach an, aber eine Horde unberechenbarer Zombies war ungefähr genauso gut zu kontrollieren wie ein Rudel Katzen. Legs überließ es Dingo, Frida einzuweisen und sie zu beaufsichtigen, bis sie die Aufgabe gemeistert hatte.

Einige Tage später ließen sie Frida allein zurück, um sich auf den Weg zu Lady Craven zu machen und ein Dorf auf der anderen Seite der Berge niederzubrennen. „Versuch keine krummen Dinger! Es wird dich jemand überwachen. Mach einfach deinen Job, Drift, und wir geben dir was von der Beute ab!", rief Legs vergnügt über die Schulter.

Das war die Gelegenheit, auf die Frida gewartet hatte.

In dieser Nacht folgte sie ihrer Zombiehorde an die Ebenengrenze, an der sie den Großteil ihres Inventars versteckt hatte, bevor sie auf die Griefer getroffen war. Durch die Verzauberung hielten die Monster sie nicht für eine Bedrohung, also hatte sie keinerlei Schwierigkeiten, den Mob in ein abgelegenes Tal zu führen. Sie rollte einen großen Felsen vor dessen enge Öffnung und ließ die lärmenden Zombies dort zurück, wo sie niemand hören konnte. Dann holte sie ihre Ausrüstung hervor und machte sich daran, im Mondlicht Stolperdrähte und Sprengfallen auszulegen.

Als sie fertig war, begab sie sich zum vereinbarten Punkt, an dem sie bis Tagesanbruch verharren würde, um ihrem Bataillon ein Signal zu geben. Genau in dem Moment sah Frida aus dem Augenwinkel einen unbekannten Griefer mit Baseballmütze, dessen Medaillon wie ein Pendel hin und her wippte. Sie lief auf ihn zu und hoffte, dass er die stöhnenden Zombies hinter dem Felsen, den er soeben umrundet hatte, nicht hörte.

„Ahoi!“, rief sie. „Was ist los?“

„Legs hat mich geschickt“, erklärte der dürre Griefer, dessen Arme so lang waren, dass seine Hände fast auf dem Boden schleiften. „Ich sollte mich versteckt halten und ein Auge auf dich …“ Da erkannte er seinen Fehler. „Oh, verdammt! Ich wusste, ich würde das nicht hinkriegen!“

„Hier gibt's nichts zu sehen“, sagte Frida sanft, drehte sich zur Seite und zog ihr Schwert. „Außer vielleicht das hier!“ Sie wirbelte herum und teilte ihn sauber in zwei Hälften. Seine riesigen Augen rollten sich in die Höhlen zurück, als seine obere Hälfte auf dem Boden aufschlug. Dann stürzten seine Beine um wie gefällte Bowling-Kegel. „Grüß mir deinen Spawnpunkt“, grollte Frida und rannte den Berg hinauf.

*

Als sie an den vereinbarten Koordinaten angekommen war, konnte sie es kaum abwarten, sich aus ihrer falschen Haut und dem Kostüm zu schälen. Während Frida sich umzog, tauchte in ihrer Nähe eine Horde Zombies auf.

„*Öooohh, ooohhh …*" Sie stöhnten durcheinander wie ein schlecht geführter Chor.

Frida fiel auf, dass die Monster ziellos im Kreis herumstolperten und sie ignorierten. Als sie aber das Medaillon abnahm, das Legs ihr gegeben hatte, kamen sie schnurstracks auf sie zu. Sie legte den Anhänger wieder um. Die Zombies hielten inne. Wieder nahm sie es ab, und abermals torkelte der Mob in ihre Richtung.

„Das ist es also." Frida grinste und legte sich die Kette wieder um den Hals. Sie schien wie ein Abwehrmittel zu funktionieren und kam ihr gerade recht, um ihren schwindenden Inventar-Inhalt zu schonen. *Außergewöhnlich!* Das war besser als ein Wurftrank.

Frida fühlte sich sicher genug, um sich an eine Fichte gelehnt auszuruhen.

Während die Sonne aufging, gab es nichts weiter zu tun als abzuwarten, bis die Strahlen über den Grat gegenüber stiegen und den Boden zu ihren Füßen berührten. Frida war in der Lage, stundenlang bewegungslos zu verharren. Sie nutzte die Zeit, um einige Ideen im Kopf durchzuspielen. Eine bestand darin, eine Möglichkeit zu finden, das diesjährige Familientreffen rechtzeitig zu erreichen. Die letzten hatte sie verpasst, weil sie jedes Mal an ungünstigen Orten gestorben und wiederauferstanden war. Es war höchste Zeit, dass sie ihre weiblichen Verwandten wiedersah. Vielleicht könnte Frida sie sogar dazu überreden, sich am Kampf um die Oberwelt zu beteiligen. Sie müsste nur noch Rob dazu bringen, für eine Weile einen Ersatz für ihre Späherposition zu finden – dann würde sie es versuchen.

Rob … Roberto, der Hauptmann von Bataillon Null, bestimmte in letzter Zeit ebenfalls ihre Gedanken. Rob war vor seinem Erscheinen in der Oberwelt und dem Zusammenstellen seiner berittenen Einheit Cowboy gewesen. Frida hatte ihn kennengelernt, nachdem er aus einem Flugzeug in ihre Welt gestürzt war. Sie hatte ihm geholfen, die ersten paar Tage hier zu überleben. Er war fast hilflos gewesen und unvorbereitet auf das, was ihn hier erwartete: feindliche Monster und Grenzscharmützel. Aber irgendwann hatte sich das Blatt gewendet, und Frida hatte dem gestrandeten Cowboy dabei zugesehen, wie er als Kavalleriehauptmann seinen Grips einsetzte und vor ihren Augen zum echten Anführer aufblühte.

Es lag etwas unglaublich Attraktives darin. Und sie war nicht die Einzige, der das auffiel. Frida wusste, dass Rob Gefühle für Stormie und Kim hegte, die anderen Frauen der Gruppe. Glücklicher- und auch unglücklicherweise war ihr disziplinierter Hauptmann klüger, als sich mit den Frauen seiner Truppe auf romantische Beziehungen einzulassen. Er hielt seinen Blick starr auf die Verteidigung der Oberwelt gegen Tyrannen und deren Monster-Knechte gerichtet.

Als die Sonne gerade den Boden vor der Baumgrenze erreicht hatte, wachte Frida erschrocken aus ihrem Tagtraum auf.

Sie kam schnell auf die Beine und suchte in ihrem Inventar nach einem Stück Glas. Das nutzte sie, um über den Berg hinweg ein Signal zu geben, indem sie das Sonnenlicht reflektierte und den Code übermittelte, den Jools mit ihr vereinbart hatte. Dieser zeigte an, wo sie die Stolperdrähte platziert hatte, und teilte dem Bataillon gleichzeitig mit, dass sie in Sicherheit war.

Frida konnte nur hoffen, dass ihre Freunde die Nachricht gesehen hatten. Wieder setzte sie sich auf den Boden und wartete auf den Einbruch der Dunkelheit.

*

Als die Sonne unterging, vernahm sie menschliche Stimmen aus dem Westen. Sie sprang auf und kniff die Augen zusammen. Die Späherin hörte Geschrei, sah aber niemanden kommen. Frida war gespannt wie eine Bogensehne; der Plan verlief genau, wie es Jools vorhergesehen hatte. Die Dorfbewohner, die sie als Bodentruppen rekrutiert hatten, machten Lärm, um das Interesse der Griefer zu wecken, damit diese ihre Monsterhorden direkt in Fridas Fallen schickten. Es war höchste Zeit, von hier zu verschwinden.

Ein ohrenbetäubendes Gestöhne erfüllte die Luft, als die Zombieverstärkung der Griefer auf die Dorfbewohner losgelassen wurde. Der Lärm der Zombies hallte um die Klippen und durch die Schluchten der Extremen Berge: „Ööööh-*öh-öh-öh* … oooh-*oh-oh-oh …!*"

Zu Fridas grenzenloser Erleichterung erblickte sie ihren alten Freund und Raufkumpan Turner, der auf seinem grauen Quarter Horse Duff eilig auf sie zuritt. Er führte ihr schwarzes Pony Ozelot bei sich. Wieder einmal war sie mehr als froh, dass sie inzwischen Reiten gelernt hatte.

Sie rief Turner etwas zu, der sie fast erreicht hatte und ihr Ozelots Zügel zuwarf.

„Ich hab deine Rüstung dabei, Frida, aber zuerst sollten wir machen, dass wir hier wegkommen!", rief der Bataillons-Waffenmeister. Er war eigentlich Söldner, aber durch die besonderen Umstände der letzten Zeit hatte er sich zum Soldaten gewandelt. Jeder, der in der Oberwelt frei sein wollte, musste seinen Beitrag im Krieg gegen Lady Craven leisten. Frida sprang mühelos in Ozelots Sattel, als hätte sie ihr Leben lang nichts anderes getan. Sie folgte Turner und galoppierte schnell wie der Wind, um sich ihrem Bataillon erneut anzuschließen. Nie zuvor war sie so froh gewesen, ihren Einzelgängerstatus wieder ablegen zu können.

Kapitel 2

Einen Tag später

Frida führte Ozelot durch das Netherportal und gesellte sich zum Rest des Bataillons an die Oberfläche. Sie drehte ihr Pony im Kreis und betrachtete die schneebedeckten Blöcke, die zu ihren Füßen weitläufige Terrassen bildeten. Der Himmel hatte die Farbe ausgewaschener Jeans, nur unterbrochen von einigen eckigen Wolken. Sie erblickte einen gefrorenen Fluss voller Eisblöcke, der das Blau des Himmels reflektierte. *Vom Regen in die Traufe*, dachte sie bei sich.

„Netter Ort für ein Picknick“, sagte Turner und erinnerte seine Freunde daran, dass ihre Hungerleisten fast leer waren. Der Söldner war so dünn geworden, dass seine vielen Tattoos zu unkenntlichen Farbklecksen verschmolzen waren.

Auch die Gesundheit ihrer Pferde war kritisch. Obwohl es den Tieren und Soldaten gelungen war, vor Lady Cravens Armee zu flüchten, würden sie ihr Abenteuer nicht überleben, wenn sie nicht bald etwas zu beißen bekamen. Und wenn nicht Schnee ihre nächste Hauptmahlzeit sein sollte, mussten sie wohl oder übel eine andere Nahrungsquelle finden.

„Hey, Leute! Ich sehe in dieser Richtung Vegetation“, sagte der Quartiermeister Jools und saß auf seinen großen cremefarbenen Hengst Beckett auf. Aufgrund seines geschwächten Zustands war Jools' Haut gut drei Schattierungen blasser als das Fell seines Pferdes, und seine Tweedjacke hing an ihm herab wie eine leere Socke. „Folgt uns."

Frida – die jetzt noch drahtiger aussah als sonst – schwang sich auf Ozelots Rücken und reihte sich neben Turner ein, der auf Duff thronte und ein reiterloses schwarz-weiß geschecktes Pferd am Zügel führte. Kim, die ihre Reitkleidung samt Stiefeln trug, stieg auf Nachtwind auf. Ihre von Natur aus rosafarbene Haut täuschte über ihre angeschlagene Gesundheit hinweg, aber an ihrer eingesunkenen Haltung konnte man erkennen, dass auch sie Hunger litt. Die erfahrene Reiterin schien nicht zu dem riesigen dunkelbraunen Hengst zu passen, den ihnen ihr Freund und Ratgeber Colonel M überlassen hatte. Rob, der Bataillonshauptmann, ging zu Fuß und führte seinen lahmenden Hengst am Zügel.

„Saber ist zu erschöpft", meinte Rob, woraufhin Turner ihm das freie Pferd Armor gab und Sabers Zügel übernahm. Die drei reihten sich hinter den anderen ein, während der furchtbar abgemagerte Rob die Umgebung anstarrte. Er war erst vor Kurzem in der Oberwelt angekommen und immer noch ein Neuling. Unmittelbar nach seinem Absturz in diese Welt war er in einer Wüste gelandet, und so hatte er bisher weder eine Eisebene zu Gesicht bekommen noch war er jemals über einen gefrorenen Fluss geritten.

Frida zügelte Ozelot und wartete darauf, dass Rob aufholte. Seit dem Tag, an dem sie ihm zum ersten Mal im Dschungel begegnet war, hatte sie sich verpflichtet gefühlt, ihn in der Kunst des Überlebens zu unterweisen. Und er hätte keine bessere Lehrerin finden können. „Halte durch, Hauptmann“, ermutigte ihn Frida. „Wir werden bald etwas zu essen finden.“

„Oder jemanden, mit dem wir handeln können“, fügte Kim hinzu.

Ihre Inventare waren von Colonel M mit einigen Diamanten, Gold und anderen handelbaren Erzen aufgefüllt worden, aber Nahrung hatte ihnen der alte Geist nicht anbieten können. Schnell hatte er das Bataillon in seiner Wahlheimat, dem Nether, von Portal zu Portal geführt – und damit aus Lady Cravens Reichweite heraus. Aber am Ende der Portal-Odyssee waren sie in dieser endlosen Einöde der Eisebene gelandet. Sie mussten in Bewegung bleiben, wenn sie sich retten wollten.

Die Munitionsvorräte von Bataillon Null waren aufgebraucht, und sämtliche Waffen waren beschädigt. Am meisten jedoch bekümmerte alle der Verlust ihrer Artilleriekommandantin Stormie. Aber es gab nichts, was sie dagegen unternehmen konnten, und es war immerhin Morgen, sodass sie den ganzen Tag zur Verfügung hatten, um ungestört von feindlichen Mobs das Land nach etwas Essbarem abzusuchen.

Fridas Magen knurrte. Sie war dazu erzogen worden, für sich selbst zu sorgen, und hätte sich sicher problemlos durchgeschlagen, wenn sie allein gewesen wäre. *Gruppen machen alles komplizierter*, dachte sie bei sich. Sie brauchen mehr Nahrung, mehr Ressourcen und mehr Schutz, um zu überleben. Sie teilte ihre Gedanken mit Rob, dem unbeabsichtigt die Rolle des Anführers zugefallen war – eine Position, die ihm genauso fremd war wie ihr. Er berichtete, dass er in seinem alten Leben oft tagelang an seinen Koppeln entlanggeritten war, ohne einer einzigen Menschenseele zu begegnen, und nur in Gesellschaft seines Pferdes, seines Hundes und einiger vagabundierender Kühe gewesen war. Vielleicht fühlte Frida sich ihm deshalb so verbunden.

„Hey, da ist Zuckerrohr!“, rief Jools, als sie sich einem kleinen Flecken Land näherten, auf dem die Pflanze wuchs.

Der eigentlich erfreuliche Fund bestätigte nur Fridas Meinung, dass Gruppen viel problematischer waren. Es gab zwar genügend Zuckerrohr, um daraus Zucker für die Pferde herzustellen, aber nicht genug, um auch die Soldaten zu ernähren. Während Frida die wenige verfügbare Nahrung bereitwillig mit ihren Kameraden teilte, hatte sie beschlossen, das erbeutete magische Griefer-Medaillon zunächst geheim zu halten – jedenfalls so lange, bis es sich absolut nicht mehr vermeiden ließ.

„Kopf hoch, Bataillon Null!“, sagte Kim mit gezwungen fröhlicher Stimme. „Wenn wir die Pferde versorgen, kommen wir umso schneller ans Ziel.“

„Wo auch immer das ist“, murmelte Frida. Sie war schon immer in der Lage gewesen, sich zu orientieren, aber bis vor Kurzem hatte sie die Bewegungen der Truppe ausschließlich Rob und Stormie überlassen. Doch ohne die erfahrene Abenteurerin und ihre Karte war das Ziel schwer auszumachen.

Rob versuchte, die Befehlskette aufrechtzuerhalten, auch wenn es sehr schwierig geworden war. Er rief Frida zu sich, nachdem Ozelot ihre kleine Zuckerration erhalten hatte. „Späherin, du reitest voran und siehst nach, ob du das Dorf findest, von dem Colonel M uns berichtet hat.“

Der Veteran des Ersten Krieges hatte sie durch das nächste Portal gelotst und ihnen versichert, dass sie bis Sonnenuntergang in der Eisebene einen Ort namens Spike City erreichen würden, wenn sie sich beeilten. Frida ritt davon, um die Gegend auszukundschaften, und ihre Freunde blickten ihr und Ozelots braungeflecktem Rumpf hinterher, während sie langsam am Horizont verschwanden.

Pferd und Reiterin preschten über die niedrigen Schneeterrassen und erreichten bald ein kleines Waldstück. Zwischen den dunklen Fichten ragten einige Eichen empor. Frida legte eine kleine Pause ein, um im Sattel stehend eine Armladung Äpfel zu ernten. Einen stopfte sie sich sofort in den Mund, einen weiteren gab sie ihrem treuen Pony. Den Rest verstaute sie im Inventar, um später ihre Freunde zu versorgen. Ein schiefes Lächeln breitete sich auf ihren grünen Lippen aus, als sie sich wieder auf den Weg machte. *Was würde Mami wohl dazu sagen?* Das Teilen von Ressourcen war in ihrem alten Leben undenkbar gewesen, denn damals ging das Überleben des Stärksten mit einer unvermeidbar egoistischen Einstellung einher.

Als Frida eine kleine Erhöhung von sechs Blöcken erreichte, lenkte sie ihr Pferd auf die Anhöhe, um die Landschaft besser überblicken zu können. Im Südwesten erspähte sie in der Ferne einen höher gelegenen Wald, der die Eisebene ablöste, und erkannte sofort dessen Eignung als Basisversteck. Als sie den Blick gen Norden richtete, sah sie tatsächlich eine Silhouette dorniger Gebilde in den Himmel aufragen – eine Ansammlung großer Eiszapfen-Formationen, die laut dem Colonel von Menschen besiedelt worden waren. Die drahtige Späherin seufzte erleichtert und drehte ihr Pferd, um dem Rest des exilierten Bataillons die guten Neuigkeiten zu überbringen.

ж

Rob nickte, den Mund voller Apfel, während Frida ihm Bericht erstattete. „Danke, Frida. Mit diesen Informationen kann ich arbeiten. Bataillon", rief er, „wir teilen uns in zwei Trupps auf. Jools, Kim – ihr reitet mit mir nach Süden, um einen Unterschlupf zu errichten. Frida und Turner tauschen in der Stadt Diamanten gegen Nahrung ein und stoßen dann so bald wie möglich wieder zu uns. Ach ja, seht zu, dass ihr alles einsammelt, was ihr beim Ausschachten findet. Für unser nächstes Projekt brauchen wir eine Menge Ressourcen."

Die zwei Trupps trennten sich. Frida und Turner lenkten ihre Pferde in Richtung Norden. Der Zucker und die Äpfel hatten dafür gesorgt, dass sie einigermaßen schnell vorankamen. Bald erreichten sie die Ausläufer der größten Siedlung, die sie jemals besucht hatten.

Packeis bedeckte den Boden und ragte hier und dort turmhoch in den Himmel. Findige Spieler hatten die Eisformationen ausgehöhlt und sie auf diese Weise bewohnbar gemacht. Die erfahrene Frida war genauso bezaubert, wie der Neuling Rob gewesen wäre, wenn er die in der Sonne glitzernden Gebäude entlang der vereisten Straße erblickt hätte. Fackeln brannten am Wegesrand und verliehen dem Ort eine festliche Atmosphäre.

Das alltägliche Leben in einer Stadt wie Spike City war jedoch bei Weitem nicht so idyllisch. Weit entfernt von den nächsten Nachbarn, kämpfte diese Siedlung ständig ums Überleben, und die Einwohner sahen dementsprechend aus. Einheimische in abgenutzten Schürzen eilten mit ihren Waren hin und her. Bauern mit wettergegerbter Haut bestellten künstlich beheizte und überdachte Gartenbeete, während sich ein paar Kinder in abgerissenen Lumpen eine Schneeballschlacht mit dem örtlichen Schneegolem lieferten.

Frida und Turner ritten die Hauptstraße hinauf, bis sie

ein Schlachtergeschäft erreichten. „Ich bleibe bei den Pferden, Klops", sagte Frida. „Du holst uns ein paar ordentliche Steaks."

„Klar, Klops ist schließlich mein zweiter Vorname", erwiderte er lachend und ließ Duff bei seiner Kameradin zurück.

Sie hielt die Ohren offen, während sie wartete. Unbemerkt Menschen zu belauschen, war eine Fähigkeit, die all ihre weiblichen Familienmitglieder beherrschen mussten. Frida vernahm schon bald die Stimme eines Priesters, der sich mit einem Stadtbewohner über einen Versorgungszug unterhielt, der in ein paar Tagen eintreffen sollte.

„Der Zug bringt Edelsteine aus den Extremen Bergen", meinte der langhaarige Geistliche in der verschlissenen purpurfarbenen Robe. „Und weil er in unsere Richtung unterwegs ist, werden die Griefer nichts davon mitbekommen."

Sein Gegenüber, ein Ledermacher in einer schmutzigweißen Schürze, zuckte mit den Schultern. „Aber das Syndikat schon. Wir haben Glück, wenn wir noch etwas Kies vorfinden, nachdem sie mit unserer Ladung fertig sind."

Sie wechselten murmelnd einige weitere Worte, ehe der Händler sich verabschiedete und weiterzog.

„Sag mal, Pater", rief Frida, bevor der Priester ebenfalls verschwinden konnte. „Es klingt, als könntet ihr ein paar fähige Leute gebrauchen, die eure Ladung sichern."

Der Geistliche betrachtete sein Gegenüber mit schräg gelegtem Kopf. „Wir haben solche Probleme immer wieder, aber es kann sicher nicht schaden, die richtigen Leute anzuheuern."

Frida kniff die Augen zusammen. „Willst du damit sagen, dass es hier Arbeit für ein paar Bodyguards gibt?"

Der Geistliche lächelte und entblößte dabei einige schwarze Zähne. Aber in seinem Gesichtsausdruck lag keine Freude. „Wenn diese Bodyguards bereit wären, ihr Leben aufs Spiel zu setzen."

„Ist es denn jemals anders?", fragte sie.

„Lass uns an einem ... ruhigeren Ort weiterreden." Er warf einen Blick über die Schulter.

Turner kam kauend auf sie zu. Die Mahlzeit hatte seine normale Statur wiederhergestellt: groß, kräftig und beinahe vollständig bedeckt mit Tattoos, die die Biome der Oberwelt darstellten. In seiner üblichen Ausgehkleidung – zerrissenes T-Shirt, Cargohose und schwere Stiefel – stach er aus den deutlich weniger leger gekleideten Einwohnern dieser Stadt heraus.

„Turner, der Pater hier hat ein paar Neuigkeiten für uns", sagte Frida. „Wie heißt du eigentlich?"

„*Pater* ist schon in Ordnung", antwortete er zögerlich. „Folgt mir."

Als er sich umdrehte, bemerkte Frida eine kleine Markierung in seinem Nacken, als sein Haar kurz aufgewirbelt wurde – das Tattoo eines Apfels mit einem Pfeil darin. Es sah genauso aus wie das ihre.

Nur eine Sekunde lang hielt sie überrascht inne und folgte dann Turner, als hätte sie nichts bemerkt. „Was isst du da, Klops?", wollte sie von Turner wissen und warf ihm Duffs Zügel zu, um ihn abzulenken, damit er das ihm ebenfalls wohlbekannte Tattoo nicht bemerkte. Turner selbst besaß so viele Tattoos, dass ein weiteres bei ihm kaum aufgefallen wäre.

Er murmelte eine unverständliche Antwort und reichte Frida etwas Trockenfleisch aus seinem Inventar. Sie bogen in eine Seitenstraße ab und folgten dem Pater durch eine

Tür in einen Eisraum mit gefärbten Fenstern. Der Eingang war mit einem Taufbecken dekoriert, dessen Wasser aus einem Eisblock auf ein blaues Leuchtfeuer tropfte. Es war der einzige Gegenstand in der Nähe, der nicht aus Eisblöcken bestand.

„Ihr könnt eure Pferde mit hineinbringen", sagte der Pater. „Hier ist genug Platz."

Tatsächlich war die Eiskapelle offenbar für eine größere Gemeinde errichtet worden, und im Moment war hier niemand … bis auf eine Seele, die scheinbar auf die Rückkehr des Priesters gewartet hatte. Die junge Frau trug Shorts und ein schwarzes Top und stand auf der anderen Seite des breiten Raumes mit dem Rücken zur Tür. Ihr langer, lockiger Pferdeschwanz bedeckte fast völlig eine Schulter. Sie drehte sich um, und Erstaunen machte sich auf ihrem dunkelhäutigen Gesicht breit.

Frida und Turner schauten die andere Frau nicht weniger überrascht an.

„*Stormie*?", rief Frida.

Die Frau stieß einen Freudenschrei aus und preschte nach vorn, womit sie sowohl die Pferde als auch den Priester erschreckte. Mit ausgebreiteten Armen lief sie auf Frida und Turner zu und schloss die beiden stürmisch in die Arme.

„*Autsch*!", beschwerte sich Turner eher erfreut als empört.

„Bist du etwa hier wiederauferstanden?", fragte Frida.

„Ich habe sie hergebracht", warf der Pater ein, verärgert darüber, dass er nicht mehr beachtet wurde. „Ihr kennt euch also? Sie sucht nämlich auch Arbeit." Er betrachtete das Trio misstrauisch. „Ich denke, es ist an der Zeit, dass ihr mir sagt, wer ihr überhaupt seid. Und zwar *sofort*."

Turner öffnete den Mund, aber Frida begann zu sprechen, bevor er ein Wort herausbringen konnte. „Nun gut, Pater." Sie warf Stormie einen vielsagenden Blick zu. „Wir sind ein Söldnertrupp, der nur versucht, sich selbst und seine Pferde durchzubringen. Stormie kennst du ja bereits. Sie ist eine bekannte Abenteurerin. Turner hier ist talentiert, wenn es um Waffen geht. Wir würden uns zusammenschließen, wenn deine Leute hier Schutz benötigen."

„Und wer bist du?"

„Ich?" Frida zögerte kurz. „Ich bin deine Schwester."

*

Der Pater hieß Rafe – kurz für Rafael. Er gehörte Fridas Clan an und war im Alter von acht Jahren fortgeschickt worden, um bei Dorfbewohnern aufzuwachsen.

Er und Frida verglichen ihre Tattoos.

„Nicht schlecht!", meinte Turner bewundernd.

„Wofür steht eigentlich der Apfel?", fragte Stormie.

„Das ist das Wappen unserer Familie", antwortete Frida. „Wir stammen aus dem Dschungel, und dort gibt es Unmengen an Eichen, die voller Äpfel sind."

„Und der Pfeil?"

„Der steht hierfür!", rief Rafe, sprang auf Frida zu und warf sie um. Sie rauften einen Moment, rollten dabei auf dem eisigen Boden umher und versuchten, den anderen niederzudrücken.

Schließlich unterbrach Turner den Übungskampf. „Hey! Hey! Wir haben's verstanden, ihr Apfelkerne. Ihr rauft gern." Er grinste und stieß Stormie an. „Die wurden nach der Geburt getrennt, was? Man merkt gleich, dass sie Geschwister sind."

Nachdem sie sich wieder aufgerappelt hatten, erklärte

Rafe, dass sie als Kinder immer Übungskämpfe ausgefochten hatten. Er wusste, dass Frida weiter in den Techniken unterwiesen worden war, die alle weiblichen Krieger des Clans erlernen mussten. Er war der Kirche beigetreten und hatte damit einen idealen Weg gefunden, sich ohne Weiteres am Rande der Legalität zu bewegen. „Wo es Gutes gibt, wird früher oder später auch immer das Böse auftauchen", erklärte er. „Das Priesterdasein ist am besten geeignet, Handel mit der dunklen Seite zu treiben."

Turner grunzte. „Außerdem liegt dort das ganze Geld."

„Traurig, aber wahr", stimmte Rafe ihm zu.

Eines störte Frida immer noch an ihrem lange verloren geglaubten Bruder: Die männlichen Familienmitglieder trugen eigentlich keine Tattoos. Nur die Mädchen erhielten sie, wenn sie ihre Ausbildung abgeschlossen hatten. Aber sie wollte ihn noch nicht danach fragen. Tattoo oder kein Tattoo – er gehörte definitiv zu ihrem Clan und kam dem Bataillon wie gerufen.

Frida signalisierte ihren Freunden, dass sie ihm vertrauen konnten, also weihten sie ihn in die pikanteren Details ihrer Mission und ihre mehr oder weniger verzweifelte Lage ein.

„Die Rettung der Oberwelt also", murmelte Rafe. „Tja, ich bleibe lieber allein. Deshalb habe ich mich hier draußen angesiedelt. Spike City ist eher ein Außenposten als eine Stadt. Die Leute kommen von angenehmeren Orten hierher, wenn sie dort hinausgeworfen oder verjagt wurden. Die meisten wollen einfach nur in Frieden gelassen werden."

„Aber hier ist es so … vornehm", warf Stormie ein.

„Tja, die hiesigen Baumeister haben viel Zeit zur Verfügung – und eine Menge gestohlener Waren für wenig Geld."

„Die Stadt ist wie für mich gemacht", sagte Turner und rieb sich die Hände.

„Hey, schmiede jetzt bloß keine Ruhestandspläne, Klops", murrte Frida. „Wir haben noch Arbeit zu erledigen."

Sie versicherte ihrem Bruder, dass ihr Trupp an jeder Art von riskanten Aufträgen interessiert war, solange diese gut bezahlt wurden. Er versprach, mit seinen Leuten zu reden.

„Wir müssen los, Rafe. Wir melden uns."

Bruder und Schwester schlugen zum Abschied die Fäuste gegeneinander, und die drei Freunde machten sich gut gelaunt auf den Rückweg. Die überraschenden Ereignisse der letzten Stunden waren mehr als zufriedenstellend.

*

„Aber wie bist du hierher gelangt?", erkundigte sich Frida, während sie sich in Richtung Süden vom Dorf entfernten. Turner hatte Stormie hinter sich in Duffs Sattel gehoben.

„Na ja, ich habe einfach den Plan befolgt, auf den wir uns bei den Tafelbergen geeinigt hatten für den Fall, dass wir sterben und wiederauferstehen. Erinnert ihr euch?"

Turner kratzte sich am Kopf. „Der liegt eine verlorene Schlacht und zwei Portalreisen hinter uns", meinte er.

„Ich sollte in den Nether gehen und im Unterschlupf auf euch warten", sagte Stormie. „Ich traf wahrscheinlich dort ein, als euch noch Skelettpfeile umschwirrten."

Frida lachte. „Sobald wir den Nether erreicht hatten, machten wir keine Pause, bis Colonel M uns in der Eisebene abgeliefert hatte. Er hat auch sichergestellt, dass uns keine Griefer gefolgt sind."

„Als keiner auftauchte", fuhr Stormie fort, „machte ich mich auf den Weg zur Festung des Colonels. Er erzählte mir, dass ihr irgendwann in Spike City auftauchen würdet. Seltsam nur, dass wir beide bei deinem Bruder gelandet sind."

„Ich finde das überhaupt nicht seltsam." Frida nickte Turner zu. „Schließlich haben wir alle ein Gespür für lukrative Aufträge."

„Amen, Schwestern", verkündete Turner.

Sie ritten in Richtung der Koordinaten, auf die sich die zwei Trupps geeinigt hatten, bevor sie auseinandergegangen waren. Aber als sie dort eintrafen, fanden sie nur eine leere Steinhöhle und eine Notiz: *Sind auf Pferdejagd*.

Turner ließ die beiden Frauen im Unterschlupf zurück, um die Gegend zu erkunden, und Frida berichtete Stormie von ihrem letzten Geheimauftrag.

*

„... und dann kamst du ins Spiel", sagte Frida zu Stormie, die neben ihr im Schneidersitz saß. Das Ereignis, von dem Frida soeben berichtet hatte, war nur der Auftakt zu der misslichen Lage gewesen, in der sie sich nun befanden. Sie hatten die Schlacht verloren – und zwar haushoch. Ob es ihnen gefiel oder nicht, Bataillon Null befand sich im Exil.

„An dem Punkt bin ich auch verschwunden", erwiderte Stormie und bezog sich damit auf ihren allzu frühen Tod durch Griefer-Skelette.

„Ja, aber du bist zurückgekehrt, um ein weiteres Mal mit uns zu kämpfen." Frida streckte die Hände aus.

Stormie schlug ein. „Ich hab's dir doch gesagt."

„Ich bin froh, dass du wieder da bist", sagte Frida.

„Ich auch. Also, sag mir – abgesehen davon, dass wir Söldneraufträge ausführen und unsere Inventare wieder auffüllen – was machen wir als Nächstes?"

Das Bataillon war gezwungen gewesen, sich an einen der rauesten Orte der Oberwelt zurückzuziehen – einen Ort, an dem das Überleben und vor allem das Sammeln von Ressourcen schwer war. Alles hier war Mangelware, und Siedlungen gab es nur wenige in den eisigen Schneebiomen. Es war allen klar, dass das Bataillon einige Regeln würde brechen müssen, um sich erneut zur Schlacht zu rüsten.

„Der Hauptmann hielt es für eine gute Idee, ein paar Touristen in die Gruppe aufzunehmen und Reiseführer zu spielen. So können wir gleichzeitig in Bewegung bleiben und sehen rechtschaffen aus, während wir für gutes Geld nebenher ein paar Aufträge erledigen."

„Die Aufträge, die Rafe erwähnte, könnten uns schnell wieder auf Vordermann bringen", meinte Stormie.

„Und er sagte auch, dass genau diese Aufträge gut bezahlt werden. Zuerst brauchen wir Nahrung und Nachschub. Darum habe ich mich mit Turner bereits gekümmert. Die anderen haben indes diesen Unterschlupf gebaut, und ich nehme an, sie haben bereits ein paar neue Pferde aufgespürt. Die brauchen wir für die Touristen."

„Klingt großartig", erklärte Stormie. „Ich kann's kaum abwarten, alle wiederzusehen. Wie geht's dem Hauptmann?"

Frida zögerte. Sie hatte ihre Meinung über Rob noch nicht mit Stormie geteilt, und auch jetzt sah sie keinen Grund dafür. „Es geht ihm gut." Frida vernahm Hufgetrappel in der Ferne und hob einen Finger. „Horch. Sie kommen. Dann kann er dir selbst sagen, wie es ihm geht."

Sie standen auf und liefen nach draußen, um die anderen zu begrüßen. Der Klang der Hufe wurde immer lauter, und schon bald erschienen ein paar Pferde zwischen den Baumstämmen.

Frida runzelte die Stirn. „Die reiten aber schnell“, murmelte sie.

„Allerdings!“

Eilig preschten drei reiterlose Pferde, gefolgt von Rob, Kim und Jools auf Armor, Nachtwind und Beckett, auf sie zu. Frida hatte den gemütlichen Beckett noch nie so schnell galoppieren sehen.

Stormies Lächeln verblasste, als sie Robs Stimme vernahm: „In den Unterschlupf, schnell!“

Stormie und Frida warteten lange genug, um die drei Reiter mit den neuen Pferden in einem Loch im Boden verschwinden zu sehen, das als vorübergehender Stall diente und in dem auch der verletzte Saber stand. Rob und seine Begleiter sprangen von den Pferderücken, schoben die Tiere ebenfalls in den Unterschlupf und rannten dann so schnell sie konnten in Richtung Steinhütte.

Die Freude der Bataillonsmitglieder darüber, ihre gefallene Kameradin wiederzusehen, musste warten, denn sie hatten jetzt Wichtigeres zu tun. „Wo steckt Turner?“, rief Rob. „Ich glaube, wir werden kämpfen müssen.“

Turners Abwesenheit war kein gutes Zeichen.

„Wie seid ihr an die Pferde gekommen?“, wollte Frida wissen.

„Na, was glaubst du wohl?“, antwortete Rob gereizt. „Wir haben sie gestohlen.“

Kapitel 3

Jools öffnete eine Truhe, die in einer Ecke der Hütte stand, und rüstete alle mit Holzäxten aus. „Zeitmangel und Materialvorräte ließen leider nichts Besseres zu“, sagte er entschuldigend.

„Auf Kampfposition!“, rief Rob. „Wir müssen die Pferde schützen.“

Rob, Jools, Kim, Frida und Stormie liefen genau in dem Moment wieder nach draußen, als eine Gruppe aus drei Reitern auf zwei Pferden und einem Maultier in Richtung Stall galoppierte.

„Verzieht euch! Ihr seid in der Unterzahl.“ Rob schwang seine Axt, um ihre Verfolger einzuschüchtern. Die anderen Bataillonsmitglieder versammelten sich in seiner Nähe.

Die Anführerin des feindlichen Trupps schob ihre Lederkappe aus der Stirn und schnaubte belustigt. „Und ihr habt die schlechteren Waffen!“, entgegnete sie, streichelte ihre modifizierte Armbrust und deutete mit dem Kinn auf ihre ebenfalls gut gerüsteten Mitstreiter. „Gebt die Pferde zurück. Wir haben sie recht und billig erbeutet.“ Sie runzelte die Stirn. „Na ja, vor allem billig“, fügte sie hinzu.

„Wir haben gesehen, wie ihr dem Bauern die Pferde gestohlen habt!“, schleuderte Kim der griesgrämigen Person entgegen.

„Die waren … Er schuldete uns noch was!“

„Schulden, so, so. Für eine Tracht Prügel, was?", fragte Jools provokant.

„Dir werd ich …" Die Frau zog ihre Armbrust.

Plopp! Eine Steinaxt segelte von hinten auf sie zu und stieß ihr die Armbrust aus der Hand. Die beiden anderen Reiter griffen hastig nach ihren Waffen.

„Fallen lassen!", verlangte Turner und kam hinter einem Baum zum Vorschein. Weil die Männer nicht sofort reagierten, umklammerte Turner die Axt an beiden Enden und schlug damit einen Mann zur rechten und den anderen zur linken Seite aus dem Sattel. Das Maultier wieherte laut.

Stormie rannte auf Turner zu und schnappte sich die Armbrüste, während Rob das Maultier am Zaumzeug packte und die beiden gestürzten Männer herausfordernd anblickte. „Nehmt das Pferd und macht, dass ihr hier wegkommt!", befahl er.

Schnell kamen sie auf die Beine und schwangen sich auf das verbleibende Pferd, um sich zusammen mit ihrer Anführerin in den Wald zurückzuziehen. Die Mitglieder von Bataillon Null bewarfen sie zum Abschied mit Erdblöcken.

„Wir kommen wieder!", kreischte die Frau mit der Lederrüstung. „Niemand hält Precious McGee zum Narren!"

Frida blickte ihnen hinterher. „Sieht ganz so aus, als hättest du während unserer Abwesenheit neue Freunde gewonnen, Hauptmann."

Rob zuckte mit den Schultern.

„Gut, dass ich Zeit hatte, die hier zu bauen." Turner bückte sich und zog seine Steinaxt aus dem Boden. „Du hättest uns warnen sollen", nörgelte er.

„Tja, die Dinge verlaufen eben nicht immer nach Plan", gab der Ex-Cowboy, der ihr Kavalleriekommandant war, grantig zurück. Mit seinem Westernshirt, den ledernen Beinschützern und seiner Weste sah er immer noch wie der Viehtreiber von einst aus. „Hiermit stelle ich eine neue Regel auf: Wir stehlen nichts von ehrlichen Dorfbewohnern."

„Aber von Leuten zu stehlen, die wiederum Dorfbewohner bestohlen haben, ist in Ordnung", stellte Jools mit leicht ironischem Unterton fest.

Als die Pferde im Stall waren und alle sich beruhigt hatten, konnten sie endlich ihr Wiedersehen mit Stormie feiern. Kim umarmte sie. Jools salutierte. Und Rob hustete und machte einen Schritt nach hinten, als sie mit offenen Armen auf ihn zutrat. „Es ist gut, dich wiederzuhaben, Artilleriekommandantin", sagte er ausweichend.

Während sie einander berichteten, was ihnen seit der Schlacht am Zombiegipfel widerfahren war, verteilte Turner einige Spitzhacken, die er hergestellt hatte. Sie betraten die steinerne Unterkunft und machten sich daran, die hintere Wand auszubauen, die Teil einer natürlichen Höhle war. Sobald es draußen dunkel geworden war, wollten sie die Pferde hereinholen, um sie vor feindlichen Angreifern zu beschützen – und zwar auch vor menschlichen.

Frida musste zugeben, dass sie es genoss, wieder bei ihren Freunden zu sein, mit ihnen zu plaudern und Pläne zu schmieden, weil sie nun wieder ein gemeinsames Ziel hatten. Sie verarbeiteten mehr von der Kohle, die ihnen Colonel M überlassen hatte, und das von Turner gehackte Holz, das er zur Herstellung von Fackeln nutzte, die bald die Behausung erhellten. Kim warf den Ofen an und bereitete für alle Steaks zu. Jools sammelte nützlichen Bruchstein und Erze, während alle anderen ebenfalls ihren Aufgaben nachgingen. Mit einem Mal sah die Lage des Bataillons schon wieder recht rosig aus. Obwohl Frida schon oft kurz vor dem Verhungern gestanden hatte, war sie gerade jetzt, da sie alle wieder vereint waren, besonders erleichtert darüber, dass dieser Kelch dieses Mal an ihr vorübergegangen war. Tod und Wiederauferstehung waren eine weitere ärgerliche Nebenwirkung des Reisens in einer Gruppe. Sie hatten großes Glück gehabt, dass sie Stormie so einfach wiedergefunden hatten. Ihr Tod hätte eine Trennung für immer bedeuten können.

Aber zum vollständigen Glück der Abenteurerin fehlte etwas, denn Stormie war es nicht gelungen, die Gegenstände aus ihrem Inventar zurückzubekommen, die sie in den Extremen Bergen verloren hatte. Der Verlust ihrer Karte schmerzte sie dabei am meisten.

„Ich werde wohl neu beginnen müssen", sagte sie, als Frida sie darauf ansprach. „Eine gute Kenntnis des Geländes ist viel Geld wert – besonders hier draußen am Rand."

Rob warf ein, dass sie Edelsteine brauchen würden, um den Weizenbauern für seine Pferde auszuzahlen und sich bei der Gelegenheit gleich ihren Heunachschub zu sichern. „Was ist nach deinem Besuch in der Stadt noch übrig, Sergeant Major?", fragte er Turner.

Es stellte sich heraus, dass ihr Erzvorrat nur noch für einen einzigen weiteren Nahrungsgroßeinkauf und einige kleinere Waffeneinkäufe reichen würde. Sie waren beim Ausbau der Hütte auf ein kleines Eisenvorkommen gestoßen, das sie zur Herstellung einiger Helme oder Brustpanzer nutzen konnten, aber es reichte hinten und vorne nicht, um das ganze Bataillon auszurüsten.

„Dann teilen wir uns für die riskanten Sachen einfach wieder in Trupps auf", bestimmte Rob. „Turner, Frida und Stormie gehören zu Trupp A, den Turner anführt. Kim wird zur Anführerin von Trupp B erklärt, untersteht aber weiterhin meinem Oberbefehl. Wir wechseln uns ab: Eine Einheit wird sich als Babysitter für Touristen betätigen, während die andere alle Aufträge ausführt, die wir auf der Reise ergattern können."

„Wir haben schon jemanden ausfindig gemacht, der Aufträge für uns hat", berichtete Frida. „Wo finden wir die Touristen, die uns als Tarnung dienen sollen?"

Rob grinste. „Das ist die erste offizielle Aufgabe von Trupp A. Sobald unser Lager hier fertiggestellt ist, statten wir Spike City einen erneuten Besuch ab, um beide Missionen zu erfüllen. Du hast bereits gute Vorarbeit geleistet, Späherin."

Frida war gerührt, dass Rob sie vor den anderen Bataillonsmitgliedern lobte. Sie wusste, dass ihre Talente und Fähigkeiten sie wertvoll für das Team machten. Nur leider bedeutete das wohl auch, dass es sehr schwer werden würde, Urlaub für ihr Familientreffen zu bekommen.

Ohne es selbst zu bemerken, berührte sie ihr Nackentattoo. Sie fragte sich, wie es ihrer Mutter, ihren Schwestern und Tanten in der immer gefährlicher werdenden Oberwelt erging. Vielleicht hielten sie sich einfach von den Biomgrenzen fern.

Aber wirklich frei waren sie dadurch nicht, und Frida hatte sich geschworen, die Griefer-Armee zu besiegen und der Oberwelt so die wahre Freiheit zurückzubringen. *Aber ich könnte wirklich ab und zu ein paar Ratschläge von der alten Xanto gebrauchen,* dachte sie grimmig. Sie beschloss, dass sie am Überlebenskünstlertreffen ihres Clans teilnehmen würde, komme, was wolle.

*

Die wiedervereinten Freunde arbeiteten hart und vergaßen dabei die Zeit. Als sie ihre Unterkunft endlich so weit vergrößert hatten, dass sie ihre Pferde ebenfalls unterbringen konnten, war es bereits dunkel geworden. Gemeinsam gingen sie nach draußen – Turners Trupp bewaffnet, um Kims Trupp zu beschützen, während dieser die Tiere in den Unterschlupf führte. Und der Umzug kam keine Sekunde zu früh.

Ein Zombiemob stolperte aus Richtung der Bäume auf sie zu. „*Ööööhh ... ooohhh!*" Turner und Stormie verwandelten das bedrohliche Gestöhne in das sterbender Zombies, indem sie hart auf ihre Gegner einhieben, damit die Holzschwerter überhaupt Schaden verursachten. Frida hielt sich zurück und entging so dem schlimmsten Gestank, während sie nach weiteren Feinden Ausschau hielt. Sie lief im Zickzack umher und sammelte alles ein, was die Zombies nach ihrem Tod fallen ließen. Karotten, Kartoffeln, verrottetes Fleisch und eine gebrauchte Kettenrüstung wanderten in die gemeinschaftliche Kriegstruhe, während sie die Existenz ihres erbeuteten Mob-Abwehr-Medaillons weiterhin für sich behielt.

Nachdem sie ihre eigenen Reittiere in der befestigten Höhle untergebracht hatten, unternahmen Rob, Jools und die Pferdemeisterin Kim einen weiteren Ausflug nach draußen, um die neuen Pferde und das Maultier nachzuholen.

Da erblickte Frida einen weiteren grünhäutigen Eindringling. „Achtung, Creeper! Lauft weg, Leute!", rief sie. Stöcke und Schwerter konnten gegen die explosive Kreatur nicht viel ausrichten. Frida berechnete die Entfernung zwischen ihnen und dem Creeper und lenkte die Aufmerksamkeit des Monsters auf sich, solange sie nicht in Gefahr war. Dann drehte sie sich auf dem Fleck um und floh in die relative Sicherheit des Höhleneingangs. Kurz darauf kündete eine laute Explosion in der Nähe des temporären Stalls vom Ableben des Creepers.

„Nun, unsere Pferde haben jetzt wenigstens mehr Platz", witzelte Frida, schlüpfte hinter den anderen durch die Tür und schlug sie zu.

Die Freunde verbrachten den Abend damit, mehr Erz abzubauen und Pläne zu schmieden. Es besaß ohnehin niemand mehr ein Bett zum Schlafen.

„Vielleicht hat dieser Bauer ja auch Schafe", sagte Kim.

„Nehmen wir an, wir sterben, bevor wir die Chance haben, neue Betten zu bauen", warf Jools ein. „Wo treffen wir uns nach der Wiederauferstehung?"

Frida berichtete allen von der Kirche ihres Bruders in der Stadt. „Rafe wird uns Schutz bieten", versicherte sie ihnen. „Und ein Priester ist eine gute Tarnung für jede Art von … verdeckten Operationen, die uns das Leben kosten könnten."

„Gutes Argument", stimmte Rob ihr zu. „Wer stirbt und wiederaufersteht, findet sich einfach in der Kirche von Spike City ein. Nutzt den Nether, wenn ihr Grenzen überqueren müsst, um dorthin zu gelangen. Colonel M hat mir versprochen, immer ein Auge nach uns offen zu halten."

Frida vertraute dem Veteran des Ersten Krieges bedingungslos – ganz im Gegensatz zu ihrem Bruder. Aber sie erwähnte den anderen gegenüber ihre Bedenken nicht. Sie würde sich schon bald um Rafe kümmern. Und bis dahin würden ihnen die paar Edelsteine, die sie noch besaßen, bei Bedarf seine Gastfreundschaft sichern.

„Wir können morgen zu ihm gehen", sagte Frida und bot Rob an, ihn dem Geistlichen vorzustellen, um ihren ersten Auftrag zu verhandeln. In der Zwischenzeit würden sie und Stormie die ersten Touristen aufspüren. Turner sollte sich in der Nähe aufhalten, falls es Ärger gab.

„Nach wem sollen wir Ausschau halten, Hauptmann?", fragte Stormie.

„Nach jedem, der *nicht* nach Ärger aussieht", erwiderte Rob. „Wir brauchen Leute, die einerseits zahlungsfähig und andererseits erfahrene Reisende sind. Am besten sucht ihr nach Menschen, die etwas tun können, wofür wir selbst keine Zeit haben – Bergbau, Konstruktion, Herstellung ..."

„Davon gibt's genug in der Stadt", bemerkte Turner.

„Versucht trotzdem, wählerisch zu sein", bat Jools sie. „Vermeidet die zwielichtigen Gestalten." Er beäugte Turner. „So einen haben wir bereits."

„Das reicht, Jools", warf Rob ein. „Ich übertrage Frida die Verantwortung für diese Aufgabe. Sie wird alle Bewerber auf ihre Kreditwürdigkeit prüfen. Es wäre gut, wenn wir einen Bibliothekar fänden ... oder jemand anderen, der seriös wirkt, damit wir selbst ebenfalls rechtschaffen aussehen."

Stormie nickte. „Also eine achtbare, respektierte Person."

„So abwegig es uns auch erscheinen mag", murmelte Jools und duckte sich, als Turner ihn mit einer Kartoffel bewarf.

*

Am nächsten Tag machten sie sich auf in die Stadt – alle außer Kim, die im Unterschlupf blieb, um ein Auge auf die neuen Tiere zu haben. „Bringt mir ein Geschenk mit!", rief sie ihnen hinterher.

Sobald sie die Stadt erreicht hatten, trennten sich Frida

und Stormie vom Rest der Gruppe, um ihre Reisedienste anzupreisen. Während Rob und Jools in Richtung Kirche verschwanden, um sich um Aufträge zu kümmern, sollte Turner erneut den Handel erledigen. Die beiden Frauen stellten sich an den Dorfbrunnen, in dessen Nähe die meisten Passanten zu erwarten waren, und begannen, lauthals die Leute zu informieren.

„Fachkundige Fremdenführer zu fairen Preisen!", brüllte Stormie.

„Schnelle Pferde und kampferfahrener Geleitschutz", rief Frida.

Einige Leute meldeten sich, aber keiner von ihnen war von dem Menschenschlag, den der Hauptmann beschrieben hatte. „Ich glaube, du solltest dir einen anderen Reiseführer suchen", meinte Frida zu einer Frau, die nichts zum Handeln besaß, und dann noch einmal zu einem Jungen, der scheinbar vorhatte, von zu Hause auszubüchsen.

Schließlich blieben nur zwei Spieler übrig, die den Eignungstest bestanden – ein Geschwisterpaar, das die Oberwelt auf der Suche nach einem neuen Leben erkundete. Das Mädchen war Bergbau-Expertin und der Junge Baumeister. Frida vermutete, dass sie irgendwo in der Nähe von Jools' Spawnpunkt in diese Welt gekommen waren, denn sie besaßen die gleiche fast durchsichtige Haut und identisches helles Haar. Ihre praktische Safari-Kleidung und die bequemen Schuhe waren für lange Reisen gut geeignet.

„Wie heißt ihr?", fragte Frida.

„Ich bin De Vries", antwortete der junge Mann mit melodischer Stimme, „und das hier ist meine Schwester Crash." Er bot Frida drei Smaragde als Anzahlung, und Crash fügte noch eine Diamant-Spitzhacke hinzu.

„Habt ihr etwas dagegen, mit einem bewaffneten Bataillon zu reiten? Unser Hauptaugenmerk liegt nämlich auf unserer eigenen Mission, der Verteidigung der Oberwelt. Eure Wünsche stehen an zweiter Stelle."

Die beiden Teenager waren nicht nur einverstanden, sondern zeigten sogar ein gesteigertes Interesse am Feldzug des Bataillons gegen Lady Craven und ihre Griefer. Sie bestanden Fridas eingehende Prüfung und machten sich kurz darauf auf den Weg, um eigene Vorräte zu erwerben.

Frida und Stormie wandten sich wieder dem Trubel zu und verzeichneten diesmal etwas mehr seriöse Anfragen von Leuten, von denen letztendlich aber keiner Fridas Kompatibilitätstest bestand.

Schließlich meldete sich ein älterer Herr bei Stormie. Sein Haar war weiß-grau und seine Haut von einem tiefen Braunton. Er trug einen maßgeschneiderten Umhang und hielt eine Aktentasche in der Hand. „Ich möchte eine Rundreise machen", erklärte er.

„Können Sie eine Anzahlung leisten?", wollte Frida wissen und suchte sein Gesicht nach Spuren von Falschheit ab.

„Natürlich."

„Wie lautet Ihr Ziel?"

„Unbekannt. Oder anders gesagt: Ich habe mich noch nicht entschieden."

„Womit wollen Sie handeln?", drängte Stormie ihn.

Er überreichte ihr zwei Smaragde und wühlte in seiner Tasche. „Ich weiß nicht, ob diese Dinge für euch von Nutzen sind, aber ihr könnt sie haben." Er gab ihr ein Buch und einen Ring. „Ich brauche sie nicht mehr."

„*Prinzipien des Gesetzes*", las sie vor. „Und ein Ring der Vereinigten Biome der Oberwelt. Sie sind Richter?"

„Das war ich", bestätigte er. „Aber nun verfolge ich einen neuen Karriereweg. Also seid so gut und duzt mich bitte."

„Und verfolgt Sie ... *dich* jemand?"

„Nicht, dass ich wüsste." Er lächelte.

Ein Schatten fiel von hinten auf ihn. „Belästigt euch der Typ?", fragte Turner grimmig.

Frida erhob sich. „Keineswegs. Tatsächlich scheint er sogar eine wahrhaft ehrliche Haut zu sein."

„Danke, junge Dame", sagte der Richter. „Wann reisen wir ab?"

„Hast du's eilig?", stichelte Turner.

Der Mann betrachtete Turners wettergegerbtes Gesicht und die bunten Tattoos auf dem Rest seiner entblößten Haut. „*Tempus fugit*, mein Junge."

„Tja, ich hab keine Ahnung, was das bedeuten soll, aber die Sonne geht schon unter. Wir sollten uns beeilen."

Sie weihten ihn in die Bataillonsmission und ihre Regeln ein und einigten sich dann mit Richter Tome – diesen Namen hatte er ihnen genannt – darauf, ihn und die anderen Touristen am nächsten Tag nach Sonnenaufgang hier am Brunnen abzuholen. Kurz darauf schlenderten die Mitglieder von Trupp A zur Kapelle, um den Rest ihres Bataillons zu suchen.

„Alles klar!", sagte Rob und klatschte mit den Handflächen auf seine Oberschenkel. „Rafe hat uns mit einem Typen namens Bluedog bekannt gemacht, der in diesen Gefilden als Geldverleiher arbeitet."

„Wir sollen Geld eintreiben?", fragte Turner.

„Nein."

„Schade. Ich bin gut darin, Strolche dazu zu bringen, ihre Schulden zu bezahlen." Er spannte die Muskeln beider

Oberarme an, sodass die Tattoos der Tafelberg- und Wüstenbiome komische Beulen warfen.

Der Geistliche in der purpurnen Robe begann zu erklären: „Euer Auftrag hängt mit einem Versorgungszug zusammen. Um euren Anteil zu erhalten, müsst ihr nichts weiter tun, als ihn zu begleiten, während er den Berg dort drüben hinunterfährt."

„Das klingt leicht", sagte Stormie.

„Ja, aber was wird uns verfolgen?", erkundigte sich Frida skeptisch.

Rafe lächelte geheimnisvoll. „Nun, um genau das herauszufinden, werdet ihr ja bezahlt, nicht wahr?"

Die Bataillonsmitglieder waren mehr als erfreut über die Aussichten auf Arbeit und ein gutes Einkommen durch den Job als Reiseführer. „Außerdem kann ich die Gelegenheit gleich nutzen, um eine neue Karte zu zeichnen", erklärte Stormie, als sie die breite vereiste Hauptstraße entlangritten.

„Und der Schutzauftrag beschert mir die Chance, meine Geldbörse wieder aufzufüllen", erwiderte Turner.

„*Unsere* Geldbörse", rief ihm Rob in Erinnerung. „Wir teilen *alles*, Turner."

„Hmpf, ich hoffe, am Ende ist für den Waffenmeister noch was übrig", grollte Turner. „Schließlich hab ich die ganze schwere Arbeit – Bodyguard, Waffenherstellung und Truppen-Babysitter ..."

Stormie und Frida traktierten ihn mit Blicken. „*Wir* sind hier diejenigen, die dir genau diese Aufträge beschafft haben", stellte Frida klar.

„So ist es, Klops", stichelte Stormie. „Starke Frauen mit ansehnlichen Gesichtern werden immer die besseren Aufträge landen als grobschlächtige Auftragskiller." Sie lächelte ihn honigsüß an. „Und wo wir gerade davon sprechen – ich finde, du solltest uns ein paar hübsche Blümchen kaufen, weil wir dir Arbeit besorgt haben."

Frida deutete mit dem Kinn vielsagend in Richtung des Bauernladens, wo farbenfrohe Blumensträuße feilgeboten wurden. „Und wenn du schon dabei bist, kauf gleich noch einen Strauß für Kim. Wir haben ihr schließlich ein Geschenk versprochen."

Kapitel 4

Einige Jahre zuvor

Lautlos wie ein Ozelot schlich die junge Frida durch den Dschungel. All ihre Sinne waren angespannt. Irgendjemand folgte ihr, und herauszufinden, ob dieser Jemand Freund oder Feind war, konnte in dieser Umgebung zwischen Leben und Tod entscheiden. An einer Weggabelung bog sie nach links ab, lief noch etwas weiter und platzierte dann einen Stolperdraht aus Spinnenseide. Kurz darauf war sie im Unterholz verschwunden, lief abseits des Weges zurück und nahm diesmal den rechten Abzweig. Sie band sich einen Setzling an die Hüfte und ließ ihn hinter sich her schleifen, um ihre Spuren zu verwischen. Wenn sie ihren Verfolger nicht abschüttelte, würde sie nie ihre eigene Freiheitszeremonie erleben.

Ihr ganzes Leben lang war sie auf diesen Moment vorbereitet worden. Die Fähigkeiten, Spuren zu lesen, sich selbst zu ernähren und effektiv zu tarnen … das Alleinsein, ohne Unterschlupf und fast waffenlos … das Fallenstellen und das Austricksen von Gegnern … all diese Dinge zu erlernen, hatte nur ein Ziel gehabt – das Überleben auf eigene Faust.

Als sie weit genug vorgedrungen war, um ihren Standort zu verbergen, kehrte sie zur Weggabelung zurück und sperrte die Ohren auf. Auf dem Boden erblickte sie zwei Paar Fußabdrücke. Wer auch immer dort draußen lauerte, war ihrer falschen Spur gefolgt. Nun würde sie die Rolle des Jägers einnehmen.

Langsam schlich sie vorwärts. Einige Sekunden verstrichen, während sie auf das verräterische Geräusch eines Körpers wartete, der über einen Stolperdraht fiel. Stattdessen hörte sie ein *Klick* und erstarrte. Sie war auf eine getarnte Druckplatte getreten. Game over.

„Du bist tot!", hallte es aus mehreren Kehlen.

Die Besitzerinnen der Stimmen traten aus dem Dickicht und umstellten Frida, während eine von ihnen die Platte deaktivierte, die möglicherweise eine ganze Reihe tödlicher Mechanismen in Gang gesetzt hätte.

Dann verschwamm um sie herum plötzlich alles; Frida hörte ein Kichern und fühlte schlanke Hände, die ihren erschlafften Körper von der nun harmlosen Platte hoben. *Was soll das? Ich habe kläglich versagt, und niemand tadelt mich dafür?*

„Es tut mir so leid", murmelte sie, aber die anderen Frauen und Mädchen ignorierten sie einfach.

„Herzlichen Glückwunsch, Tochter", sagte Fridas Mutter und tätschelte ihr die Schulter. Gisel besaß dieselbe glatte olivgrüne Haut und das glänzende dunkle Haar wie ihre Tochter. Sie sahen beinahe aus wie Spiegelbilder, als sie einander küssten. „Du hast dir deine Freiheit verdient, Kleines."

„Ich … Wirklich?" Frida hatte sich so sehr in ihrer Aufgabe verloren, dass es ihr nun schwerfiel, ihre schmerzenden Muskeln zu entspannen. Während ihr Schweiß noch trocknete und ihr Blick wieder klar wurde, versuchte sie zu verstehen, was ihre Mutter gerade gesagt hatte. „Aber …

ihr habt mich doch erwischt. Wie kann ich die Prüfung bestanden haben?"

Einige der anderen kicherten erneut. Eine ältere Frau drängte sich durch die Menge. „Jedes Mädchen unseres Clans besteht die Prüfung", teilte sie Frida mit. „Es muss einfach nur bis zum Alter von vierzehn Jahren am Leben bleiben."

„Hast … Hast du den Test bestanden, Xanto?"

Die weise Frau, deren Haar fast bis zum Boden reichte, nickte. „Und obwohl dein Auftritt nicht ganz perfekt war, hast du mein jüngeres Ich bereits überholt."

Das erschien Frida völlig unmöglich. Die Länge von Xantos Haaren signalisierte, dass sie bereits länger als jedes andere Clanmitglied ohne Wiederauferstehung überlebt hatte. „Wie das?", wollte Frida wissen.

„Ich habe noch niemals den Dschungel verlassen." Xanto schob einige offenbar extra platzierte Blätter zur Seite, um die Biomgrenze sichtbar zu machen. „Du schon."

Frida erhielt ihr Apfeltattoo, einen kleinen Proviantvorrat und einen Begleittrupp, der sie an vorher festgelegten Koordinaten abliefern sollte. Dort wurde sie offiziell aus dem Schutz ihrer Familie entlassen, um ab sofort ihren Weg durch die Oberwelt selbst zu bestimmen. Sie würde ihren Clan regelmäßig zu Familientreffen wiedersehen, bei denen die Frauen ihr neu erworbenes Wissen teilten, Anekdoten austauschten und nicht zuletzt erneut ihre Unabhängigkeit in einem Wettbewerb bewiesen.

Niemals würde sie diesen ersten Schritt vergessen, der sie von ihren Leuten wegführte – und sie wünschte sich nichts sehnlicher, als bis zum Termin des nächsten Zusammentreffens zu überleben.

*

Gerade jetzt, als Frida sich mit ihren Kavalleriefreunden auf den Weg machen sollte, war dieser Wunsch so präsent wie nie. Sich mit Kim, Rob und den anderen zu verbünden, widersprach all ihrer Erfahrung und all dem, was Xanto sie je gelehrt hatte. Aber dann erinnerte sie sich an die Übergriffe, die sie durch Dr. Dreck, Lady Craven und deren Griefer-Lakaien hatte erdulden müssen, und fühlte sich gleich weniger schuldig. Wie Jools einmal gesagt hatte: Wenn sie nicht jetzt etwas unternahmen, um die Oberwelt zu befreien, gab es vielleicht kein nächstes Mal, um es erneut zu versuchen. Und der eine oder andere Nebenauftrag würde das Bataillon nach dem herben Rückschlag am Zombiegipfel über Wasser halten und ihm außerdem ermöglichen, sich neu auszurüsten und in Ruhe den nächsten Schritt zu planen.

Frida half Kim dabei, die neuen Pferde reisefertig zu machen, brachte ihnen Heu, prüfte die Beine und Hufe und striegelte ihnen den Rücken, um ihnen einen Vorgeschmack auf das Tragen von Reitern zu geben. Kim hatte die neuen Tiere bereits geprüft und geritten und ihnen ihren Freigabestempel aufgedrückt. Sie würde sie je nach Temperament und Erfahrung mit passenden Reitern kombinieren, sobald sie die Touristen kennengelernt hatte, die mit ihnen die Reise durch die eiskalten Schneebiome antreten würden. Nur der kleine und stämmige hellbraune Hengst eignete sich nicht als Reitpferd und würde deshalb als Packtier eingesetzt werden.

Frida hätte Ozelot niemals eingetauscht, aber sie mochte die neue Stute und den Hengst – zwei universell einsetzbare Mischrassen, von denen Kim behauptete, dass sie in der Lage wären, am selben Tag ein Rennen zu absolvieren und ein Feld umzupflügen. Die braungetüpfelte Stute blickte aus sanften Augen mit langen weißen Wimpern. Frida schlug vor, ihr den Namen Velvet zu geben, womit alle einverstanden waren. Der Hengst war ein kupferfarbener Fuchs mit weißer Blesse, einem weißen Fleck am Bauch und drei langen weißen Socken, die Rob fachmännisch „hoch auslaufend" nannte. Nachdem der Hauptmann das Tier beobachtet hatte, nannte er es kurzerhand Roadrunner.

Das Maultier war wie die meisten seiner Art klüger, als es Menschen gemeinhin lieb ist. Die Stute wusste genau, dass sie nichts tun musste, was sie nicht wollte, also war Kim bei ihr besonders freigiebig mit Leckerlis und Streicheleinheiten. Das schokoladenbraune Tier mit etwas hellerer Schnauze sah sehr hübsch aus. Ein einzelner dunkler Fleck unter einer der Nüstern ähnelte einem Schönheitsfleck, sodass das Bataillon beschloss, sie nach einer berühmten Schauspielerin Marilyn zu nennen. Wenn man ein Maultier elegant nennen konnte, dann passte dieses Attribut perfekt zu Marilyn – und es bildete einen krassen Gegensatz zu dem stämmigen Packpferd, das sie nach vielen amüsanten Namensvorschlägen schließlich „Gnom" tauften.

Frida und Kim statteten die Tiere mit neuen Sätteln und Führungsleinen aus, die Turner in der Stadt erstanden hatte. Sobald sie in Spike City ihre „Rekruten" trafen, wie Stormie die Touristen betitelt hatte, würden sie ihnen die Pferde übergeben.

Kurze Zeit später machte sich Bataillon Null auf den Weg zu seiner neuen Mission – die Inventare vollgestopft mit allem, was sie in der letzten Nacht abgebaut und hergestellt hatten. Stormie war wiedervereint mit Armor und übernahm auf dem Rücken ihres Gescheckten erneut die Führung der Einheit. Frida folgte auf Ozelot, und Turner thronte wie gehabt auf dem kräftigen Duff. Der Nächste in der Reihe war Jools auf seinem Hengst Beckett, gefolgt von Kim auf dem riesigen Nachtwind. Rob bildete auf seinem wiederhergestellten Hengst Saber mit dem kleinen Gnom die Nachhut, sodass der Hauptmann jederzeit ein Auge auf sein Bataillon haben konnte.

Sie ließen die Riesentaiga hinter sich und kamen in die verschneite Taiga, die sie mit sanftem Schneefall begrüßte. Frida, die Velvet am Zügel führte, beobachtete die Schneeflocken, die lautlos auf der Schnauze des neuen Pferds landeten, um dort einen Moment liegen zu bleiben und dann zu schmelzen. Die Überlebenskünstlerin hatte schon öfter Schnee gesehen, aber nie zuvor hatte sie dessen stille Hartnäckigkeit gewürdigt. Sie fand das Schauspiel wunderschön.

Während sie unterwegs waren, befahl Hauptmann Rob seinen zwei Trupps, in Zweierreihen Stiefel an Stiefel zu reiten, und forderte dann einen Bataillonsbericht. „Turner? Waffen und Munition?"

„Da gibt es gute und schlechte Nachrichten", erwiderte der Sergeant. „Wir haben mehr Rohmaterialien als fertige Waffen. Aber das ist schon in Ordnung. Ich werde die ganze Nacht damit verbringen, weitere Ausrüstung herzustellen, damit wir für den morgigen Zugauftrag bereit sind. Stöcke und Setzlinge sind vorhanden, genau wie Bruchstein und Feuerstein. Aber wir haben nicht mehr genug Eisen, Gold und kaum Federn. Das ist schlecht. Wenn ihr ein Hühnchen seht, wisst ihr, was ihr zu tun habt."

Die Kavallerieeinheit besaß nur noch einen Langbogen, die Armbrüste der Viehdiebe, zwei Steinschwerter, sechs Äxte und drei Spitzhacken, von denen eine das Diamantwerkzeug war, das Crash tags zuvor beigesteuert hatte.

Sie mussten dringend ihre Lagervorräte aufstocken und entweder massenweise Pfeile herstellen oder um jeden Preis Skeletten ausweichen.

„Stormie? Haben wir irgendetwas Explosives oder Fallenkomponenten?", fragte Rob.

„Negativ, Hauptmann", antwortete sie. „Aber ich arbeite daran. Der Creeper aus dem Lager hat leider kein Schwarzpulver fallen gelassen, aber wir könnten uns in ein Verlies oder eine Höhle graben, um etwas zu ergattern. Außerdem brauche ich Sand, um Sprengstoff herzustellen – aber den werden wir hier in der verschneiten Taiga oder der Eisebene nicht finden. Ich habe mich in Spike City umgehört und erfahren, dass es im Westen ein Tafelberg-Plateau und im Süden einen verschneiten Strand geben soll."

„Dort könnten wir auch Sandfallen bauen", warf Frida ein.

„Genau. Dafür wäre es noch gut, wenn wir irgendwie an Spinnenfäden kämen, um unsere Fallen und den Sprengstoff mit Stolperdrähten zu vernetzen", schloss Stormie.

„Exzellent", erklärte Rob. „Du machst das schon." Er lenkte Saber um einen Block herum, der im Weg stand, anstatt ihn zu überspringen, um das Bein seines treuen Hengstes zu schonen. „Jools? Wie sieht's mit Tränken und Nahrung aus?"

Jools behielt ein scharfes Auge auf die Versorgungstruhe, seitdem Turner sich kürzlich ohne Erlaubnis an den Zutaten bedient hatte. „Ähnlich wie in Turners Waffenbericht", entgegnete er. „Wir haben einige Brauzutaten von Colonel M – eine Menge Netherwarzen, Redstone- und Glowstone-Staub. Ich unterstütze Stormies Verlies-Idee; ich brauche ebenfalls Schwarzpulver, um Wurftränke zu brauen. Und die anderen können mich unterstützen, indem sie nach Zuckerrohr, Hasen und Spinnen Ausschau halten."

„Danke, Quartiermeister. Was ist mit unseren Nahrungsvorräten?"

„Die werden nicht mehr lange reichen." Jools sah besorgt aus.

„Dann verwenden wir einen Teil der Anzahlungen, die wir erhalten haben, um in der Stadt Brot und andere Lebensmittel zu kaufen", beschloss Rob. „Bataillon, haltet eure Äxte bereit. Wir jagen alles, was unseren Weg kreuzt."

Dieser Vorschlag traf auf wenig Wohlwollen. Aber niemand erwähnte, dass es in den Schneebiomen kein essbares Wild, dafür aber umso mehr räuberische Wölfe gab.

„Auf dem Weg zu unserem Auftrag in den Extremen Bergen werden wir westlich der Stadt in einer bergigen Region der verschneiten Taiga lagern", verkündete Rob. „Späherin, ich hätte gern von dir einen Bericht, sobald wir dort ankommen. So können wir unsere nächsten Bewegungen besser mit den Touristen abstimmen."

„Ich glaube, *Rekruten* wäre der respektvollere Begriff, Hauptmann", warf Stormie halb schmunzelnd ein. „Wenn wir ihnen das Gefühl geben, dass sie ein Teil unserer Einheit sind, wird es sehr viel leichter sein, Loyalität von ihnen einzufordern, falls das einmal notwendig sein sollte."

Rob grinste. „Einverstanden. Und Kim? Dich bitte ich um eine genaue Untersuchung der Pferde, sobald unsere neuen … Rekruten eintreffen."

Obwohl ihre Position nach wie vor alles andere als solide war, hatte sie sich doch verbessert. Dieser Gedanke bescherte Frida einen schwachen, aber deutlich spürbaren Hoffnungsschimmer. Im Stillen erneuerte sie ihre Verpflichtung gegenüber dem Bataillon ... jedenfalls fürs Erste.

*

Wie verabredet trafen sie den bunt gemischten Haufen neuer Rekruten am Stadtbrunnen.

Richter Tomes Augen strahlten, als er die schöne Marilyn erblickte, das Maultier, das Kim am Zügel führte. „Das nenne ich eine schöne Dame", sagte der grauhaarige Mann verzückt. „Ich mag solch starke, stille Typen." Marilyn stieß ein ohrenbetäubendes Wiehern aus, dem ein ebenso lauter Furz folgte. „Ich nehme alles zurück", rief Richter Tome, rieb sich die Ohren und wedelte mit einer Hand in der Luft herum.

Kim erkannte dennoch die sofortige Anziehungskraft zwischen Mann und Tier und half dem älteren Herrn in den Sattel des Maultiers. Elegant fiel sein Mantel über das Hinterteil seines neuen Reittiers.

De Vries, ein groß gewachsener, untersetzter Spieler mit glattem blondem Haar, das ihm ständig in die Augen fiel, stand wartend da. Sein zum Bersten gefülltes Inventar war vollgestopft mit Bau-Utensilien. Frida fiel auf, dass er so viele Falltüren, Glasscheiben, Leitern, Kolben und andere Dinge bei sich trug, dass kein Platz für Waffen oder Nahrung übrig blieb.

Seine Schwester Crash sah De Vries äußerlich ähnlich, war aber kleiner. Ihr blondes Haar hatte sie unter einer gelben Lederkappe gebändigt, an der vorn eine winzige Redstone-Lampe hing. „Für den Bergbau", erklärte De Vries nachdrücklich, als er Turners begehrliche Blicke auf den seltenen Gegenstand bemerkte. Crashs Inventar war fast vollständig gefüllt mit jeder Art von Rohmaterial. Während alle den Anweisungen des Hauptmanns lauschten, sahen Frida und Stormie interessiert Crash zu, die nervös das Packeis unter sich bearbeitete und sorgfältig einen Block nach dem anderen im Inventar ablegte. Tatsächlich sah der Boden rund um die neue Rekrutin schon jetzt merklich zerklüfteter aus als noch kurz zuvor.

Als er die Mienen der beiden Frauen bemerkte, erläuterte De Vries: „Crash hört eigentlich nie mit dem Abbauen auf. Sie ist ein echter *Nor*."

„Was soll das sein?", erkundigte sich Stormie.

Jools hatte zugehört und erkannte den Begriff. „Ein *Nor* ist eine Art sozialer Sonderling", übersetzte er. „In Crashs Fall ein Erzfreak. Wenn ihr mich fragt, ist das eine wahrlich sinnvolle Leidenschaft. Es ist schön, euch zwei kennenzulernen."

Kim nahm Frida Velvet ab und führte die Stute zusammen mit Roadrunner zu Bruder und Schwester. De Vries nahm die Tiere in Augenschein. „Ziemlich klein, verglichen mit unseren üblichen Friesen. Aber es wird schon gehen." Er stellte einen Fuß in Velvets Steigbügel und zog sich wie ein geübter Reiter in den Sattel. „Was sagst du, Schwesterchen?" Crash beäugte Roadrunner ein Weilchen. Schließlich nickte sie und saß ebenso problemlos auf dem Fuchs auf.

Alle drei Rekruten waren erfahrene Reiter und verließen in Reih und Glied die Stadt, nachdem Turner, Rob und Jools von ihrem Ausflug zum Händler zurückgekehrt waren.

*

Trupp C, wie Rob die Neulinge jetzt nannte, hatte sich zwischen die zwei anderen Trupps eingereiht, die jeweils zu dritt nebeneinander ritten. Aufgrund seines fortgeschrittenen Alters wurde Richter Tome zum ehrenhaften Unteroffizier ernannt und erhielt das Kommando über die Einheit, nachdem das Geschwisterpaar sich damit einverstanden erklärt hatte. Dann wiederholte Hauptmann Rob ihre Mission und erklärte die Reiseregeln, die die Kavallerieeinheit aufgestellt hatte.

„Da wir im Falle einer Gefahr als Einheit agieren müssen, seid ihr *ad hoc* Mitglieder von Bataillon Null", sagte er.

Der Richter wandte sich an Rob, der zu seiner Rechten ritt: „Wie ich sehe, bist du des Lateinischen mächtig, Hauptmann. Ich denke, ich spreche für meinen Trupp, wenn ich sage, dass wir gern einen gebildeten Mann als Anführer akzeptieren."

Frida war erstaunt, wie leicht es manchen Menschen fiel, sich einer Gruppe anzuschließen. Verstohlen blickte sie hinüber zu Crash auf ihrem neuen Hengst. Die junge Frau schien in ihrer eigenen Welt zu leben. Trotzdem hielt sie die Zügel sicher in der einen Hand, während die andere unaufhörlich eine Diamantspitzhacke schwang. Ihr kräftiger Arm war wohl auch ohne Schwert eine effektive Waffe. *Ihr würde ich ungern als Feindin begegnen*, dachte Frida beeindruckt.

Rob sprach mit den neuen Reisenden über die Gemeinschaftstruhe. „Wir können euch natürlich nicht dazu zwingen, unser Kriegsvorhaben zu unterstützen, aber alles, was ihr mit uns teilen möchtet, werden wir für unsere nächste Schlacht zum Wohle der Vereinigten Biome einsetzen. Wir erwarten allerdings von euch, dass ihr sämtliche Nahrung und für Unterkünfte und Schutz erforderliche Materialien an Quartiermeister Jools übergebt."

„Kriegen wir denn eine Quittung oder etwas Ähnliches

dafür?", fragte De Vries mit seiner melodischen Stimme, während er Velvet zwischen Armor und Beckett lenkte.

„Das gesamte Bataillonsinventar ist ordentlich in einer digitalen Datenbank verzeichnet", sagte Jools etwas beleidigt darüber, dass ihn jemand für unehrlich halten konnte. „Ich erwarte von euch, dass ihr alles gegenzeichnet, was ihr entfernt."

Na ja, vielleicht ist das mit der Gruppendynamik doch nicht so leicht, dachte Frida und lächelte vor sich hin.

„Unteroffizier Kim wird alle Aufgaben, die mit der Organisation und der Pflege der Pferde zu tun haben, delegieren, während Turner die Herstellung der Waffen beaufsichtigt", fuhr Rob fort, ohne den kleinen Zwist überhaupt zu bemerken. „Jeder muss seinen Anteil für die Gruppe leisten."

Die Unterhaltung erstarb, als die Reisenden an der nördlichen Gabelung des Eisflusses ankamen und ihre Pferde hinüberführten. Beckett bockte etwas, während die anderen Pferde gehorsam den gefrorenen Untergrund betraten, auf dem ihre Hufe dank der Eisen nicht wegrutschen konnten. Duff und Saber folgten Ozelot und Nachtwind … nur Marilyn bewegte sich keinen Zentimeter.

Richter Tome schnalzte ihr ermutigend zu und drückte ihr sanft die Stiefel in die Seiten. Aber seine Anstrengungen machten die Stute nur noch unkooperativer. Störrisch stand sie am schneebedeckten Ufer und schob ihr Maul herausfordernd nach vorn, als ob sie zeigen wollte, wie weit sie zu gehen bereit war. Turner und Rob wendeten Duff und Saber und schnalzten dem Tier zu, was ihnen nichts weiter als einen gehobenen Schweif und einen weiteren Darmwind bescherte. Wie ein Fels stand sie da, mit einem Funkeln in den Augen, das zu sagen schien: „Versucht es nur weiter." Die anderen Reiter waren mitten auf dem gefrorenen Gewässer zum Stehen gekommen und beobachteten das Geschehen am Ufer. „Das sieht aus wie ein Fall für unsere Pferdeflüsterin!", sagte Stormie und verwendete den Spitznamen, den die Bataillonsmitglieder Kim gegeben hatten, kurz nachdem sie ihr zum ersten Mal begegnet waren.

Kim wendete Nachtwind und lenkte ihn neben Marilyn, der sie einen prüfenden Blick schenkte. „Ich weiß, was sie braucht." Aus ihrer Satteltasche zog Kim eine Karotte, die sie ans Ende eines Spinnenfadens band. Sie übergab beides Crash. „Sei so gut und binde das an deine Spitzhacke. Dann sollte unsere störrische Dame Roadrunner ohne Probleme folgen."

Der Trick funktionierte bestens.

„Genial!", rief Jools. „Ich hatte bereits von Karottenruten gehört, aber noch nie eine in der Praxis erlebt."

Während sie die Eisebene in Richtung einer bergigen verschneiten Taiga überquerten, forderte Rob Frida auf, den Neulingen ihre Reiseplanung darzulegen. „Als Späherin", erklärte er, „ist Frida unser Auge und Ohr, wann immer wir unterwegs sind. Ihr könnt ihr euer Leben anvertrauen."

Fridas Haut nahm einen dunkleren Grünton an. „Danke, Hauptmann. Da dies eine Erkundungsmission mit Nebenauftrag ist, bewegen wir uns in einer Spirale. Sie beginnt in Spike City, von wo aus wir verschiedene Biome an der Grenze zu den Extremen Bergen besuchen. Wir sind uns relativ sicher, dass es dort nirgends feindliche Mobs gibt, die in Lady Cravens Diensten stehen."

Die Neulinge murmelten unruhig, als sie den Namen der Griefer-Königin vernahmen.

„Wir werden unser Lager jede Nacht an einer Stelle aufschlagen, die vorher von mir erkundet wurde und die unsere Bedürfnisse so gut es geht erfüllt. Rechnet damit, dass es heute Nacht eher ungemütlich wird."

„Verschneite Taiga klingt gut", sagte der Richter fröhlich.

„Ihr bleibt im Lager zurück oder reitet zu einem vorher vereinbarten Treffpunkt weiter, während einer der Trupps Nebenaufträge ausführt", fuhr Frida fort. „Sobald diese erledigt sind, treffen wir uns und ziehen weiter. Das machen wir so lange, bis einer von euch sich für ein endgültiges Ziel entscheidet."

„Also vielleicht *ad infinitum* ...", murmelte Richter Tome.

„So lange sicher nicht", entgegnete Rob. „Wir beabsichtigen zu reisen, bezahlte Aufträge anzunehmen, unsere Inventare aufzufüllen und irgendwann wieder als Kavallerieeinheit in die Schlacht zu ziehen. Möchtest du noch etwas hinzufügen, Späherin?"

„De Vries und Crash planen, sich irgendwo dauerhaft niederzulassen. Und unsere nächsten Stationen werden uns in gemütlichere Gefilde führen", versicherte Frida den Geschwistern. „Stormie, du wirst die Gelegenheit haben, Sand abzubauen, und Turner, du wirst froh sein zu hören, dass wir bald wieder auf Hühnchen, Kühe, Schafe und anderes Vieh treffen werden. Für alles andere kehren wir immer dann nach Spike City zurück, wenn wir müssen."

Die Gruppe war inzwischen am Rand der Eisebene angekommen und gelangte nun in die weitaus bergigere Taiga. Es hatte aufgehört zu schneien. Friedlich lag die Landschaft vor ihnen, die Stille nur unterbrochen von den Geräuschen der neun Reiter und ihrer Tiere. Das kleine Packpferd trottete brav hinter Saber her.

Als sie sich einem Fichtenwald näherten, wurde die Ruhe jäh unterbrochen. Ein Heulen drang zwischen den Bäumen hervor, gefolgt von einigen weiteren verräterischen Geräuschen.

„Wölfe!", rief Jools und deutete auf ein Rudel, das geradewegs auf sie zuhielt. Ohne nachzudenken, griff er einige Erdblöcke aus seinem Inventar und bewarf die Raubtiere damit. Sofort färbten sich ihre Augen rot, sie fletschten die Zähne und nahmen eine bedrohliche Haltung ein.

„Warum hast du das getan?", verlangte Kim zu erfahren. „Jetzt sind sie uns feindlich gesinnt!"

Die Wölfe rannten los, kniffen die glühenden Augen zusammen und bleckten die Reißzähne, während ein gefährliches Knurren aus ihren Kehlen drang.

Beckett tänzelte nervös, und seine Angst steckte Velvet an. Stormie hob eine Hand und brachte den mutigen Armor damit zum Stehen, aber die Pferde hinter ihr schnaubten und bockten ängstlich. „Was sollen wir tun, Hauptmann?", rief Stormie.

Rob warf Kim einen Blick zu. Sie war ihre Expertin für alles, was mit Tieren zu tun hatte. „Was denkst du?"

Zum ersten Mal war sie völlig ratlos. Die Wölfe waren nur noch ein gutes Dutzend Blöcke entfernt. Sie würden angreifen, und keines der Pferde wollte als Abendessen enden.

Genau in dem Moment sprangen die neuen Rekruten Crash und De Vries behände aus dem Sattel. Vor den Augen des restlichen Bataillons begannen sich ihre Körper zu verändern. Ihre Haut verdunkelte sich, und ihre Kleidung fiel zu Boden.

Ich glaub, ich träume, dachte Frida ungläubig.

Die beiden Spieler hatten ihre menschliche Form vollständig abgelegt und standen nun völlig verändert vor ihren Gefährten: vierbeinig, mit buschigem Schweif und aufgerichteten, dreieckigen Ohren.

Kapitel 5

Gestaltwandler! Frida gab sich einen gedanklichen Tritt, weil sie diese wichtige Eigenschaft der beiden Geschwister nicht erkannt hatte, *bevor* sie ins Bataillon aufgenommen worden waren. Sie hätte sie an den schwarzen Diamanten auf der Stirn erkennen müssen. Aber jetzt war es zu spät. Nun gab es nur noch eine Frage: Würden die Reiter sie verteidigen oder sich gegen sie wenden?

Und würden die Spieler ihre wahren Motive überhaupt enthüllen? Die vier aggressiven Wölfe stellten sich den zwei Gestaltwandlern mit nervös zuckenden Ruten entgegen. Frida wusste, dass zornige Wölfe friedliche dazu bringen konnten, ihnen zu folgen. Sie versuchte so gut wie möglich, Ozelot ruhig zu halten, als die Stute Anstalten machte, sich auf die Hinterbeine zu stellen und auszuschlagen.

„Hauptmann!", rief Turner. Er hatte Duffs Zügel losgelassen und hielt eine Axt in jeder Hand. Duff tänzelte nervös rückwärts.

Rob, der inzwischen furchtbar schwitzte, versuchte, einen klaren Kopf zu behalten. Er hob eine Hand, um Turner von einer Attacke abzuhalten. Zwei Äxte würden sie vor der geballten Kraft von sechs Wölfen nicht beschützen.

Im nächsten Moment griffen die Raubtiere an. Die Reiter konnten nichts tun, als ihre Pferde im Zaum zu halten, während die Geschwister den feindlichen Wölfen an die Kehle gingen: Einer, zwei, drei, vier Wölfe starben schnell nacheinander, und plötzlich war es wieder ruhig.

Man konnte die Erleichterung deutlich spüren.

Die Gestaltwandler schnüffelten noch eine Weile am Boden, verwandelten sich dann wieder in ihre menschliche Form zurück und zogen sich an. Es sah aus, als würde ein Film langsam zurückgespult.

„Dieser Landstrich ist übrigens *kein* Ort, an dem wir uns niederlassen werden", sagte De Vries nüchtern. Er griff nach Velvets Zügeln und saß wieder auf. Crash schwang sich auf Roadrunners Rücken.

Frida beäugte Rob und schickte ihm eine stillschweigende Entschuldigung. Jools lenkte den immer noch nervösen Beckett neben Stormie, sodass De Vries sich zwischen ihnen einreihen konnte, während Frida und Kim wortlos ihre Plätze rechts und links neben Crash einnahmen. Auch die letzte Dreiergruppe positionierte sich neu.

„Tja, da hat wohl jemand eine Kleinigkeit vergessen zu erwähnen, was?", meinte Turner und sprach damit die Gedanken aller Bataillonsmitglieder aus.

Richter Tome lenkte Marilyn vorwärts. „Ich würde sagen, sie haben dieses Versäumnis soeben wiedergutgemacht", sagte er.

De Vries drehte sich in seinem Sattel um. „Ihr habt doch hoffentlich nichts gegen Leute wie uns, oder?"

„Nicht, wenn ihr auf unserer Seite bleibt", erwiderte Kim und meinte an Rob gewandt: „Hauptmann, Gestaltwandler, die sich in Wölfe verwandeln, sind sehr selten. Sie könnten uns in verschiedenen Situationen ziemlich nützlich sein, wie du gerade gesehen hast." Sie drehte sich zu Jools um, der vor ihr ritt. „… zum Beispiel, wenn ein Spieler neutrale Mobs auf uns hetzt, obwohl er es besser wissen sollte."

„Es tut mir so leid", murmelte Jools. „Ich weiß nicht, warum ich das getan habe."

„Wir machen alle Fehler, Quartiermeister", sagte Rob.

„Nur nicht so tödliche", fügte Turner anklagend hinzu. „Wir hatten Glück. Wir hätten unsere Pferde verlieren können."

„*Aber, aber*. Es ist doch alles gut ausgegangen", warf der Richter beschwichtigend ein.

Frida blieb stumm. Taten waren viel wichtiger als Worte, besonders in solchen Situationen. Jools hatte nur instinktiv versucht, die Gruppe zu verteidigen. Und die Gestaltwandler hatten gezeigt, auf wessen Seite sie standen … jedenfalls fürs Erste.

Die Rekruten halfen ihren neuen Gefährten auch später am Tag, als das Bataillon an der Grenze zwischen der verschneiten Taiga und einem bergigen Plateau das Nachtlager aufschlug. Nun befand sich unter ihren Füßen roter Sand und kein Schnee mehr, und die Blätter, die sie bis eben noch umgeben hatten, verschwanden und machten toten Büschen Platz, die durch die Höhenlage und den Wind zu komischen Gebilden verformt worden waren. Obwohl es hier kälter war als im Biom ihres alten Basislagers, erinnerte Frida dieser Ort an die Tafelberge – nur, dass es hier keine bizarren Felsformationen gab. Bevor Jools Schaufeln und Spitzhacken verteilen konnte, tippte De Vries seiner Schwester auf die Schulter, woraufhin sie sich an die Arbeit machte und eine terrassenartige Unterkunft für die Pferde aushöhlte. Kim half ihnen dabei, Zäune zu ziehen und Fackeln und ein Tor zu platzieren. In Rekordzeit waren alle Tiere sicher untergebracht.

Frida und Stormie waren noch dabei, nach einem geeigneten Platz für die Unterbringung des Bataillons zu suchen, als De Vries Crash erneut antippte und auf eine nackte Felswand zeigte. Sekunden später hatte sie einen Eingang geschaffen und sich tiefer ins Gestein gegraben. Die Überlebenskünstlerin und die Abenteurerin zuckten mit den Schultern und machten sich daran, vom Quartiermeister Feuerholz und Nahrung zu holen.

Als die Sonne langsam unterging, versammelten sich die ursprünglichen sechs Mitglieder von Bataillon Null um das Lagerfeuer, wie sie es seit ihrem Zusammenschluss schon so oft getan hatten. *Trotzdem haben sich die Zeiten geändert*, dachte Frida, während sie Richter Tome beobachtete, der sich gerade einen Felsen zurechtlegte, um sich dann darauf niederzulassen. Murmelnd richtete er einige Dankesworte an den Weltengenerator, der ihnen Brot und Schweinebraten beschert hatte, bevor er sich über seinen Teller hermachte.

Turner stieß Frida an. „Dabei hab ich das Essen in der Stadt besorgt", raunte er ihr eingeschnappt zu.

„Armer Klops", stichelte sie. „Musstest die Smaragde anderer Leute benutzen, um dir ein Abendessen zu beschaffen. Und keiner sagt Danke ..."

Diesmal stieß er ihr den Ellbogen härter in die Seite als zuvor, sodass sie das Gleichgewicht verlor und lachend De Vries und Crash vor die Füße fiel, die sich gerade dem Lagerfeuer näherten. Crash reichte Frida ihren Spitzhackenarm und half ihr mit dem kleinen Finger hoch. Frida grinste. *Heiliges Endgestein! Die Frau ist stark*.

Jools hatte aus einem Fluss in der Nähe Wasser geholt und bot allen zu trinken an. „Ich erhebe mein Glas", sagte er, und alle Blicke wandten sich ihm zu. „Auf unseren neuen Trupp C, dessen Mitglieder sich jetzt schon bewährt haben."

„Auf Trupp C!", echoten die Veteranen.

„Wenn Jools so etwas sagt, dürft ihr euch ruhig geehrt fühlen", verkündete Stormie den Neulingen. „Und auch ich bedanke mich für das Errichten der Unterkünfte und das Töten der Wölfe", fügte sie hinzu.

Turner warf dem Richter einen Blick zu. „Und was hat er geleistet?"

„Es geht nicht darum, was er geleistet hat." Jools stellte seinen Wassereimer auf den Boden. „Es geht darum, was er leisten *wird.*"

Richter Tomes Gesichtsausdruck war ratlos. Er wusste scheinbar auch nicht, was Jools gemeint hatte.

Der Quartiermeister wandte sich an den älteren Mann. „Ich habe eine Frage an dich, Richter. Hast du jemals das Gesetz etwas beugen müssen, um es zu wahren?"

Der Angesprochene nickte.

„Nun, verehrter Richter, genau das wird das Bataillon in Kürze tun."

Frida erkannte, was Jools vorhatte. „Wir stehlen von den Reichen und geben den Armen", erklärte sie. „Nicht gerade die ruchlose Missetat eines Griefers, aber eben auch nicht legal."

„Wir könnten vielleicht etwas Unterstützung vom Auge des Gesetzes gebrauchen", fuhr Jools fort. „Wir haben ja noch deinen VBO-Ring. Wenn wir mal juristischen Beistand brauchen, können wir dann auf dich zählen?"

Alle Augen richteten sich auf den ehemaligen Staatsdiener.

Der Mann machte eine unbestimmte Geste. „Ich würde euch gern helfen, aber wie ihr wisst, haben Lady Cravens

Rebellen das Gesetz der Oberwelt fürchterlich untergraben. Das war auch der Grund für meinen … Rücktritt."

Jetzt mischte sich auch Rob in das Gespräch ein. „Wir respektieren deine Privatsphäre, Richter. Aber deine Autorität könnte hier und da Justitias Waage zu unseren Gunsten beeinflussen."

„Außerdem sind wir alle zusammen unterwegs. Wenn du also den Richter spielst, könnte das auch *dir* die Haut retten", warf Stormie ein.

Tome ließ das Gesagte auf sich wirken und lächelte schließlich. „Nun, wenn es der Gemeinschaft dient …"

*

Als die Nacht hereinbrach, begaben sich die Spieler in die Felsenunterkunft, die Crash und De Vries gebaut hatten. Nach Sonnenaufgang ließ Trupp A die anderen zurück, um sich mit Bluedog zu treffen, während Trupp B sich der Waffenherstellung widmen sollte.

Frida ritt auf Ozelot hinter Stormie auf Armor her. Nun, da sie sich auf dem Weg zur Rückseite der Extremen Berge und nicht weit entfernt vom Ort ihrer bitteren Niederlage befanden, waren sie froh, Turner und fast ihr gesamtes Arsenal dabeizuhaben. Außerdem war Frida sicher, dass Jools, Rob und Kim mindestens genauso erleichtert gewesen waren, dass diese Mission Aufgabe von Trupp A war.

Sie ließen Terrasse um Terrasse hinter sich, bis sie an den Koordinaten angelangt waren, die Rafe ihnen gegeben hatte. Dort wartete bereits jemand.

Frida erkannte das schwarz-purpurne Schimmern eines Netherportals, aber den Mann, der es bewachte, hatte sie noch nie gesehen. Seine Haut war blau-weiß gestreift, und seine Augen standen dicht beieinander … so dicht, dass er einen starken Silberblick hatte. Es war kaum erkennbar, wohin er schaute.

Turner lenkte Duff auf den Mann zu und teilte ihm das Passwort mit, das Rafe ihnen gegeben hatte: *Alpha 6*.

„Vanille 9", kam die Antwort, die den Mann als Bluedog auswies. „Kommen wir zum Geschäftlichen." Er überreichte Turner eine Handvoll Diamanten als Anzahlung.

„Wann kriegen wir den Rest?", fragte Turner herausfordernd.

Bluedog legte eine Pfote ans Netherportal. „Sobald die Ladung des Versorgungszuges hier hindurchfließt. Wenn ihr ihn nicht unbeschadet herbringt, werdet ihr nicht bezahlt."

Turner zog ein Stück Papier mit einer Markierung darauf hervor. „Und wenn du uns nicht bezahlst, besorge ich schneller einen Haftbefehl, als du *Nether* sagen kannst."

Bluedog betrachtete das Symbol, das Richter Tomes Ring hinterlassen hatte. Er schien nicht sonderlich beeindruckt zu sein. „Mir mit dem Gesetz zu drohen, ist nicht gerade eine verlässliche Einschüchterungsmethode, Freundchen." Er machte einen Schritt nach hinten und hob eine Wolldecke an, die auf einem Käfig voller rastlos umherkriechender Gliederfüßer gelegen hatte. Zornig warfen sie sich gegen die Käfigstäbe, bereit, sich auf jeden Gegner zu stürzen.

Frida schüttelte sich beim Anblick des zerbrochenen Monstereis, das inmitten der winzigen Mobs im Käfig lag. *Ich hasse Silberfischchen*, dachte sie. *Kein Wunder, dass Xanto nie den Dschungel verlässt*. Als Bataillonsmitglied war sie bisher nicht von diesen insektenartigen Biestern angegriffen worden, aber sie wusste, dass die Extremen Berge ein perfekter Ort für solche Kreaturen waren. Möglicherweise hatte Bluedog sie alle für seine Zwecke eingefangen. Sie schüttelte sich erneut. Wenn sie einmal losgelassen worden waren, würde dieses Ei niemals aufhören, neue Silberfische zu produzieren.

Turner blieb unbeeindruckt. „Sag uns einfach, wo wir den Zug finden."

Bluedog gab ihnen die Koordinaten. „Folgt dem Verlauf dieser Schienen, und ihr werdet ihn nicht verfehlen. Mein Kumpel Mad Jack ist der Zugführer. Und kommt nicht auf dumme Gedanken. Sämtliche Beute ist in verzauberte Truhen eingeschlossen. Und Jack hat kein Bares dabei."

Stormie vermerkte ihre momentane Position und den Treffpunkt auf ihrer Karte, und sie machten sich auf den Weg ins steile Terrain, das nur einige Bäume zierten. Bald hatten sie den Ort erreicht, an dem Stormie in der letzten großen Schlacht ihr Leben verloren hatte.

Frida blickte sie ermutigend an. „Bleib cool. Dieser Ort kann dir nichts anhaben."

„Danke, Frida."

Armor, Ozelot und Duff kletterten höher und höher, und plötzlich standen sie inmitten von Wolken, die die Landschaft einhüllten. „Deshalb nennt man diese Berge extrem", bemerkte Turner. „Wie haben die nur diese Schienen verlegt?"

Die dichte Wolkendecke dimmte das Licht auf ein gefährliches Level. Und tatsächlich – noch bevor der Trupp auch nur in der Nähe des Treffpunktes angekommen war, vernahmen die drei Mitglieder das vertraute Gestöhne schattenliebender Zombies, die geradewegs auf sie zuhielten. „Öööölhh-*öh-oh!* Ooohhh-*oh-oh!*"

„Durch das Echo klingt es, als wären es doppelt so viele, wie sie tatsächlich sind", beschwerte sich Frida.

„Dann sollten wir lieber auch doppelt so viele Waffen schwingen", riet Turner ihr und warf ihr ein zweites Schwert zu. „Aber Vorsicht, die Dinger sind alt und halten nicht mehr lange."

Kurz darauf hörten sie einige dumpfe Aufschläge und die Stimme eines Mannes. „Ich reiß euch die Haxen ab und kleb sie wieder dran, damit ich sie gleich noch mal abhacken kann!", rief er drohend.

Eilig überquerten sie eine Anhöhe und tauchten aus den Wolken auf. Ein grauhaariger, bärtiger Mann stand auf einer Lorentruhe und hieb wild mit zwei aneinandergebundenen Schwertern um sich, um die Zombiehorde von seinen Schienen zu vertreiben. Plötzlich brach die Sonne durch den nebligen Dunst, und die grünen, verrottenden Monster verbrannten eines nach dem anderen.

Frida sprang von Ozelots Rücken und sammelte geschwind das Gemüse und Fleisch ein, das die Monster gedroppt hatten. Sie lief zum Fahrer der Lore und reichte ihm die Beute.

„Kannste behalten." Er wedelte mit den Händen. „Ich ess nur Frischfleisch."

„Aha", murmelte Stormie. „Ein Nicht-Vegetarier. Du musst Mad Jack sein."

„Jipp, der bin ich", bestätigte der alte Kauz. „Kann euch leider nicht die Hand geben, sonst müsste ich aussteigen. Die Lore steckt voller Computerzeug, und wenn sie anhält, krieg ich sie nie wieder zum Laufen." Die Lore bewegte sich langsam auf dem kleinen Stück ebener Erde vorwärts. Die ungefilterte Sonne hatte die verstreut wachsenden Fichten hier oben auf tote Baumstämme reduziert.

Turner und Stormie bezogen neben der Lore Position, während Ozelots Reiterin sich dahinter auf die Schienen stellte. Kurz nachdem sie sich in Bewegung gesetzt hatten, fiel die Strecke dort, wo die drei Freunde kurz vorher hinaufgestiegen waren, steil ab.

Hinunter ist noch schwieriger als hinauf, fiel Frida auf. Sie heftete den Blick auf Mad Jacks verschwitzten Nacken, aus dem einige drahtige graue Haare wuchsen. Das hier würde eine Weile dauern.

„Woher kommt ihr, Leute?", fragte der Lorenführer.

„Hier und dort", antwortete Stormie ausweichend. „Wir wollen nach Süden und brauchen Geld."

Turner hatte den beiden Frauen eingebläut, dass sie keine Fragen stellen und immer lügen sollten. „Söldnerkodex", hatte er gesagt.

„Süden, he? Klingt wie ich als junger Bursche. Heutzutage bin ich aber eher für *regelmäßige* Gehaltsschecks als für das rastlose Leben eines Grenzgängers."

„Ich versteh dich gut", erwiderte Turner im Plauderton. „Nur hab ich ein Problem damit, immer pünktlich im Büro zu erscheinen, wenn du verstehst, was ich meine."

„Versteh schon, versteh schon."

Frida versuchte, die wenigen Dinge zu verarbeiten, die Jack offenbart hatte, um sich selbst die Fragen zu beantworten, die sie nicht stellen durfte. Ein regelmäßiges Einkommen hieß, dass sich für ihn diese Art von Job wiederholte. Das wiederum bedeutete, dass das, was immer er auch transportierte – Rafe hatte nur vage Angaben gemacht, aber Frida vermutete Edelsteine und andere Wertsachen –, immer wieder befördert werden musste. War es vielleicht Beute, die Legs und seine Leute in Lady Cravens Namen den Dorfbewohnern abpressten? Und wenn ja, steckte womöglich ebendieser Gauner hinter der Lieferung, die durch den Nether gebracht werden sollte? Oder hatte sich ein anderer die Wertsachen unter den Nagel gerissen? Und für welche der beiden Gruppierungen arbeitete Bluedog?

„Sieht aus, als wird das eine friedliche Fahrt", bemerkte Stormie.

„Läuft meist so. Aber wenn nicht, ist die Hölle los."

Instinktiv sah Frida über die Schulter. Aber soweit sie es einschätzen konnte, folgte ihnen niemand. Sie musste an den taktischen Fehler denken, den sie bei der finalen Freiheitsprüfung ihres Clans begangen hatte. „Sergeant!", rief sie. „Wir sollten die Augen nach Druckplatten offen halten."

„Mm-hmm", stimmte Stormie ihr zu. „So eine könnte eine Explosion oder Lawine auslösen."

„Das sollten wir vermeiden. Dafür bezahlt euch Bluedog", murmelte Mad Jack.

„Bisher gab's keine Bezahlung", sagte Turner nachdrücklich.

„Alles zu seiner Zeit."

Stumm ritten sie ein Weilchen nebeneinander her, während die Computersteuerung der Lore dafür sorgte, dass das Gefährt abbremste, anstatt auf diesem steilen Teilstück Fahrt aufzunehmen. Ozelot erschrak, als sich etwas Kies unter ihren Hufen löste, und Frida musste sich festklammern, um nicht vornüber vom Pferd zu fallen. Aber die Stute gewann schnell ihren sicheren Tritt zurück und passte danach besser auf.

Schließlich erblickten sie das wabernde Netherportal, das vor dem nackten Felshintergrund gut zu erkennen war. Frida bemerkte, dass sie den Atem angehalten hatte, und entspannte sich etwas, als sie ihn entweichen ließ.

Bluedog wartete schon auf sie. Die Silberfischchen neben ihm im Käfig begannen, aufgeregt herumzukrabbeln, als sie die Spieler erblickten, und versuchten aufs Neue, die Käfigstäbe zu durchbrechen. Frida konnte es kaum abwarten, die kleinen Biester hier zurückzulassen.

Pferde und Reiter hielten an und sahen Mad Jack zu, wie er ihrem Auftraggeber die Truhe überreichte. Bluedog zog einen Schlüssel hervor und öffnete sie. Er wühlte eine Weile darin herum und warf Turner schließlich verschiedene Edelsteine zu, die dieser geschickt auffing und in seiner Satteltasche verstaute.

„War nett, dich kennenzulernen!", sagte Stormie und nickte dem Lorenführer zu.

„Gleichfalls", entgegnete er und schob die Lore über eine Antriebsschiene, die ihm einen ordentlichen Schub in Richtung Berg verschaffte.

In der Zwischenzeit war Bluedog noch damit beschäftigt, die Truhe ins Netherportal auszuleeren. Ihr Inhalt verschwand klimpernd zwischen den flackernden Purpur-Partikeln.

„Ich hätte nichts gegen weitere Geschäfte mit euch", meinte er. „Kommt in sieben Tagen wieder."

„Ich rede mit unserem Boss", versprach Turner ihm.

Er, Frida und Stormie machten sich auf den Rückweg zum Lager und redeten kaum, bis sie sicher außer Hörweite waren.

„Das war … leicht", sagte Stormie und betonte das letzte Wort, als meinte sie *zu leicht*.

Turner warf ihr einen Blick zu. „Genauso mag ich's."

Frida schwieg. Ihre Erfahrung hatte gezeigt, dass leichte Jobs nie gut bezahlt waren. Und kein Job, dessen Auftraggeber viel springen ließ, war jemals so leicht gewesen, wie es zunächst den Anschein gemacht hatte.

Kapitel 6

Zurück im Bataillonslager fanden die Mitglieder von Trupp A ihre Kameraden bei einer ungewöhnlichen Beschäftigung. Frida staunte nicht schlecht, als sie Kim beim Training mit zwei Pferden in einer professionell gestalteten Arena sah, die obendrein mit Zierbüschen dekoriert war. Eine hölzerne Tribüne bot eventuellen Zuschauern Platz, und einige Sprunghindernisse verhießen eine gute Show.

Frida, Stormie und Turner banden ihre Tiere an den zur Arena gehörenden Zaun und gesellten sich zu den anderen auf die Tribüne. Kim hatte ihnen schon oft Kunststücke mit ihren Pferden vorgeführt, aber diese Kür war beeindruckender als alles, was sie zuvor gezeigt hatte. Velvet führte Roadrunner in der Arena umher und umkreiste dabei Kim, die in der Mitte stand. Das schwarz schimmernde Haar der Pferdemeisterin wurde von einer rosa Kappe überdeckt, die zu ihrer Haut passte, und ein einzelner goldener Ohrring baumelte über ihrer Schulter. Sie hielt einen langen Stock in der Hand – diesmal ohne Karotte am anderen Ende. Plötzlich hob sie den Stock in einem bestimmten Winkel an, woraufhin die Pferde gehorsam in einen leichten Galopp verfielen und behände drei Hindernisse übersprangen, von denen jedes höher war als das vorherige.

Dann lief Kim auf die Tiere zu, woraufhin diese die Richtung wechselten. Die Zuschauer klatschten. Als die Pferde einmal im Kreis gelaufen waren, blockierte Kim ihnen kurz den Weg, um dann rückwärtszugehen und die Tiere in die Mitte zu lotsen. „Ho!", rief sie. Velvet hielt an und stoppte damit auch Roadrunner.

Kim stellte sich vor die Tiere und hob die Arme und den Stock, als würde sie gleich eine Sinfonie dirigieren. Die Pferde bäumten sich gleichzeitig auf und balancierten eine Weile auf den Hinterläufen, bis Kim die Arme senkte. Die Tiere ließen sich wieder auf alle viere herab und hatten die Augen und Ohren ununterbrochen auf die Pferdemeisterin gerichtet. Kim berührte mit dem Stock den Boden, woraufhin Velvet ein Vorderbein ausstreckte und den Kopf zu einer Verbeugung senkte. Roadrunner tat es ihr gleich.

Die Zuschauer jubelten und applaudierten erneut, und Kim verbeugte sich.

Frida spürte, wie sie jemand in die Seite stieß. Es war Crash, die sich neben sie auf eines der Bretter gesetzt hatte, die die Arena umgaben. Mit fragendem Gesichtsausdruck drehte sie den Kopf zu Kim, die gerade über die Zaunbegrenzung kletterte.

Frida begriff. „Kim hat uns einmal erzählt, dass sie ihren Pferdeverstand nur durch die Beobachtung der Tiere erlangt hat", erklärte sie.

Crash schien dies zu bewundern. *Sie weiß also, wie wichtig genaues Hinsehen ist*, dachte Frida. *Und harte Arbeit*. Frida kicherte, als sie den halbkreisförmigen Graben bemerkte, den Crash offenbar während der Show ausgehoben hatte.

„Du bist übrigens eine talentierte Reiterin", lobte Frida. „Ich glaube, Roadrunner war die richtige Wahl für dich. Er ist schnell und stark."

Crash lächelte zum ersten Mal, seit Frida ihr begegnet war. Dann stand sie auf, um ihren Hengst zu streicheln, der wartend am Rand der Arena stand.

„Woher kommt plötzlich die Arena?“, fragte Frida die Pferdeflüsterin.

„De Vries sagte, dass er eine Vision hatte, als er mich beim Training mit Nachtwind beobachtet hat. Er ist ein großartiger Baumeister. Wie lief der Auftrag?“

„Erledigt. Wir sind ein bisschen reicher.“ Frida grinste. „Was machen wir als Nächstes?“

„Die Pferde brauchen Gras. Und wir müssen den Bauern noch für seine Pferde entschädigen. Außerdem sollten wir Hühner besorgen. Kurz gesagt: Wir ziehen bald nach Süden. Dort gibt es eine hügelige Savanne zwischen unserem ersten Lager und der Ebene, auf der wir eine Weile bleiben werden, während sich unsere Tiere sattfressen.“

„Sattfressen klingt gut“, sagte Frida. „Wir sollten dort auch genügend Nahrung für uns finden.“

„Nahrung, was ist das?“, scherzte Jools, der gerade mit einem Wassereimer vorbeilief. „Oh Mann, ich könnte wirklich mal wieder eine Lammpastete vertragen.“

„*Määhhh!*“ Kim ahmte ein Schaf nach, und Jools zog ein imaginäres Schwert, mit dem er sie „erlegte“.

„Ihr Tod war nicht umsonst“, deklamierte er dramatisch und rieb sich den Bauch, bevor er lachend weiterging.

Stormie gesellte sich zu Frida. „Du musst dir das ansehen!“ Sie schob die Späherin in Richtung der Felsenunterkunft, die Crash in der Nacht zuvor begonnen hatte.

Der Eingang war mit Bruchstein und einer Eisentür verstärkt worden.

„Benutze den Fußabtreter!“, verlangte Stormie und deutete auf ein Stück Teppich, das vor dem Eingang lag.

Der Eingangsbereich erinnerte Frida an den von Colonel Ms eindrucksvollem Foyer – natürlich ohne die Rückwand mit den gefangenen Witherskeletten. Stattdessen gab es hier einen Zierbrunnen, der sich in ein Becken darunter ergoss. Das Einzige, was noch fehlte, waren Goldfische. Frida folgte Stormie durch einen Flur, der tiefer ins Gestein reichte und an beiden Seiten in mehrere Räume abzweigte.

„Es sind zehn Räume!", berichtete Stormie enthusiastisch. „Wir haben jeder ein eigenes Zimmer mit Küche und Werkbank."

„War das De Vries?"

„Er hat einfach an alles gedacht", schwärmte Stormie.

Sie blickten nacheinander in die Räume, die alle mit Stühlen, Schreibtischen und den bereits erwähnten Küchenecken samt Werkbank und Ofen ausgestattet waren.

„Hier gibt es alles außer Betten", fiel Frida auf.

„Das liegt daran, dass ich nicht schlafe", ertönte De Vries' melodische Stimme hinter den Frauen. „Ich vergesse immer, dass andere Spieler es sehr wohl tun."

„Nun, es ist trotzdem ein schöner Ort, um einen harten Tag zu beenden", sagte Stormie.

Frida schlief nie in einem Bett. Sie wollte ihren ersten Spawnpunkt nicht verändern und hatte bisher mit niemandem über diesen geheimen Ort im Dschungel gesprochen.

„Mir gefällt der Eingangsbereich am meisten", meinte Frida zu De Vries, als sie wieder nach draußen gingen.

Über dem Eingang hatte Crash zwei kreisförmige Konturen ausgehöhlt und blaues Glas eingesetzt. Das durchscheinende Sonnenlicht warf an der gegenüberliegenden Wand zwei große blaue Flecken an die Wand, die flackerten, wenn draußen eine Wolke vorbeizog.

„Danke", erwiderte De Vries. „Ich dachte mir, wenn wir

schon eine ganze Nacht bleiben, dann soll sie so angenehm wie möglich sein." Er setzte sich auf ein Sofa und legte die Füße auf den gepolsterten Schemel, den er davor platziert hatte.

„Lass ihn zehn Minuten allein und warte ab, was passiert", witzelte Frida, als sie mit Stormie die Unterkunft verließ.

„Späherin! Artilleristin! Euch zwei habe ich gesucht", rief Hauptmann Rob.

„Du warst sicher schwer beschäftigt, während wir den Auftrag erledigt haben", neckte Stormie ihn, und Rob errötete leicht.

„Berichtet mir von der Mission", verlangte er und wandte sich ab. Er ließ sich auf einem der Arenaplätze nieder und rief nach dem Quartiermeister, der gleichzeitig ihr Gefechtsstratege war. Jools setzte sich zu ihnen.

„Turner sagt, ihr hattet Erfolg", begann Rob. „Bitte bestätigt mir, dass er den Lohn vollständig an Jools übergeben hat."

Sie verglichen ihre Notizen. Dort war die Handvoll Diamanten verzeichnet, die sie als Anzahlung erhalten hatten. Frida erinnerte sich, dass Bluedog Turner bei der Rückkehr der drei Freunde sieben weitere Gegenstände zugeworfen hatte.

„War einer davon ein Erdblock?" Jools kratzte sich am Kopf, nachdem er die Datenbank auf seinem Computer geöffnet hatte.

„Nein", knurrte Frida ungehalten. Ihr Freund hatte die unschöne Angewohnheit, sich hier und da selbst zu bedienen.

Rob seufzte. „Und Bluedog? Hat er sich an die Abmachung gehalten?"

„Er hat eine Hälfte vor Auftragsbeginn gezahlt und uns die andere übergeben, als der Job erledigt war, Hauptmann", bestätigte Stormie.

„Würdest du sagen, er ist verlässlich?", wollte Rob von Frida wissen.

Sie dachte eine Weile nach. „Laut den Informationen, die wir vom Lorenführer haben, kommt die Beute regelmäßig und immer von derselben Quelle. Dieser Auftrag erscheint mir also eine sichere Sache zu sein. Und was Bluedog angeht ... Ich bin mir ehrlich gesagt nicht sicher, auf wessen Seite er steht. Aber was ich dir mit Sicherheit sagen kann, ist, dass er gefährlich ist."

„Oh ja", stimmte Stormie ihr zu.

„Tja, deshalb wird der Job auch so gut bezahlt, nicht wahr?", rief Rob ihr in Erinnerung. „Nun gut, wir nehmen den nächsten Auftrag ebenfalls an. Turner sagte etwas von sieben Tagen Wartezeit." Rob machte eine Pause. „Leider genügt das nicht, um uns alle zu ernähren. Schließlich müssen wir das ganze Bataillon und die Rekruten durchfüttern. Ein Auftrag pro Woche reicht also auf Dauer nicht aus, um unsere Kriegstruhe wieder zu füllen."

Wieder dachte Frida, wie hinderlich eine ganze Gruppe doch sein konnte, wenn es um Ressourcen ging. Wenn sie allein im Dschungel unterwegs wäre ...

„Späherin, finde bitte heraus, ob dein Bruder uns weitere Aufträge verschaffen kann. Außerdem schulden wir ihm noch seinen Anteil von gestern. Ihr zwei könnt euch darum kümmern, während wir anderen südwärts reiten. Wir treffen uns an der alten Steinunterkunft wieder."

Frida salutierte. „Ja, Hauptmann."

Jools tippte auf seinen Computerbildschirm. „Wegen dieses Erdblocks, Hauptmann ..."

Rob seufzte schwer und rief nach Turner. Er ließ den Blick über das Lager schweifen, konnte seinen Waffenmeister aber nicht finden. „Hat irgendjemand Turner gesehen?"
Niemand bejahte.

*

Sie suchten bei den Pferden. Duff war gefüttert worden und hatte frisches Wasser, aber sein Reiter war nicht zu sehen. Stormie nutzte die Gelegenheit und sah sich in der hübschen Steinunterkunft um, die Crash und De Vries geschaffen hatten, aber Turner hielt sich in keinem der zehn Räume auf. Sie fragten die eifrige Bergbau-Expertin, die gerade dabei war, roten Sand zu ernten und zu verstauen, ob sie den Sergeant Major gesehen hatte. Aber auch sie schüttelte den Kopf.

Da sie befürchteten, dass Bluedog oder Precious und ihre Gang etwas mit Turners Verschwinden zu tun hatten, teilte Rob den Rest des Bataillons für eine systematische Suche ein. Nach kurzer Zeit war das Rätsel gelöst. Hinter einer niedrigen Felswand fanden sie den vermissten Sergeant an einem Flussufer sitzend beim Fischen.

„Ich hab was!", rief Turner, als er den Suchtrupp erblickte. Er nahm ein Stück verrottetes Fleisch vom Haken und warf es auf den Müllberg, den er bereits mit seiner Angel aus dem Wasser geholt hatte.

Frida ballte die Fäuste. Sie und Stormie hatten im Gegensatz zu Turner ihre Mission ohne jeglichen persönlichen Bonus abgeschlossen. Aber nicht einmal sein kleiner Diebstahl reichte dem Söldner aus.

Frida rannte als Erste auf ihn zu und stieß ihn mit voller Wucht ins Wasser. Es platschte gewaltig. Wie ein Stein versank der große Mann, und kurz darauf war nichts mehr zu erkennen. Plötzlich kamen von unten zwei muskelbepackte Arme zum Vorschein, die wild und unkoordiniert durchs Wasser paddelten. „Ich k-kann nicht sch-schwimmen!“, rief er gurgelnd.

Rob warf Frida einen verblüfften Blick zu. Nachdem sie ihn genug hatte zappeln lassen, sprang die Überlebenskünstlerin mit einem eleganten Kopfsprung ins Wasser und schwamm zu dem Ertrinkenden. Mit einem Arm hielt sie den hustenden und japsenden Mann über Wasser und nutzte nur ihre Beine, um sie beide wieder in Richtung Ufer zu befördern. Dort angekommen wuchtete sie ihn aus dem Wasser und zog sich dann selbst an Land.

Turner lag neben der Beute, über die er eben noch so glücklich gewesen war, und japste kläglich, die nasse Haut voller Sand. „Was zum Henker sollte das?“, stieß er keuchend aus.

„Du hast wieder aus der Gemeinschaftstruhe gestohlen, Klops“, sagte Jools, verschränkte die Arme und starrte den entlarvten Soldaten an.

„Ich hab nix geklaut!“, rief Turner empört und immer noch schwer atmend. Torkelnd kam er auf die Beine und trat zum Quartiermeister. „Und *du* nennst mich gefälligst nicht Klops.“

Jools kochte vor Wut. „Klops. Schinken. Hühnchen. Schweinebraten. Ich nenne dich, wie ich will.“

„Und du wirst ihm bei seiner nächsten Bezahlung einen Lapislazuli abziehen“, fügte Rob hinzu. Er schüttelte betrübt den Kopf. „Ich fürchte, wir müssen dich vors Kriegsgericht stellen, Sergeant Major.“

Auf Turners Gesicht zeichneten sich Überraschung, Scham und schließlich Trotz ab. „Ich hab mir doch nur einen kleinen Vorschuss genommen. Hätt ich wohl nicht tun sollen ... Hey, gibt's beim Militär nicht auch so was wie Gerichtsprozesse?"

Richter Tome trat an seine Seite. „Das ist richtig. Und ich werde gern den Vorsitz führen", sagte er lächelnd. Rob nickte bekümmert.

Das Bataillon versammelte sich am Ufer; alle Mitglieder waren wieder einmal bestürzt über Turners Gier. De Vries meldete sich besorgt zu Wort. „Ich wüsste gern, wie wir diesem Mann noch vertrauen sollen, Hauptmann."

Rob presste die Lippen aufeinander. „Das wüsste ich auch gern." Er wandte sich an Turner. „Du wirst eine Zeit lang zum Gefreiten degradiert. Frida wird in der Zwischenzeit deinen Trupp kommandieren. Ich befördere sie hiermit zum Unteroffizier."

Frida konnte sich über die Ehre kaum freuen. Ihr alter Freund und Raufkumpan hatte sie wieder einmal enttäuscht.

Rob deutete auf die Beute, die Turner geangelt hatte. „Irgendjemand sollte das wegschaffen."

Crash legte eine Hand auf den Arm ihres Bruders und zeigte auf das verrottete Fleisch, das der unglückliche Ex-Sergeant zuletzt aus dem Wasser gezogen hatte.

„Isst das jemand von euch?", fragte De Vries stellvertretend für seine Schwester.

Die anderen starrten ihn dümmlich an.

„Ich jedenfalls nicht", antwortete Turner.

„Das hast *du* nicht zu entscheiden!", fuhr Rob ihn an und blickte dann zu De Vries. „Wohl kaum. Menschen werden davon krank."

Crash hob die Augenbrauen und lächelte ihren Bruder schief an.

„Ja, das ist wahr. Aber Wölfe nicht", meinte er grinsend.

Sogleich verwandelten sich die Geschwister in ihre Tiergestalten und machten sich über die Beute her.

*

Frida und Stormie kehrten wie vereinbart nach Spike City zurück, während der Rest von Bataillon Null De Vries' Baumaterialien recycelte, um dann nach Süden zu reiten. Ozelot und Armor trugen die beiden Abenteurerinnen tapfer durch das Schneegestöber und über die Eisebene bis zur Stadt. Rafe sollte dort seinen Anteil erhalten und wegen weiterer Aufträge befragt werden.

Außerdem sollten die Frauen einige Gebrauchsgegenstände eintauschen. Jools hatte sie um Glasflaschen und fermentierte Spinnenaugen zum Brauen gebeten, und Kim wollte eine neue Lederleine für Gnom, dessen alte durch das ständige Führen inzwischen abgenutzt war. De Vries und Crash baten sie um etwas Redstone, und Rob und Richter Tome bestellten frisches Obst und Gemüse aus den städtischen Treibhäusern. Nur Turners Wunsch nach Materialien zum Herstellen von Pfeilen war abgelehnt worden. Sie würden in den milderen Biomen bald selbst genug Federn von Hühnchen erbeuten, und Crashs unaufhörlicher Abbau aller möglichen Blöcke hatte ihnen schon jetzt einen ansehnlichen Feuersteinvorrat eingebracht. Rob erinnerte alle daran, dass sie eisern sparen mussten, wenn sie es wieder zu Wohlstand bringen wollten.

„Manchmal denkt er allzu praktisch", sagte Stormie in einem bewundernden und gleichzeitig spöttischen Tonfall.

Ozelot betrat vorsichtig einen unberechenbaren Eisblock. „Sein praktisches Denken hat unseren Neuling während seiner ersten Tage in der Oberwelt am Leben erhalten", erwiderte Frida. „Aber er sollte wirklich lockerer werden und sich auch mal etwas gönnen." *Wie zum Beispiel eine Freundin.*

Bald erreichten sie das Nordtor und winkten dem Schneegolem zu, der sie ohne Weiteres passieren ließ. In der Stadt teilten sie sich auf. Stormie sollte den Handel erledigen, damit Frida allein mit ihrem Bruder reden konnte.

Es erschien ihr irgendwie absurd, dass sie ihn nach all den Jahren hier draußen am Rand der Welt wiedergefunden hatte, wo er als Händler respektiert wurde, aber auch beste Beziehungen zu eher zwielichtigen Gestalten unterhielt. Wie er gesagt hatte, verlieh ihm seine Robe etwas Spielraum und ermöglichte es ihm, Deals abzuschließen, die nicht gerade ehrenwert waren. *Schon komisch, dass das Bataillon gerade auf fragwürdige Jobs aus war und Rafe sie so einfach parat hatte.* Frida hatte sich über die Jahre oft gefragt, was aus den männlichen Mitgliedern ihres Clans geworden war. Wer wusste schon, wie vielen von ihnen sie bereits begegnet war, ohne zu wissen, wen sie vor sich hatte. Aber dieses Treffen war anders. Vor allem wollte sie mehr über Rafes Tattoo erfahren.

Sie klopfte an die Tür der Eiskapelle, und ihr Bruder ließ sie herein. Sein Haar war zu einem fettigen Pferdeschwanz zusammengebunden, der sich wie eine tote Schlange an seiner abgetragenen Robe abzeichnete. Zur Begrüßung tauschten sie spielerisch einige Fausthiebe aus.

„Willkommen, Schwesterherz", sagte Rafe und führte sie in die Haupthalle. „Hast du meinen Anteil dabei?"

Sie überreichte ihm zwei Smaragde. „Einen für den ersten Auftrag, den anderen im Voraus für den nächsten. Bluedog ist einverstanden, also hat unser Hauptmann beschlossen, regelmäßig Jobs von euch anzunehmen, solange Bedarf besteht. Aber wir könnten noch ein paar Nebenaufträge gebrauchen."

„Deine Leute sind unterwegs in Richtung Süden, richtig?", fragte Rafe. „Das Syndikat ist nämlich auf der Suche nach einem Trupp zur Abholung von Waren von Bauern der Ebene, der Savanne und der umliegenden Wälder."

Frida zögerte. „Das Syndikat ... Gehören die zur Griefer-Armee?"

Rafe schüttelte den Kopf. „Sie bieten den Bauern und Dorfbewohnern Schutz vor eben diesen Griefern. Und fordern dafür natürlich ihren Anteil."

Schutzgeld einzutreiben war nicht gerade eine redliche Art, sein Geld zu verdienen. Frida fühlte Resignation in sich aufsteigen. Aber ihr Bataillon hatte schwere Zeiten zu überstehen, und schließlich würden sie alles im Namen des Friedens in der Oberwelt tun, sagte sie sich.

„Wer ist unser Kontakt?"

„Derselbe."

„Wieder Bluedog?" Frida erinnerte sich an die wenig entzückenden Haustierchen des unberechenbaren blauen Hundes und schauderte.

Rafe maß sie amüsiert mit Blicken. „Frida, das hier ist Spike City. In diesem Gebiet findet man nicht gerade viel gewinnbringende Arbeit." Er erhob sich und trat an einen kleinen Tisch, auf dem eine mit einer blauen Flüssigkeit gefüllte Flasche stand. „Blumenwasser?" Er hielt ihr die Erfrischung hin.

Sie versuchte, sich ihre Skepsis nicht anmerken zu lassen. Gift oder Schwächetränke konnten leicht eingefärbt werden. Beherzt nahm sie den Trank entgegen und benetzte sich die Lippen. „Gib mir die Koordinaten für die Abholung und Ablieferung", verlangte Frida. „Und danke für die Extra-Arbeit."

Er brachte die Flasche zurück zum Tisch, und sie bemerkte erneut das Tattoo des aufgespießten Apfels in seinem Nacken. „Brüderchen", sagte sie beiläufig, „wie bist du an unser Familientattoo gekommen? Ich dachte, nur Mädchen erhalten es, und auch nur dann, wenn sie die Freiheitsprüfung bestehen?"

Er drehte sich mit einem schelmischen Lächeln zu ihr um und wackelte mit seinem langen Pferdeschwanz. „Diese Frisur eignet sich hervorragend als Tarnung." Er zupfte an den Falten seiner Robe. „Und das Kleid hab ich auch schon dabei."

Frida dämmerte die Bedeutung seiner Worte. „Willst du damit sagen, du warst beim Apfelkorps?" Das war der Name des Familientreffens, das so geheim war, dass sein Veranstaltungsort erst am Tag des Ereignisses enthüllt wurde.

Rafe sah sie entspannt an.

„*Und* du hast die Freiheitsprüfung bestanden? Als *Mädchen?*"

Das war einfach unmöglich! Wie hatte sich ein Junge, der bereits im Knabenalter fortgeschickt worden war, die notwendigen Überlebensfähigkeiten aneignen können?

„Wie hast du das gemacht?", wollte sie wissen.

„Das nennt man Schauspiel", antwortete er herablassend.

Sie hatte keine andere Wahl, als diese Erklärung zu akzeptieren. Die absurde Geschichte vergrößerte nur noch ihr Verlangen, zu ihrer Dschungelfamilie zurückzukehren und sich zu vergewissern, dass es allen gut ging.

Rafe schaltete seinen Computer ein, um Bluedog zu

kontaktieren und den zweiten Auftrag für Fridas Bataillon festzumachen. Als er zu ihr zurückkehrte, gab er ihr eine Karte mit dem Konterfei eines blauen Jagdhundes. *Sieht deutlich besser aus als das Original*, dachte sie. Sie sollten die Karte mitnehmen, um den Bauern zu beweisen, dass sie die Berechtigung besaßen, die Bezahlung einzutreiben. Sobald sie die Waren hatten, sollten sie sie zum nächsten Treffpunkt in den Extremen Bergen bringen. Auf Fridas Geheiß leitete Rafe die Koordinaten der Abholstellen an Jools weiter. Zum Abschied versprach sie, ihn in einer Woche wieder aufzusuchen.

Während sie am Stadtbrunnen auf Stormies Rückkehr wartete, dachte Frida noch einmal über das Treffen nach. Sie hatte kaum Antworten erhalten, aber dafür nun noch mehr Fragen. Woher wusste Rafe überhaupt, dass ihre Einheit in Richtung Süden unterwegs war? Sie hatte es nicht erwähnt. In welcher Beziehung standen er und Bluedog zueinander, und wie weit reichte eigentlich der Einfluss des blauen Ganoven? Und was sie am meisten beschäftigte: Wie hatte Rafe dieses Tattoo *wirklich* erhalten?

Kapitel 7

Frida und Stormie überquerten den gefrorenen Fluss und ritten weiter südwärts über die verschneite Taiga. „Ich hoffe, wir treffen auf keine Raubtiere", sagte Frida. „Du hast Glück, dass Armor so ein mutiger Kerl ist. Ozelot wäre mir bei unserem letzten Zusammentreffen mit Wölfen beinahe durchgegangen."

„Wir zwei könnten den Biestern bestimmt auch zu Fuß entkommen. Außerdem lassen sie uns in Ruhe, solange wir sie nicht angreifen."

Armer Jools. Er würde seinen Fauxpas sicher niemals vergessen. *Und Turner auch nicht*, dachte Frida und fragte sich, wie der Ex-Sergeant seine Degradierung verkraftete.

Als sie an der alten Taiga-Unterkunft ankamen, erhielt sie eine Antwort auf diese Frage. De Vries hatte drei hölzerne Podeste und eine Bank gefertigt, um alle Teilnehmer und Zeugen des Kriegsgerichts unterzubringen. Nachdem Frida und Stormie sich im Zeugenstand niedergelassen hatten, begann der Prozess.

Kim führte einen mürrisch dreinblickenden Turner zu einem der Podeste, während sich Richter Tome in seiner Amtsrobe auf dem Sockel niederließ, der allen anderen gegenüberstand. Kim verlas laut die Anklageschrift. „Sergeant Major Turner werden folgende Missetaten zur

Last gelegt: das Zurückhalten von Wertgegenständen gegenüber dem Quartiermeister, das unentschuldigte Fernbleiben vom Dienst sowie Diebstahl. Bekennst du dich schuldig?"

„Unschuldig", grunzte Turner und verschränkte trotzig die tätowierten Arme.

Jools trat vor. Er bat Frida, auf dem leeren Podest Platz zu nehmen und den Austausch von Edelsteinen zwischen Turner und Bluedog aus ihrer Sicht zu beschreiben. Sie wiederholte, was sie tags zuvor dem Hauptmann berichtet hatte, und Jools entließ sie. Stormie wurde dieselbe Frage gestellt.

Dann glättete Jools das Revers seiner Tweedjacke und wandte sich an Turner. „Wie kommt es, dass sich zwischen den Gegenständen, die Bluedog als Bezahlung an dich übergab, ein Erdblock in der Gemeinschaftstruhe befand? Hast du ihn dort abgelegt?"

„Weiß nicht."

„Antworte bitte mit Ja oder Nein", sagte Richter Tome.

„Nicht, dass ich wüsste. Also ... Nein. Vielleicht hat sich ja aus Versehen bei der Übergabe etwas Erde zwischen die anderen Sachen gemischt."

„Hast du die Edelsteine, die du übergeben hast, denn nicht gezählt?", bohrte Jools nach, der genau wusste, wie gern Turner sein Geld zählte.

„Kann sein."

„*Ja* oder *Nein*", wiederholte der Richter.

„Ja", murmelte Turner. „Vielleicht hab ich mich verzählt."

„Bitte um Erlaubnis, an die Richterbank vortreten zu dürfen."

Der Richter nickte, und Jools verließ sein Podest, um

einen Lapis-Block herumzuzeigen. „Beweisstück A", sagte er. „Dieser Gegenstand wurde in Sergeant Major Turners Helm gefunden. Er entspricht der exakten Summe, die uns vom Lorenauftrag fehlt."

Die weitere Befragung verlief in einem ähnlichen Muster; Jools führte Turners offensichtliche Verfehlungen auf, und Turner leugnete die Schuld entweder oder wies jegliche Verantwortung von sich.

Schließlich sortierte Richter Tome seine Papiere und steckte sie in seine Aktentasche. „Ich habe keine andere Wahl, als das Kriegsgericht zu bestätigen. Wie von deinem Kommandanten vorgeschlagen, wirst du deines Dienstgrades enthoben und zum Rang eines Gefreiten degradiert, bis du dich rehabilitiert hast", erklärte er.

„Und das heißt, ich darf im Lager bleiben und Zierdeckchen häkeln?", höhnte Turner.

Rob riss der Geduldsfaden. Er sprang auf die Beine und knurrte: „Nein, das wirst du nicht! Diebstahl oder nicht, du bist nach wie vor unser stärkster Mann an den Waffen, Turner. Das Bataillon braucht sowohl deine Kampftalente als auch deine Schmiedefähigkeiten, und du weißt verdammt gut, dass du diesbezüglich keine halben Sachen machst. Also: Wirst du kooperieren, ja oder nein?"

Die Frage verhallte in der ihr folgenden Stille. Frida wusste, dass Turner sich vor dem Griefer-Krieg stets allein durchgeschlagen hatte, genau wie sie. Die Kooperation mit anderen Spielern war nie Teil seiner Strategie gewesen. Er hatte sich immer auf sich selbst verlassen müssen, und sicherlich war dieses frühere Leben einer der Gründe, warum er so egoistisch geworden war. Sie hatte Mitleid mit ihm, denn sie wusste, wie schwer es war, nicht nur seine Loyalität, sondern auch sein gesamtes Eigentum einer Gemeinschaft zur Verfügung zu stellen. Aber *sie* hatte diesen Schritt schließlich getan. Also konnte er es auch. Sie blickte ihn eindringlich an und ermutigte ihn im Stillen.

„Ja, Hauptmann", murmelte Turner. So untypisch das Leben eines Kavalleristen für ihn war, so klar war ihm auch, dass der Frieden in den Vereinigten Biomen auch von seinem Zutun abhing.

Richter Tome klopfte mit dem stumpfen Ende einer Holzaxt auf sein Podest. „Sitzung beendet", sagte er.

Nachdem sich die Gruppe aufgelöst hatte, versuchte Stormie, Turner aufzumuntern. „Das ist gar nicht so schlimm, Klops. Dass Frida den Trupp gut führen wird, weißt du schließlich. Lass dich einfach treiben und dir von der Frau sagen, was du zu tun hast."

Er schnitt eine Grimasse. „Hey, wir sind nicht verheiratet", erwiderte er und legte Stormie seine Pranke auf die Schulter. „Und nenn mich gefälligst Gefreiter Klops."

Trotz all seiner negativen Charakterzüge wusste Turner immer noch, wann er sich geschlagen geben musste.

*

Es war schon spät am Nachmittag, als die Bataillonsmitglieder die Grenze zur Riesentaiga überquert und einen geeigneten Ort gefunden hatten, an dem sie die nächsten Tage verbringen würden. Die hügelige Savanne breitete sich scheinbar endlos vor ihnen aus; das hohe Gras reichte ihnen bis zu den Schultern, und in der Ferne ragten Bäume in den Himmel. Turmhohe Felsformationen schossen hier und dort aus dem Boden und bildeten Klippen, die bis hinauf in die Wolken reichten. Die temporäre Unterkunft eignete sich für mehrere Zwecke – als Basisstation zwischen den Aufträgen, als Ort, an dem man neue Rekruten trainieren konnte, und als kostenlose Futterquelle für die Pferde.

Rob führte De Vries und Crash zu einer nackten Felsklippe, deren Inneres möglicherweise Erze und wertvolles Gestein beherbergte und gleichzeitig als neue Höhlenunterkunft dienen konnte. „Viel Spaß", meinte er.

Jeder fand eine sinnvolle Beschäftigung. Mehrere passive Mobs wanderten durchs Lager, während der Bau voranschritt und die Sonne ihre Bahn zog. Frida, Stormie und Turner nutzten die Anwesenheit der Mobs für Zielübungen und fügten dem Gemeinschaftsinventar nach und nach alles hinzu, was Schweine, Schafe, Kaninchen und Hühner fallen ließen. Jools, der Turner vorerst lieber aus dem Weg ging, half Kim beim Bau einer Koppel für die Pferde und das Maultier. Rob und Richter Tome hoben niedrige Gruben für die Hühnchen und Schafe aus, die sie zur Woll- und Eierversorgung am Leben lassen wollten.

Die drei Jäger hatten gerade ihre Schwerter weggesteckt, als plötzlich ein großes grauweißes Kaninchen mit roten Augen auf sie zu hoppelte. Trupp A hatte einen langen Tag hinter sich. Das Kriegsgericht und die anstrengenden Geschäfte in der Stadt hatten alle ermüdet, und so bemerkten sie die Gefahr nicht. Das flauschige Monster beäugte die Menschen und suchte sich dann den Schwächsten als Beute aus. Turners Gesundheit hatte sich nach dem Stress seines unfreiwilligen Bades im Fluss und dem darauffolgenden Gerichtsprozess merklich verringert. Das Killer-Kaninchen näherte sich blitzschnell und griff ihn an, bevor er die Bedrohung erkannt hatte.

„*Aarrpff!*" Mit einem dumpfen Laut fiel der Söldner ins Gras.

Alle Anwesenden hörten den Schrei, aber De Vries, der Crash soeben an der Klippe zurückgelassen hatte, war Turner am nächsten. Sofort verwandelte er sich in einen Wolf und stellte sich dem wilden Nagetier in einem dramatischen Zweikampf. Frida hatte inzwischen wieder ihr Schwert in die Hand genommen, aber sie wusste auch, dass ein Nahkampf mit einem Killer-Kaninchen für einen Menschen schnell tödlich enden konnte. Außerdem konnte sie beim besten Willen nicht erkennen, wo in dem knurrenden und fauchenden Knäuel der Wolf anfing und das Kaninchen aufhörte.

De Vries musste mehrere Male mit den Pranken und Zähnen auf das Biest losgehen, bevor es endlich starb. Der Rest des Bataillons hatte sich inzwischen in Sicherheit gebracht. Nun näherten sie sich wieder – Kim lief zu Turner, um nach ihm zu sehen, Crash half ihrem leicht verletzten Bruder bei der Rückverwandlung, und Jools sammelte die Hasenpfote ein, die der Nager fallen gelassen hatte.

„Sprungtrank gefällig?", fragte der Quartiermeister grinsend und freute sich über den Fund dieser seltenen Brauzutat.

„Ein Heiltrank wäre besser", erwiderte Kim und deutete auf den leblosen Turner.

Stormie kniete sich hin und prüfte seinen Puls. Erleichtert teilte sie den anderen mit, dass sein Herz schlug – wenn auch sehr schwach. „Das Killer-Kaninchen von Caerbannog", flüsterte sie ehrfürchtig. „Ich bin schon überall in dieser Welt gewesen, aber habe es noch nie zuvor gesehen." Sie trat zu De Vries, der gerade seine Safari-Jacke zuknöpfte. „Alles in Ordnung?"

Er schien sich schon wieder erholt zu haben. „Alles bestens", antwortete er mit seiner melodischen Stimme. „Ich hätte zum Abendessen allerdings nichts gegen Kanincheneintopf. Ich konnte nicht mal richtig abbeißen, bevor das Biest verschwunden war."

*

De Vries war an diesem Abend der Held am Esstisch, und Turner war zusammengeflickt und in einen Stuhl gehievt worden, damit er auch etwas von Kims Eintopf abbekam.

„Esse ich gerade ... was immer mich so zugerichtet hat?", erkundigte sich Turner und betastete vorsichtig seine Wunde.

Sie ließen ihn in dem Glauben und konnten beinahe dabei zusehen, wie seine Achtung vor De Vries wuchs.

„Sag mal, wie funktioniert das mit dem Verwandeln eigentlich?", fragte Turner neugierig.

„Ja, hattet ihr diese Fähigkeit schon immer?", fügte Jools hinzu.

Crash nickte stolz und hielt eine Hand ein Stück über den Boden, um zu zeigen, dass sie schon seit dem Welpenalter ihre Form verändern konnten.

De Vries gluckste. „Wir haben unseren Lehrern in der Schule immer Streiche gespielt. Sie hatten keine Ahnung, warum an unseren Plätzen ständig Wölfe saßen."

Crash führte die Finger an die Lippen und imitierte ein Pfeifen.

„Ja, einmal riefen sie sogar die Polizei, um nach den vermissten Kindern zu suchen ... also uns."

„Nicht jeder toleriert Wölfe", sagte Richter Tome. „Hattet ihr schon einmal Ärger deswegen?"

Crash verdrehte die Augen.

„Andauernd", antwortete ihr Bruder.

Frida wusste, das bedeutete, dass sie erfahrene Kämpfer waren, und sie war beeindruckt.

Rob hatte einen ähnlichen Gedanken. Die Reflexe der beiden wären in Notlagen sicher nützlich. „Sagt mal, habt ihr schon mal darüber nachgedacht, der Kavallerie beizutreten? Als Menschen meine ich", fügte er hinzu.

Crash sah De Vries hoffnungsvoll an.

„Vielleicht."

„Nun ja, wir müssen das Training wieder aufnehmen", meinte der Hauptmann und wandte sich dann an Richter Tome: „Du bist ehrenamtlicher Unteroffizier und erst seit Kurzem im Ruhestand, also werde ich dich nicht geradeheraus bitten, dem Bataillon beizutreten. Aber nun, da wir Waffen und Materialien für Munition haben, sollten wir Kampftechniken üben. Man weiß nie, wem man auf einer langen Reise begegnet. Hast du schon einmal eine Waffe geführt, Richter?"

Die Augen des alten Mannes leuchteten. „Gelegentlich. Ich verstehe die Notwendigkeit, Hauptmann. Wenn ihr mir eine Waffe zur Verfügung stellt, werde ich lernen, sie zu benutzen."

Also verbrachten sie die folgenden zwei Tage mit dem Reit- und Infanterietraining. De Vries hatte einen Wachturm mit einem Balkon in den Felsen geschlagen. Nach Sonnenuntergang stiegen sie hinauf und ließen Kies und Sand von oben auf Creeper und Zombies fallen, die sich vor der Tür versammelten. So machten sie fette Beute und übten sich gleichzeitig in der hohen Kunst des Zielens. Wenn gerade keine Creeper spawnten, liefen sie nach draußen und machten Jagd auf Spinnen. Nur die Skelette ließen sie in Ruhe und suchten in ihrer Unterkunft Schutz, wann immer diese Mobs erschienen. De Vries und Crash boten an, sich zu verwandeln und die Knochenmonster zu verjagen, aber Rob fand, dass sie bereits genug für das Bataillon getan hatten.

Allerdings hatte er nichts dagegen, ihre Waffenfähigkeiten auszutesten, als sich alle am nächsten Tag in dem Krater trafen, den die Creeper-Explosionen hinterlassen hatten. Zunächst demonstrierten die Trupps A und B Kavalleriemanöver auf dem Rücken ihrer Pferde, um den Rekruten ihre üblichen Transport- und Kampfformationen zu veranschaulichen.

Sogar das Maultier Marilyn war empfänglich für das Training und trabte und galoppierte artig in Reih und Glied. Nach kurzer Übungszeit waren sie alle in der Lage, nebeneinander vorwärts zu reiten – wie eine berittene Phalanx, die Seite an Seite mit ineinander verkanteten Waffen marschierte und alles zertrampelte, was ihr im Weg stand.

Als sie eine Atempause einlegten, stieß Crash Frida freundschaftlich an und grinste breit.

„Das macht Spaß, nicht wahr?" *Jedenfalls bei Tageslicht und solange keine feindlichen Mobs in der Nähe sind*, dachte Frida.

Rob hatte denselben Gedanken. „Genießt die Stille, solange ihr könnt, Leute! Schon bald werden wir diese Übungen bei Mondlicht durchführen. Im Kampf gegen Untote und Creeper werden wir sehen, wie gut wir wirklich sind."

Der nächste Schritt waren Waffenübungen. „Turner! Bewaffne Trupp C mit unseren alten Schwertern und Bögen, während Kim und ich Ziele aufstellen."

Rob borgte sich Kims goldenen Ohrring, der die Mitte der Zielscheibe repräsentieren sollte. An einem Ende des Trainingsplatzes rammte er einen Setzling in die Erde und hängte den goldenen Reif daran auf. Die Soldaten sollten aus einiger Entfernung auf das Ziel zugaloppieren und im richtigen Moment den Ring mit ihren Schwertern aufspießen. Außerdem hatten sie Schafwolle um Heuballen gewickelt, die sie an weitere Setzlinge hängten, um Körper zu imitieren. Für die Übungen mit Pfeil und Bogen wollten sie einige Kaninchen freilassen, die als bewegliche Ziele dienen sollten.

Crash versuchte als Erste ihr Glück. Frida fand es wenig überraschend, dass ihr Schwertarm sowohl stark als auch zielsicher war. Die Bergbau-Expertin spießte die umfunktionierten Heuballen beim ersten Versuch auf und hielt am Ende des Übungsplatzes triumphierend den Goldohrring hoch. Allerdings war sie es gewohnt, sich auf bewegungslose Blöcke zu konzentrieren, sodass sie sich mit Pfeil und Bogen weniger geschickt anstellte. Es gelang ihr nur ein einziger Treffer von Roadrunners Rücken.

„Übe dieses Manöver vorerst vom Boden aus, Gefreite Crash", riet Rob ihr.

Als Nächstes war De Vries an der Reihe. Es gelang ihm nicht ein einziges Mal, den Ohrring im Vorbeireiten aufzuspießen – nicht einmal, als er Velvet so sehr zügelte, dass sie beinahe stillstand. Es war schon fast peinlich, ihm zuzusehen, während er verzweifelt versuchte, die Wollattrappen vom Pferd aus zu attackieren. Frustriert sprang er irgendwann aus dem Sattel und hieb vom Boden aus auf die Ziele ein. Sein Verstand war eben der eines Meisterarchitekten. Die hohe Kunst der Geometrie lag ihm eher als das wilde Aufspießen von Körpern mit scharfen Waffen. So verstand er es hervorragend, mittels komplizierter Berechnungen die Flugbahn und den Drall eines Pfeils abhängig von der Schwerkraft und dem Wind zu berechnen.

Die Kaninchenpopulation war fast gänzlich seinen Übungen zum Opfer gefallen, bevor ihn Kim bremste.

„Gute Arbeit, Gefreiter De Vries", sagte Frida und merkte sich seine Stärken und Schwächen. Nun, da sie Unteroffizier war, musste sie ihm vielleicht bald in Kampfsituationen Befehle erteilen. Und ein Nahkampf wäre sein sicherer Tod.

Zuletzt trat der Richter vor. Er zog sein Schwert und schnalzte Marilyn zu. Im Galopp näherten sie sich dem baumelnden Goldreif. Aber zur Bestürzung aller Zuschauer gelang es ihm nicht, das glitzernde Metall aufzuspießen. Er biss die Zähne zusammen und versuchte es wieder und wieder, aber jedes Mal traf er nichts als Luft.

„Macht nichts!", rief Jools. „Versuch dich an den Körperattrappen!"

Marilyn galoppierte mutig auf die Wollkörper zu, die Zombies und Creeper repräsentierten, aber Richter Tome gelang es bestenfalls, sie zu streifen.

„Den Arm ausstrecken!", rief Rob. „Wie Crash es vormacht!"

Sie demonstrierte einen Vorstoß mit ihrer Spitzhacke, aber der Arm des Richters war so ausgestreckt wie eine gekochte Nudel.

„Schon gut, Richter", meinte Stormie und reichte ihm einen Bogen und einige Pfeile. „Hiermit geht es sicher besser."

Aber sie hatte unrecht. Tatsächlich mussten Stormie und Turner sogar aus dem Weg springen, als einer der Pfeile an den beweglichen Zielen vorbeiflog, die dankbar davonhoppelten, um am hohen Gras zu knabbern.

„Wo hast du so kämpfen gelernt, Richter?", stichelte Turner, als er die Waffen wieder einsammelte.

Tome wusste nichts zu erwidern. Er schien zerknirscht, aber entschlossen zu sein, es weiter zu versuchen.

„Weißt du", sagte Jools, als er ihn vom Übungsplatz führte, „wenn du mit Waffen nicht gut umgehen kannst, ist das gar nicht so dramatisch. Ich habe herausgefunden, dass man viel länger am Leben bleibt, indem man dem Schlachtfeld ganz fernbleibt."

Rob hörte den Kommentar und starrte seinen Quartiermeister wütend an.

„Obwohl ich kürzlich … meine Meinung geändert habe", korrigierte Jools sich eilig.

Kapitel 8

Am nächsten Tag hatte Turner sich vollständig vom Angriff des Killer-Kaninchens erholt und widmete sich seiner Lieblingsbeschäftigung, der Waffenherstellung. Das ganze Bataillon hatte sich draußen versammelt, und alle gingen ihren Aufgaben nach. Der Waffenexperte unterwies Richter Tome und Kim in der Fertigung von Bögen und stellte sicher, dass seine beiden Lehrlinge die praktischen kleinen Waffen mit genügend Spinnenseide ausstatteten. Frida und Rob fertigten aus den nun reichlich vorhandenen Federn und Feuersteinen Pfeile, die Turner gründlich prüfte, bevor sie in die Truhe wanderten. Munition, die seiner Prüfung nicht standhielt, nahm er wieder auseinander.

De Vries wurde mit dem Einschmelzen von Eisen-, Gold- und Diamanterz beauftragt, das Crash auch ohne Auftrag kontinuierlich aus der Erde holte.

„Zum Glück haben wir Verwendung für die vielen Materialien", sagte der Baumeister, während er unaufhörlich Erze in den Ofen schaufelte. „Wenn wir allein unterwegs sind, müssen wir das Zeug manchmal sogar verschenken, weil meine Schwester so viel davon abbaut."

Unter Crashs gelber Lederkappe zeichnete sich ein verlegenes Grinsen ab. Jeder konnte ihre Routen durchs Lager gut an den zerklüfteten Gräben erkennen, die ihre rastlose Spitzhacke hinterließ, wo immer sie entlangging.

Aus dem Erz stellte De Vries Schwerter, Äxte und Brustpanzer her, aber er empfahl dennoch, zusätzlich beim Waffenschmied in Spike City vorbeizuschauen. „Helme und Stiefel sind nicht gerade meine Spezialität", erläuterte er. „Aber wenn jemand von euch mal eine Kathedrale braucht, kann ich sie bauen."

Rob wusste das Bautalent seines Rekruten sehr wohl zu schätzen, aber er bestand weiterhin auf einer praktischen Nutzbarkeit. „Wir werden Dutzende zusätzlicher Truhen und Wagen brauchen, wenn wir Bluedogs Ware von A nach B transportieren wollen."

Indessen tobte sich Jools mit seinen neuen Brauzutaten aus. Aus Colonel Ms Netherwarzen stellte er Basistränke her. Dann fügte er Hasenpfoten, Zucker und Spinnenaugen hinzu, um Sprung-, Geschwindigkeits-, Gift- und Schwächetränke zu erhalten. Als er die ersten fertiggestellt hatte, bettelte er Stormie um etwas Schwarzpulver an, um Wurftränke zu brauen.

Stormie seufzte höchst zufrieden, als sie endlich wieder einmal einen TNT-Block in der Hand hielt. „Wie in den guten alten Zeiten", meinte sie zu Frida, die neben ihr saß und Pfeile herstellte. Stück für Stück trugen die Abenteurerin und die Artilleristin die erforderlichen Komponenten für eine neue Kanone zusammen. Den Einsatz ihrer effektivsten Waffe wollte sich das Bataillon für den Kampf gegen Lady Craven und ihre Mobs aufsparen.

„Du bist eben eine Frau, die gerne Dinge in die Luft jagt", witzelte Frida. „Erinnerst du dich an das Feuerwerk, das du für uns in den Tafelbergen veranstaltet hast?"

Stormie dachte zurück an ihr buntes Meisterwerk, mit dem sie ihren ersten großen Triumph über die Griefer-Armee gefeiert hatten. „Das waren schöne Zeiten. Jetzt ist

TNT purer Luxus. Übrigens, Hauptmann“, sagte sie, und Rob sah von seinem halbfertigen Pfeil auf. „Ich bräuchte eine Art Festung, in der ich meine Kanonenteile und das TNT lagern kann, wenn wir unterwegs sind. Es ist zu riskant, alles immer überallhin mitzunehmen.“

„De Vries?“ Rob winkte den Baumeister heran und berichtete ihm von Stormies Ansinnen.

„Aber klar doch!“ Er nahm einige Eisengitter aus seinem Inventar und legte eine willkommene Pause ein, um sich der verlockenden Aufgabe zu widmen.

Der wachsende Waffenvorrat verschaffte der Einheit eine Menge Munition, sodass sie am Abend einiges davon zu Übungszwecken abzweigen konnten. Rob befahl seinen Truppen, nach draußen zu gehen und bei Bedarf hinter ein paar Erdblöcken Deckung zu suchen. Turner führte den Drill an, denn diesmal waren die Gegner echte Zombies und Skelette, die einzeln oder in kleinen Gruppen in der Dunkelheit spawnten. Turner lief auf der grasbewachsenen Savanne hin und her, wagte hier und dort einen Ausfallschritt und erledigte auf diese Weise ein Monster nach dem anderen, ohne sich selbst auch nur einmal erwischen zu lassen. Die anderen übten weniger gewagt, aber dennoch entschlossen an den echten Feinden und hielten sich ebenfalls von Schaden fern – bis auf Crash und De Vries, die sich ein paar heftige Treffer von Babyzombies einfingen, weil sie sie einfach zu niedlich fanden, um sie anzugreifen. Das Licht des Halbmonds reichte für den Richter leider nicht aus, der mit einem verirrten Schwerthieb das Ohr des Hauptmanns streifte. Stormie zog den armen Richter gerade noch rechtzeitig aus der Reichweite einiger Skelette, die wie ein Wolfsrudel auf der Jagd agierten. Während sich eins näherte, teilten sich die anderen

Skelette auf und umkreisten ihr Opfer, um es einzukesseln.

Crash erkannte die Strategie und blickte ihren Bruder an. Kurz darauf hatten sie sich verwandelt und machten so lange Jagd auf die Knochengerüste, bis keines mehr stand. Die Knochen sammelten sie ein und vergruben sie bei der Pferdekoppel.

„Nicht schlecht!", rief Jools anerkennend, nachdem sich das Geschwisterpaar zurückverwandelt hatte. „Den Biestern habt ihr's gezeigt."

„Das lenkt die Aufmerksamkeit von unserem Scharfschützen ab", neckte Turner den Richter, dessen Bogen er bereits konfisziert hatte.

Richter Tome schien nicht besonders betrübt darüber zu sein, dass er so langsam dazulernte. „*Ulula cum lupis, cum quibus esse cupis*", rezitierte er und übersetzte: „Er, der mit Wölfen lebt, wird schon bald das Heulen lernen."

*

Bald war es an der Zeit für Trupp A, sich für Bluedogs Job auf den Weg zu machen. Rob bestand darauf, diesmal dabei zu sein. „Irgendjemand muss sich ja um das Packpferd kümmern", erklärte er, „damit sich die anderen um den Angriff und die Verteidigung kümmern können, wenn es hart auf hart kommt."

Jools durchschaute diese Ausrede sofort. „Du meinst, jemand muss Turner im Auge behalten, damit er nicht wieder etwas abzweigt."

Der frischgebackene Gefreite machte ein finsteres Gesicht. „Diese Straftat hab ich nie gestanden", polterte er.

„*Natürlich*, mein Fehler … Es gab nur einen rechtskräftigen Richterspruch und zwei Augenzeugen", erwiderte

Jools, machte auf dem Absatz kehrt und ließ den Söldner stehen.

De Vries hatte für Gnom eine Lore mit leeren Truhen für die Waren gebaut, die der Syndikatsboss erwartete. Rob spannte den kurzbeinigen Braunen vor den Wagen und verband dann Sabers Zaumzeug mit dem des kleinen Packpferds. Dann ritten sie in südöstlicher Richtung davon, vorbei an ein paar Kürbissen, die in einem Blumenwald wuchsen. Rafe hatte ihnen nur gesagt, dass die Zielperson den Schutz des Syndikats vor den Griefern angenommen hatte und der Organisation deshalb einen Anteil ihrer Kürbisernte schuldete. Rob, Frida und Stormie diskutierten angeregt, ob diese Gutsbesitzerin wohl wirklich so freiwillig zugestimmt hatte und ob sie überhaupt in der Lage war zu bezahlen. Turner beteiligte sich nicht an dem Gespräch. Er fand, je weniger man über einen Auftrag wusste, desto besser.

In üblicher Formation ritt das Bataillon über die Savanne – Stormie ganz vorn auf Armor, gefolgt von Frida auf Ozelot und Turner auf Duff. Hauptmann Rob ritt auf Saber mit dem kleinen Gnom im Schlepptau am Schluss. Leichter Regen setzte ein, als sie die Grenze zu einem Ebenenbiom überquerten, wo das Gras wie ein riesiger grüner Ozean niedrige Wellen warf. Ozelot, Saber und Gnom hielten sich angesichts dieses Festmahls erstaunlich tapfer zurück, aber Stormie und Turner mussten mit ihren Tieren Tauziehen spielen, ehe sie weiterreiten konnten. Die Pferde verstanden nicht, warum sie nicht ein Weilchen länger in diesem Paradies verweilen durften, und schnappten immer wieder nach dem Gras, das ihnen praktischerweise bis zu den Nüstern reichte.

Rob lenkte sein Pferd neben Frida. „Ich bin bisher sehr

zufrieden mit unseren Rekruten. Wie lautet deine Einschätzung, Frida?"

Sie durchforstete den gedanklichen Aktenschrank in ihrem Kopf nach den virtuellen Profilen, die sie für jeden anfertigte, den sie traf. Und wie jeder ordentliche Aktenschrank war natürlich auch dieser alphabetisch sortiert. „Crash ist direkt und unkompliziert", begann sie. „Aus Erfahrung kann ich dir sagen, dass gut die Hälfte von dem, was die Menschen so reden, gelogen ist. Entweder lügen sie, um sich selbst zu schützen oder um anderen nicht wehzutun. Crash ist wie ein offenes Buch. Schau in ihr Gesicht, und du weißt, was sie denkt."

„Dann sollte ich sie wohl mal zum Pokern überreden", warf Turner ein.

Stormie zügelte Armor und ließ sich auf Turners Höhe zurückfallen. „Ich denke, wir sollten ihre Energie lieber zu unserem Vorteil nutzen, anstatt sie auszunehmen."

„Was hältst du von De Vries?", fragte Rob.

„Er ist ebenfalls eine ehrliche Haut, denke ich", fuhr Frida fort.

Stormie stimmte ihr zu. „Es ist schön, mal einen Mann zu treffen, der Dinge erschafft, anstatt sie zu zerstören", meinte sie und warf Turner einen Seitenblick zu.

„Hey, man sollte immer vom Schlechtesten ausgehen, bis man den Gegenbeweis hat. Vertrauen ist Gift."

Frida konnte diese Haltung gut verstehen. „Da hast du nicht ganz unrecht, Klops, aber sie haben beide äußerst nützliche Talente. So bleiben sie anständig und werden uns ebenfalls in Ruhe lassen. Trotzdem gibt es eine Sache, die mich irgendwie stört …"

„Und die wäre?", hakte Rob nach.

„Warum haben sie sich uns überhaupt angeschlossen?

Sie scheinen mir ohne Weiteres in der Lage zu sein, auf sich selbst aufzupassen. Schließlich besitzen sie Wolfskräfte."

„Vielleicht um sich zu verstecken?", riet Stormie.

„Ich glaube eher, sie brauchen mal eine Pause. Ferien auf dem Reiterhof, wisst ihr?" Rob grinste.

„Ich wette, De Vries will seine Schwester loswerden und hat sie nur bei uns eingeschleust, damit er sie fallen lassen kann, wenn er eine Frau gefunden hat", unkte Turner.

Frida schüttelte den Kopf und sah zu Stormie hinüber. „Ich denke, deine Vermutung kommt der Wahrheit am nächsten. Es gibt einen guten Grund, aus dem sie zu uns gekommen sind."

„Womöglich derselbe wie unserer: Tarnung."

„Möglich."

Rob war in der Kunst der Täuschung nicht so bewandert. „Warum fragen wir sie nicht einfach?"

Turner verdrehte die Augen. „Der Neuling hat keine Ahnung vom Pokern, oder?", meinte er zu Frida.

„Wir wollen unser Blatt nicht offenlegen", erklärte sie dem Hauptmann. „Du musst sehr vorsichtig mit dem sein, was du sagst, wenn du dir über die Motive eines Spielers nicht im Klaren bist."

„Es sei denn, du hast einen starken Todeswunsch", warf Turner ein.

Die Wolken verdichteten sich, und der Regen wurde stärker. Frida rückte ihre Lederkappe zurecht und sah den dicken Tropfen dabei zu, wie sie am Knauf von Ozelots Sattel abperlten und ins Gras fielen.

„Und Richter Tome …", begann sie. „Das ist ein Mann, der seine Karten *wirklich* fest in der Hand hält."

„Meinst du, er hat etwas zu verbergen?", fragte Rob.

„Haben wir das nicht alle?", murmelte Stormie.

Frida wischte sich mit der Faust über das nasse Gesicht. „Um ihn mache ich mir keine Sorgen. Ich denke, er wird uns sein Geheimnis schon verraten, wenn er so weit ist."

Genau in dem Moment spannte Ozelot die Muskeln an, sprang plötzlich zur Seite weg und beförderte Frida beinahe aus dem Sattel. Es dauerte ein Weilchen, bis die Reiterin die nervöse Stute wieder unter Kontrolle hatte.

„Was war das denn?", erkundigte sich Turner verwundert.

Im nächsten Moment wogte ein bedrohliches Donnergrollen über die Ebene auf sie zu.

„Ein Sturm!", rief Stormie.

Ein tagheller Blitz jagte über den Himmel und unterstrich damit nur noch, wie dunkel es plötzlich und von allen unbemerkt geworden war. Kurz bevor ein weiteres Donnern den Boden erbeben ließ, bockte Ozelot erneut. Rob wartete geduldig den nächsten Blitz ab und zählte die Sekunden.

„Habt ihr gesehen, wo der eingeschlagen hat?", fragte Turner besorgt.

„Das ist jetzt egal!" Ein weiterer Blitz fuhr auf die Ebene nieder, und Rob zählte wieder die Sekunden bis zum nächsten Donnern. „Der Sturm kommt näher!"

*

Fridas empfindsame Stute hatte die Elektrizität des Sturms gespürt und instinktiv mit Panik auf ihre ungeschützte Umgebung reagiert. So allein, wie sie hier auf der weiten Ebene standen, war es nur eine Frage der Zeit, bis ein Blitz ein lebendiges Ziel fand. In seinem früheren Leben war Rob mehr als einmal an ganzen Viehherden vorbeigekommen, die während solcher Stürme von Blitzen erschlagen worden waren. Er wusste, dass die nächsten Minuten über ihr Schicksal entscheiden konnten. „Wir müssen einen Unterschlupf finden!"

Stormie hatte Rafes Karte eingehend studiert. „Im Osten befindet sich ein dichter Wald ... Aber dieser Blumenwald ist näher. Der liegt genau vor uns, Hauptmann."

Nur bot der Blumenwald mit seinen Grüppchen aus großen und kleinen Bäumen zu wenig Schutz vor Blitzen. Was sie brauchten, war ein gleichmäßiges, nicht allzu niedriges Dach. Inzwischen waren alle Pferde nervös und bockten panisch unter ihren Reitern. Der arme kleine Gnom warf ängstlich den Kopf hin und her, konnte aber sonst nichts tun, weil ihn die vielen Truhen und die Lore behinderten.

„Okay, wir müssen in den dichten Wald", sagte Rob. „Schnell!"

Sämtliche Kavallerievorschriften waren vergessen, als die Mitglieder von Bataillon Null wie von der Tarantel gestochen auf den dunklen Wald zupreschten. Armor führte das Rennen an, dicht gefolgt von Ozelot. Frida behielt einen klaren Kopf und gab ihrer verängstigten Stute die Richtung vor, während Duff wie immer in brenzligen Situationen die Kontrolle von seinem grünen Reiter übernahm und gleichzeitig dafür sorgte, dass dieser im Sattel blieb. Rob zog geistesgegenwärtig sein Schwert und zertrennte die Leine, die Gnom mit Sabers Sattel verband, damit der kleine Hengst den anderen besser folgen konnte.

Aufgrund des grollenden Donners und der immer wieder auf die Erde niedersausenden Blitze schien es ewig zu dauern, bis sie endlich den Rand des dichten Waldes erreichten. Schließlich ließen sie den Regen hinter sich und befanden sich unter den schützenden Ästen großer Eichen und den Schirmen gigantischer Riesenpilze, die im trüben

Sturm pechschwarz schienen. Armor, Ozelot und Saber waren bald in Sicherheit, und auch Duff folgte kurz darauf. Die Reiter zügelten ihre Pferde. Angestrengt lauschten sie im Getöse des Sturms nach den vertrauten Geräuschen von Hufen und Lorenrädern und suchten die Finsternis nach Gnom ab. Leithengst Saber stieß ein lautes Wiehern aus, damit das Packpferd wusste, wo sie sich aufhielten. Im nächsten Moment tauchte der kleine Hengst aus der Dunkelheit auf, die Lore wie durch ein Wunder immer noch im Schlepptau.

Nass, zitternd, aber unversehrt kamen Pferde und Reiter langsam wieder zu Atem.

„Nehmt euch in Acht vor Spinnen!“, warnte Frida sie und zeigte auf einige Spinnweben, die einige der Pilze fast gänzlich bedeckten.

„Das war knapp“, sagte Rob. Im nächsten Augenblick kündete das Klappern nackter Knochen von der Ankunft einiger Skelette, die soeben in der Nähe aufgetaucht waren.

„Heilige Mutter einer Enderperle!“, fluchte Turner und zog seinen Bogen mit der einen und ein paar Pfeile mit der anderen Hand, da Duff die Zügel ohnehin ignorierte. Im Alleingang erledigte er die erste Gruppe Skelette.

„Soldaten! Absteigen und zu Fuß kämpfen. Sonst werden wir hier nur in die Enge getrieben.“

„Verstanden, Hauptmann“, bestätigte Stormie. „Du lenkst sie ab, wir erledigen sie!“

Rob hatte sich Gnoms Zügel geschnappt, damit der nicht wieder davonrannte, aber weil er sowohl das Packpferd als auch Saber festhielt, konnte er keine Waffe mehr halten und war ein leichtes Ziel. Hilflos sah er zu, wie seine Freunde ihr Können mit Schwert und Bogen unter Beweis stellten. Je näher die Skelette kamen, desto schlechter wurde ihre Zielgenauigkeit, aber Turner und Stormie erledigten eines nach dem anderen ohne Probleme. Eine kleine Gruppe Zombies torkelte auf Frida zu, die mit ihnen kurzen Prozess machte, wobei ihr Diamantschwert zerbrach.

„Turner!“, rief sie, und er warf ihr eine Eisenaxt zu.

Sie begann, sich um die eigene Achse zu drehen, und schnitt wie eine Kreissäge durch die Zombiewand.

Dann bemerkte Stormie einen Creeper, der auf sie zukam. Im Zwielicht erkannte sie ein ungewöhnliches Leuchten blauer Partikel, die das explosive Monster einhüllten. „Bataillon! *Runter!*“

Der Creeper war von einem Blitz getroffen und zusätzlich aufgeladen worden. Als er sich Stormie näherte, begann er zu zischen, während blaue Funken um ihn herumzuckten und sich sein Körper aufblähte. Er blieb in einem großen Spinnengewebe hängen, wo er eine Weile von der zornigen Erbauerin abgelenkt wurde. Dieser Moment der Unaufmerksamkeit verschaffte den Freunden genug Zeit, um aus dem Gefahrenbereich zu springen und sich zu Boden zu werfen.

RUMMS! Die gewaltige Explosion riss ein klaffendes Loch ins Blätterdach, und Pilz- und Laubbrocken hagelten auf die Spieler nieder.

Plötzlich drang Sonnenlicht durch die Blätter. Ein Skelettnachzügler blickte nach oben und blieb resigniert stehen. Dann ging er in Flammen auf, verbrannte und verschwand im Nichts. Der Sturm war vorüber, und die Sonne strahlte auf die Reisenden herab, als wäre nie etwas passiert.

„Ich mag keinen Regen“, grummelte Turner und tastete seinen Körper ab, um zu prüfen, ob noch alles an Ort und Stelle war.

„Ich auch nicht", stimmte ihm Stormie zu und sammelte Zombiefleisch, Karotten, Knochen und den Kopf der Spinne ein. Sie kehrte zu Armor zurück und gab ihm drei Karotten. „Guter Junge", lobte sie ihn und tätschelte den Hengst. Um die Stimmung zu heben, richtete sie das Wort an ihre Kameraden. „Also, wo waren wir, als wir so unverschämt unterbrochen wurden?"

„Wir wollten ein paar Kürbisse abholen", antwortete Rob und stellte einen Fuß in Sabers Steigbügel. „Das wird ein Kinderspiel nach diesem Sturm. Bataillon Null: Wir reiten weiter!"

*

Pferde und Reiter kehrten zu ihrem letzten Standort vor dem Sturm zurück. Nicht einmal der sonst so geschwätzige Turner kommentierte die von den Blitzen verursachten Krater und die herumliegenden Überreste von einer der Truhen, die Gnom transportiert hatte. Die Freunde konnten es kaum abwarten, ihr Ziel im Blumenwald zu erreichen und das furchtbare Erlebnis zu vergessen.

Langsam schwand das hohe Gras und wich einem kunterbunten Blumenteppich, sodass Turner und Stormie endlich die Kontrolle über ihre Pferde zurückerlangten. Über die Landschaft verstreut standen Eichen und Hecken, die die Umgebung wie einen Irrgarten zerteilten. Saber tänzelte freudig erregt herum und bettelte Rob um ein paar Sprünge an. Sein Hengst liebte das Springen, aber weil er Gnom samt Lore im Schlepptau hatte, konnte Rob seinem Pferd den Spaß nicht erlauben. Umsichtig bahnten sich die Reisenden einen Weg um die Hindernisse herum und erreichten schließlich eine Lichtung mit einem idyllischen kleinen See.

In der Ferne erblickte Stormie einen breiten Streifen ordentlich aufgereihter Kürbispflanzen. „Bataillon, Bauernhof voraus!"

Als sie näher kamen, erkannten die Besucher, dass der Hof zwei Stockwerke und somit das doppelte Erntepotenzial hatte. Der See war angezapft worden, um die Beete zu bewässern. Zwischen ein paar Ranken arbeitete jemand.

„Hallo, ist jemand zu Hause?", rief Stormie, um die Person nicht zu erschrecken.

Eine uralte Frau blickte durch die Blätter, richtete sich auf und drückte sich eine Hand in den Rücken. „Willkommen", begrüßte sie die Neuankömmlinge und schwenkte eine Hacke. Sie trug einen breiten orangefarbenen Hut und einen grünen Overall. Eine Kette aus Kürbissamen hing ihr um den Hals.

Rob warf Turner Gnoms Führleine zu und ließ Saber vortreten. „Hallo. Ähm, wir sind hier, um die ... Bezahlung abzuholen. Sie wissen schon", sagte er ungeschickt und zeigte ihr Bluedogs Karte. Er ließ den Blick über die vollen Beete schweifen und seufzte leise. Wenigstens konnte sie sich das Schutzgeld leisten.

Die alte Bäuerin lächelte breit und entblößte einige Zähne, so groß wie die Kürbissamen ihrer Kette. „Wie nett von euch", meinte sie herzlich und klopfte sich den Staub von den Händen. Dann bemerkte sie die feuchte Kleidung ihrer Besucher. „Du meine Güte, ihr Kinder seid ja nass wie begossene Pudel. Kommt ins Haus, dort klären wir alles Weitere."

Rob sah Frida fragend an, und sie nickte beinahe unmerklich. Auf Sabers Rücken folgte er der Frau, deren schneller Schritt sie sofort jünger erscheinen ließ.

„Ist es nicht ein schöner Tag, nun, da der Sturm vorbeigezogen ist?", fragte sie über die Schulter und führte die Gruppe zu einem weiß getünchten Bauernhaus, das scheinbar aus Erdblöcken bestand. „Die Tulpen blühen, und der Sternlauch ist auch schon so weit." Sie zeigte auf einige Blumen, die aussahen wie explodierter Löwenzahn.

Als sie beim Haus ankamen, deutete sie auf einen kleinen Berg Kürbisse, den sie offenbar schon vorbereitet hatte. „Ich weiß, ihr seid sicher in Eile, also habe ich die Ernte hier zusammengetragen. Soll ich sie in eure Lore laden?"

„Nein, nein!", erwiderte Rob. „Wir machen das schon. Turner?"

„Oh, na klar, ich muss wieder die Drecksarbeit erledigen." Er stieg von Duffs Rücken und begann damit, Kürbisse in die Truhe zu räumen.

„Nicht doch, mir macht das nichts aus", sagte die alte Frau und trat an seine Seite, um ihm zu helfen.

Gemeinsam füllten sie die Truhe, die Gnoms Rennen gegen die Blitze überlebt hatte. „Wollt ihr noch ein paar mehr?", fragte die Bäuerin.

„Oh, nein, werte Dame", antwortete Rob. „Wir haben nur die eine Truhe. Das sollte reichen."

Wieder wischte sie sich die Hände ab. „Nun, dann wäre das also erledigt. Ich bin so dankbar, dass ich vor diesen furchtbaren Griefern beschützt werde. Glaubt ihr, es ist da draußen einigermaßen sicher?" Sie richtete den Blick in Richtung Horizont.

„Wir haben auf dem Weg hierher jedenfalls niemanden von Lady Cravens Gang gesehen", versicherte Frida ihr. „Aber wir sollten trotzdem vor Nachteinbruch ins Lager zurückkehren."

„Vielen Dank für die Ernte. Wir sorgen dafür, dass Bluedog sie erhält", versprach Rob ihr.

Die Frau schüttelte mütterlich lächelnd den Kopf. „Ihr könnt mir doch bestimmt noch etwas Gesellschaft leisten, oder nicht? Ich habe gerade Kuchen gebacken."

„Na, da sagen wir doch nicht Nein", platzte Turner heraus. „Danke für das Angebot."

Frida warf ihm einen strengen Blick zu, und Rob lächelte die alte Frau gequält an. Er hielt es für wenig sinnvoll, vor der Bäuerin einen Streit mit seinem aufmüpfigen Ex-Sergeant anzufangen.

Also banden sie ihre Pferde fest und folgten ihr ins Haus, wo jeder einen Teller mit Kürbiskuchen erhielt – und Turner gleich zwei. Dann verabschiedeten sie sich von der netten Dame, saßen wieder auf und ritten zurück zur Savanne.

„Oh Mann", meinte Rob, als sie außer Hörweite waren. „Ich fühle mich schrecklich dabei, von dieser netten alten Dame Schutzgeld zu nehmen."

„Besonders, wenn es für jemanden wie Bluedog ist", fügte Stormie hinzu.

„Wer weiß, was er mit der vielen Beute macht, die er zusammenträgt", sagte Frida verbittert. Er teilte sie sicherlich nicht mit den armen Bewohnern von Spike City oder Kims Freunden auf der Sonnenblumen-Ebene, die durch die verteufelten Griefer allesamt unter Nahrungsmangel litten.

Turner schnaubte belustigt. „Oh, mein *armes*, *blutendes* Herz", erklärte er spöttisch. „Die hat euch ja total eingewickelt. Der Bäuerin geht's doch großartig. Ich hab uns übrigens noch ein paar zusätzliche Kuchen vom Fensterbrett geholt. Als Zugabe."

Rob starrte ihn ungläubig an. Besaß der Mann überhaupt kein Schamgefühl?

„Die können wir ... mit den anderen teilen, wenn wir zurück sind", log Turner.

Frida platzte der Kragen. „Du bist die egoistischste Person auf diesem Planeten!" Überleben war eine Sache, aber Gier eine ganz andere. Sie galoppierte zu Gnoms Truhe, zog eine Fackel aus ihrem Inventar und baute eine Kürbislaterne. Dann ritt sie zu Turner und rammte sie ihm auf den Kopf. „Da! Nun können wenigstens Endermen deinen Anblick ertragen."

Kapitel 9

Als sie in ihrem Lager in der Savanne eintrafen, trauten sie ihren Augen kaum. De Vries hatte sich selbst übertroffen. Vor den Augen des Kürbistrupps erstreckte sich ein roter Teppich, der zwischen der Koppel und der Eingangstür zur Unterkunft gelegt worden war, hell erleuchtet von einer Reihe Fackeln.

„Daran könnt' ich mich gewöhnen", sagte Turner, nachdem er Duff zu seiner Herde gebracht und den vornehm-flauschigen Untergrund betreten hatte.

Stormie stieß Frida an. „Als ob sein Ego nicht schon groß genug wäre."

Die Überlebenskünstlerin runzelte die Stirn. „Hauptmann! Ist das nicht alles etwas ... auffällig für ein sinnvolles Versteck?" Sie nahm ein Ende des Läufers in die Hand und begann, ihn aufzurollen.

„Tja, ich schätze, De Vries kann einfach nicht anders", vermutete Rob.

„Nun, dann solltest *du* ihn wohl im Zaum halten!", entgegnete sie aufgebracht, drückte ihm den Teppichzylinder in die Hand und marschierte an ihm vorbei ins Haus. Dann kam sie noch einmal heraus, blies die Fackeln aus und stapfte wieder hinein.

Begreift er es denn nicht? Frida konnte einfach nicht fassen, wie sorglos der Kommandant war. Und nun wurden auch noch Turner und Stormie träge und faul. Sie waren umgeben von gefährlichen Feinden – Frida hatte das sofort bemerkt. Sich um diese Touristen zu kümmern, würde sie noch alle das Leben kosten.

Vom anderen Ende der Behausung drangen Stimmfetzen an Fridas Ohr. Die anderen versammelten sich scheinbar gerade im Gemeinschaftsraum, also wandte sie sich in die andere Richtung und lief den Flur hinunter. Dieser Ort hatte doppelt so viele Räume wie die andere Unterkunft, und sie waren doppelt so groß und mit verschiedenfarbigen Fliesen dekoriert worden. An den Schlafzimmertüren hingen Namensschilder, also betrat Frida die für sie bestimmte Kammer. Diesmal gab es auch ein Bett, und Crash hatte die Wand scheinbar etwas weiter ausgehöhlt, um Platz für einen Kamin zu lassen. Darin stand ein Eimer voll Lava, deren rötlich orangefarbener Schimmer den Raum erhellte. Außerdem hatte sie einen Sessel und eine persönliche Truhe für Inventar-Gegenstände. Aber diese verschwenderische Möblierung war harmlos verglichen mit den Glasscheiben in der Außenwand.

Nur Idioten setzen Fenster in eine sichere Unterkunft ein! Frida schüttelte resigniert den Kopf. Vielleicht war ihre erste positive Einschätzung von Bruder und Schwester allzu voreilig gewesen.

Verliere ich langsam meinen Spürsinn? Ihre Abenteuer mit dem Bataillon hatten sie nachlässig werden lassen. Sie verließ sich inzwischen viel zu sehr auf die Einschätzungen anderer – ein gefährlicher Luxus. Frida spürte, wie sich ihr Magen zusammenzog, und eine überwältigende Sehnsucht nach ihrem alten Dschungelleben überkam sie. Hatte sie für diese verrückte Mission zu viel aufgegeben? Wenn doch nur Xanto und ihre Mutter Gisel hier wären.

Sie würden wissen, was zu tun war. Hungrig und müde warf Frida ihre Lederkappe aufs Bett und ging auf der Suche nach Nahrung in die große Küche.

De Vries hatte einen großzügigen Raum für das Kochen, Herstellen und gemeinsame Essen ausgestattet. Im Ofen brutzelte Lammfleisch, und auf Jools' Braustand brodelte eine grüne Flüssigkeit. Kim zeigte Crash gerade, wie sie ein schützendes Halsband für ihre Wolfsform herstellen konnte, und Stormie hatte sich mit einer Leinwand und etwas Farbe zum Malen am langen Tisch niedergelassen, wo sie an einer Landschaftsszene arbeitete. Richter Tome saß in einem gemütlichen Sessel in eine Decke gekuschelt und las ein Buch.

„Was gibt's zu essen?", erkundigte sich Rob, als er und Turner den Raum betraten und sich zu beiden Seiten von Stormie am Esstisch niederließen.

„Hast du keine Nase?", murmelte Frida säuerlich und warf sich auf den Platz neben dem Hauptmann. Er ignorierte sie und ließ bewundernd den Blick über Stormies Gemälde schweifen. Kurz darauf hatte er die Künstlerin in eine Unterhaltung über Inspiration und Farben verwickelt, die nach Fridas Geschmack viel zu intim verlief.

Jools warf noch einen letzten prüfenden Blick auf seinen Braustand und ließ ihn dann stehen, um sich zu den anderen zu gesellen. Wenig später hatten sich alle am Esstisch versammelt und widmeten sich voll und ganz den Lammstücken und dem gegrillten Gemüse. Zum Nachtisch holte Turner brummelnd die Kürbiskuchen aus seinem Inventar hervor.

„Wie lief der Job?", fragte Kim. Also berichteten Rob und Stormie von ihrer Begegnung mit der armen, alten Bäuerin.

„Genug von dieser Trauergeschichte!“, beschwerte sich Turner. „Es geht ums Geschäft und nichts anderes. Können wir nicht über etwas … Interessanteres reden?“

„Genau“, stimmte Jools ihm zu. „Stormie, erzähl uns davon, wie du dir deinen Weg durch den Nether gegraben hast und am anderen Ende wieder herausgekommen bist. Ich hörte, du hast nicht einmal ein Portal gebraucht.“

Crash sah Stormie mit großen, bewundernden Augen an.

„Wow! Wie hast du das gemacht?“, fragte De Vries.

„Na ja, ich habe mir einfach eine Diamantspitzhacke pro Hand geschnappt und mich an die Arbeit gemacht“, antwortete Stormie. „Ich bin einfach runter, ohne zurückzuschauen.“

Rob klappte die Kinnlade herunter. „Aber wie hast du gegen Monster gekämpft?“

Stormie kicherte. „Ich hatte mir aus Glas und Gold einen Spiegel gebaut, den ich am Helm befestigt habe, um das Geschehen hinter mir zu beobachten. Immer, wenn ich einen Ghast oder Magmaschleim erblickte, ließ ich einfach die Spitzhacke nach hinten schnellen. Ich hörte nie auf zu graben, und irgendwann kam ich auf der anderen Seite der Oberwelt heraus.“

Frida schnaubte abfällig. „So ein Blödsinn! Niemand kann durch Grundgestein graben, schon gar nicht durch zwei Lagen.“

„Ich hatte vorher ein Krafttraining absolviert“, behauptete Stormie.

Robs Mund stand immer noch offen, sodass ihm jetzt etwas Sabber von der Unterlippe troff.

Frida stieß ihm hart ihren Ellbogen in die Seite. „Glaub nicht alles, was man dir erzählt, Hauptmann.“

„Ich mag starke Frauen", sagte Turner, der Stormie das Märchen offenbar abkaufte. „Wenn ich die Wahl zwischen Muskeln, Grips und Glück hätte, würde ich immer die Muskeln wählen."

„Ist das so was wie Schere-Stein-Papier?", stichelte Jools.

Turner grunzte. „Nach meinen Regeln schlägt Stein immer Schere und Papier, wenn ich nur hart genug zuschlage."

„Deshalb nennt man dich auch *Klops*", spottete Frida, stand vom Tisch auf und verließ den Raum.

*

Das Leben in der Gruppe wurde für Frida auch am nächsten Tag nicht leichter. Stormie ritt vor ihr auf Armor, und sie war sich sicher, dass die Abenteurerin sie allein mit ihrer Art, im Sattel zu sitzen, provozierte – die Schultern kerzengerade und die Brust übertrieben weit nach vorn gestreckt.

Turner ritt in ihrer Nähe und ließ Duff Ozelot immer wieder so nahe kommen, dass ihre Stute warnend ausschlug. *Kann er sich denn nie zurückhalten*?, dachte Frida und konnte ihrem Pferd das Bedürfnis nach persönlichem Freiraum bestens nachempfinden. Sie wünschte sich eisenbeschlagene Schuhe herbei, die sie bei Bedarf gegen den Söldner eingesetzt hätte.

„Halt, Leute", rief Rob von hinten. Er war langsamer geworden, als sie sich den Ebenen-Koordinaten näherten. Noch immer schonte er seinen schwarzen Hengst, und Gnom nutzte die Chance, um am Gras zu knabbern.

„Diese Route kommt mir sehr bekannt vor", sagte er, als alle beisammenstanden. Er ließ den Blick über das Terrain schweifen. Vor ihnen lag ein dunkler Fleck in der Landschaft, der dichtere Vegetation signalisierte. Oder eine Weizenfarm. „Ich glaube ... Nein, ich bin mir sicher, dass das hier der Hof ist, an dem ich mit den anderen vorbeigekommen bin. Precious und ihre Gang haben die Pferde von diesem Bauern gestohlen. Die Tiere, die *wir* ihnen dann abgejagt haben."

„Das war ein guter Tag", murmelte Turner und grinste verträumt.

„Ich wollte dem Mann ein paar Smaragde für seine Pferde geben, aber ich hätte nicht gedacht, dass wir ihn auf diese Weise wiedersehen."

„Das ist nicht deine Schuld, Hauptmann", tröstete Stormie ihn.

Turner hatte genug gehört. „Hört ihr wohl endlich auf mit diesem Gewissensblödsinn? Für Geschäfte sollte man sich nie entschuldigen", belehrte er sie.

„Du hast dem Auftrag zugestimmt", rief Frida Rob in Erinnerung. „Also los."

„Amen, Schwester", sagte Turner und schnalzte Duff aufmunternd zu.

Im Hühnerstall fanden sie einen Mann, der den Hennen aus einem löchrigen Eimer Samen zuwarf. Der Bauer hatte einen wilden Haarschopf, humpelte leicht, und sein T-Shirt und seine Hose waren abgetragen. Er hob die Hand zum Gruß, als er den Reitertrupp erblickte.

„Wir sind hier, um Bluedogs Anteil deiner Ernte abzuholen", erklärte Rob und hielt die Visitenkarte des blauen Gauners hoch.

Der Mann sah aus, als würde er jeden Moment in Tränen ausbrechen. „Ich gebe sie euch ... bald. Also, vielleicht nächste Woche. Die Dürre hat meine Ernte sehr mager ausfallen lassen." Er ließ den Kopf hängen und beobachtete die Hennen, die eifrig scharrten und pickten.

„Das war so nicht vereinbart!", rief Turner, und der Mann zuckte zusammen.

Rob räusperte sich. „Wir haben klare Anweisungen erhalten: zwei Truhen voller Weizen. Dafür sind wir hergekommen."

Der Bauer fuhr sich nervös mit den schmutzigen Fingern durchs Haar. „So viel habe ich auch, draußen auf dem Feld. Aber wenn ich euch alles mitgebe, hab ich nichts mehr für die nächste Saat."

Rob starrte ihn an und bekam Mitleid mit dem Mann.

„Das ist nicht unser Problem", mischte sich Frida ein. „Hol die Sense und mach dich an die Arbeit."

„Warte, Unteroffizier." Rob sah sich auf dem Hof um. Dort standen einige leere Kuhställe und ein Stapel abgenutzter Werkzeuge. „Vielleicht kannst du uns etwas anderes anbieten."

Frida biss die Zähne zusammen. „*Ich glaube nicht, dass das eine gute Idee ist, Hauptmann*. Unser Auftraggeber will Weizen."

Stormie lächelte freundlich. „Wie wär's mit ein paar Hühnern? Wir nehmen sie mit, und du behältst deinen Weizen."

Der Bauer rang die Hände. „Sie sind alles, was mich ernährt."

„Tja, dann müssen wir doch deine Ernte mitnehmen", sagte Frida entschieden. Sie zog ihr Eisenschwert, um dem Bauern Beine zu machen.

Das Gesicht und die Haltung des Mannes signalisierten Resignation. Mit hängenden Schultern setzte er sich in Bewegung.

„Warte", rief Rob und stieg ab. „Halt dich zurück, Unteroffizier", befahl er.

Frida riss die Augen auf und bewegte sich keinen Zentimeter.

„Ich sagte, steck dein Schwert weg!" Rob griff in seine Satteltasche und nahm zwei Smaragde heraus. Er legte eine Hand auf die Schulter des Bauern. „Hier", meinte er. „Eigentlich schulden wir dir etwas. Wir haben vor einer Weile deine gestohlenen Pferde ... aufgenommen, aber wir brauchen sie zum Transport. Tut mir leid."

Hilflos blickte Frida zu Turner, aber der schüttelte nur den Kopf. Der Gefreite war immer noch auf Bewährung und wollte nicht noch weiter degradiert werden. So wenig es ihm gefiel, aber diesmal musste er Robs Kommando folgen.

Frida senkte langsam ihr Schwert und steckte es weg.

Während sie sich zum Gehen wandten, nahm Stormie einen Stapel Schweinefleisch aus ihrem Vorrat und warf ihn dem glücklosen Mann zu.

„Du auch?", fragte Frida gepresst. „Hast du eine Ahnung, was Bluedog mit uns anstellen wird?"

„Darum kümmere ich mich, wenn es so weit ist", gab Stormie zurück und saß wieder auf. „Jeder verdient es zu leben, findest du nicht?"

*

Der Trupp kehrte mit einer leeren Truhe und weniger Vorräten im Inventar zurück. Sie mussten sich auf ihren Anteil für den nächsten Begleitschutzauftrag verlassen, um ihre Kriegstruhe weiter zu befüllen und Nachschub in Spike City zu besorgen.

„Zwei Schritte vor und einen zurück", murmelte Turner.

„Fühlt sich eher an wie drei Schritte zurück", erwiderte Frida. „Ich freue mich jedenfalls nicht auf unsere nächste Begegnung mit Bluedog."

„Dafür haben wir ja den Kommandanten", sagte Turner.

Da sie auf dem Weg zurück nach Norden wahrscheinlich auf Monster treffen würden, ordnete der Hauptmann eine weitere Trainingsrunde am lebenden Feind an. Die Pferde waren gesund und munter und die Rationen aufgeteilt. Es gab keinen Grund, noch länger in der Savanne zu verweilen. Die drei Rekruten freuten sich zudem auf den Ozean und den verschneiten Strand östlich der Stadt, wo sie abseits der Eisebene lagern wollten, während die Übergabe an Bluedog über die Bühne ging.

Als am Abend das altbekannte Stöhnen, Klappern und Krabbeln losging, befahl Rob seinen Truppen, sich in Paaren zusammenzufinden, und schickte Frida und Kim zuerst nach draußen. Sie sollten sich abwechselnd den Rücken freihalten und später aufteilen, um die Monster in Fallen zu locken, während sich die anderen Bataillonsmitglieder vom Balkon aus Notizen machten. Frida bewaffnete sich bis an die Zähne und ließ wie auf einem Rachefeldzug ihren angestauten Ärger an den feindlichen Kreaturen aus.

Während Kim ihr den Rücken frei hielt, kniete sich die Überlebenskünstlerin hin und torpedierte zunächst die Skelette mit Dutzenden Pfeilen. Die Knochengerüste hatten im Sterben kaum den Boden berührt, da stand Frida schon wieder, um quer über die Pferdekoppel zu rennen, auf der eine Horde Zombies ziellos umhertorkelte. Stuten und Hengste sahen interessiert zu, wie Frida ihr repariertes Diamantschwert mit sicherer Hand führte und sich Reihe um Reihe durch die Untoten säbelte, vom kleinsten Babyzombie bis hin zum dicksten stolpernden Hohlkopf.

„Hey, lass mir auch ein paar übrig!", beschwerte sich Kim, während um sie herum die verfaulenden Gliedmaßen zu Boden fielen.

„Aufteilen, Soldaten!", kommandierte Rob vom Wachturm aus. Frida und Kim positionierten sich an je einem Ende der Arena und hielten sich bereit, als mehr und mehr Skelette, Zombies und Riesenspinnen zwischen ihnen auftauchten.

Frida hatte ihr Diamantschwert schon wieder an den Rand der Zerstörung gebracht, also nahm sie eine Goldaxt in die eine und ein Eisenschwert in die andere Hand. Wie eine Sense schnitt sie durch die Feinde, wich geschickt Spinnenbissen und Skelettpfeilen aus und erledigte dabei einen Zombie nach dem anderen.

Ein Hühnerreiter trippelte eilig auf sie zu. *Wusch!* Mit ihrer Axt schlug sie dem Babyzombie so hart die obere Körperhälfte ab, dass diese durch die Luft sauste, während Frida mit demselben Schwung dem Hühnchen die Beine absäbelte und auf diese Weise ein bizarres Geschöpf aus ziellos umherflitzenden Zombiebeinen unter einem Hühnchenkörper erschuf. Etwa zehn Sekunden lang sah sie dem Schauspiel zu, bevor sie einen TNT-Block zur Hand nahm und entzündete. „Granate!", brüllte sie, sprang aus dem Gefahrenbereich und sprengte die groteske Kreatur mitsamt ihren Monsterkollegen in die Luft.

Damit waren alle Feinde besiegt, aber Fridas Zorn loderte heller als zuvor. Wild lief sie im Zickzack über den Rasen, hieb hier und dort auf Büsche und Gras ein und suchte das Areal nach weiteren Mobs ab. „Kommt schon raus, ich bin noch lange nicht müde", brüllte sie aufgebracht, aber kein weiteres Monster wagte es, zu erscheinen.

Schließlich spürte sie eine Hand auf ihrer Schulter. Sie riss sich los, aber die Hand griff wieder zu, diesmal fester, und zog sie in Richtung Unterschlupf. „Es ist vorbei, Frida", sagte Kim ruhig. „Du hast alle erledigt."

Frida schüttelte den Kopf, schaute nach rechts und links und erkannte, dass sie tatsächlich allein waren. Nur die Pferde standen in der Nähe und blickten sie irritiert an.

„Möchtest du mir etwas sagen?", fragte Kim vorsichtig.

„Nein!"

Frida stürmte zurück in die Klippenunterkunft, begleitet vom Applaus und Jubel ihrer Bataillonskameraden, die immer noch auf dem Balkon des Wachturms standen. Nun, da keine Feinde mehr übrig waren, erlaubte Rob der Gruppe, nach unten zu gehen und die Beute einzusammeln.

„Verdammte Axt. Was ist nur in sie gefahren?", wollte Stormie wissen.

„Wen kümmert's?" Turner nickte bewundernd. „Sie ist süß, wenn sie wütend ist."

Kapitel 10

Im nächsten Morgengrauen stahl sich Frida davon, um die Umgebung auszuspähen. Sie brauchte eine Auszeit, und die einsame Arbeit kühlte ihr Gemüt tatsächlich etwas ab. Sie kehrte mit einer brauchbaren Route im Kopf zurück und machte sich gemeinsam mit dem Bataillon auf den Weg zum nächsten Ziel. De Vries und Crash hatten ihre Baumaterialien recycelt und bei der Gelegenheit Stormies TNT-Festung mit einer weiteren Lage Bruchstein verstärkt. Rob befahl Jools, die Hälfte ihrer gemeinsamen Vorräte ebenfalls dort zu lagern.

„Erzählt uns mehr von eurer Kampagne gegen Lady Craven“, bat De Vries die Veteranen, während sie sich auf den Weg gen Osten machten.

„Oh ja, bitte“, fiel der Richter ein. „Die Oberwelt hat keine echte Armee mehr gesehen, seitdem die Schurken nach Ende des Ersten Krieges ihren kläglichen Rückeroberungsversuch gestartet haben.“

„Wer führte damals die Rebellen an?“, erkundigte sich Rob.

„Das war keine Einzelperson“, antwortete Jools. „Das Scharmützel zählt heute nicht einmal als vollwertige Schlacht. Man nannte es scherzhaft *Krieg Anderthalb*, da es schon nach ein paar Tagen zu Ende war.“

„Lady Craven hat leider ein anderes Kaliber“, erkannte

Stormie. „Sie war ewig die Nummer zwei hinter Dr. Dreck und hat wie eine Spinne im Netz gelauert, bis sie endlich die ganze Macht erlangte."

Turner grunzte. „Damals, als ich noch viel zwischen den Grenzen hin und her reiste, bin ich oft auf Dreck, seinen Offizier Legs und Lady Craven getroffen. Sie lauerten an den Grenzen bei Nacht Reisenden auf. Ich musste oft kämpfen, während ich auf dem Weg zu mehr Arbeit war."

„Ich ebenfalls", sagten Stormie und Jools wie aus einem Munde.

„Ich auch", bestätigte Frida und deutete auf ihre Kameraden. „Als wir uns zufällig trafen, haben wir einfach eins und eins zusammengezählt. Die Griefer hatten es eindeutig auf die ganze Oberwelt abgesehen und wollten heimlich, still und leise eine Grenze nach der anderen erobern."

Sie erinnerte sich an den Moment, als sie erkannt hatte, was wirklich vorging, und beschloss, zurückzuschlagen – ein Entschluss, der sowohl sie als auch ihre Freunde inzwischen völlig ausgelaugt hatte. „Die meisten Leute, die sich nur um ihre eigenen Angelegenheiten kümmerten, bekamen damals gar nicht mit, was sich direkt vor ihren Augen abspielte."

Crash zeigte auf sich und ihren Bruder.

„Ja, wir zum Beispiel", sagte De Vries. „Ich glaube, jeder hat auf die harte Tour erfahren müssen, dass man nachts besser nicht die Grenzen überquert. Und bald konnte man nicht einmal mehr tagsüber reisen. Deshalb heuerten wir euch als Begleitschutz an."

„Ich erfuhr von dem ganzen Ärger, weil ich plötzlich Dinge *nicht mehr* sah", warf Richter Tome ein. „Obwohl mir andauernd Berichte über Grenzattacken und Plünderungen zu Ohren kamen, blieb mein Gerichtssaal leer. Hier und dort wurden kleinere Fische angeklagt, aber die großen Bosse blieben verschont. Ich wusste, dass sich da etwas Großes zusammenbraute." Er wandte sich an Kim. „Was ist mit dir, Unteroffizier? Wieso hast du dich der Mission angeschlossen?"

„Das war etwas ... Persönliches", antwortete sie verbittert. „Dr. Dreck stahl einige meiner Pferde und machte aus ihnen Zombies." Wie eine Welle übermannte sie die Erinnerung an den grauenhaften Vorfall, aber sie sprach tapfer weiter. „Wir griffen eine Horde Skelette an, die auf Zombiepferden ritten, und ahnten nicht, dass diese Tiere zu meiner Herde gehörten. Und als wir es herausfanden ...", ihre Stimme wurde zu einem Flüstern „... war es schon zu spät."

„Wenn Colonel M uns nicht geholfen hätte", fügte Rob hinzu, „hätten wir niemals die Zombiepferde retten können, die Dr. Dreck auf Kims Ranch zurückgelassen hatte."

„Warum kämpfen die feindlichen Monster überhaupt für die Griefer?", fragte De Vries. „Skelette und Zombies sind nicht gerade für ihre Loyalität bekannt."

„Sie sind wahrscheinlich verzaubert", mutmaßte Stormie.

„Ja, mittels irgendeiner Magie, die nicht einmal ich verstehe", sagte Jools. „Ich weiß nur, dass man sie für Gutes *und* Böses einsetzen kann."

„Das stimmt", schaltete sich Rob ein. „Wir haben mit eigenen Augen gesehen, wie Colonel M seine Kräfte einsetzte, um Witherskelette zu zähmen. Sie tun, was immer er ihnen befiehlt. Außerdem ist es ihm gelungen, Kims

Pferde vom Zombiefluch zu befreien. Der Colonel ist ein guter Mann."

„Ich verstehe immer noch nicht", warf De Vries ein, „wie die Mobs Griefer von anderen Spielern unterscheiden."

Frida kannte die Antwort, sagte aber nichts. Das Medaillon, das die Macht hatte, feindlichen Mobs ein neutrales Verhalten aufzuzwingen, lag tief verborgen in ihrem Inventar. Nicht auszudenken, was passieren könnte, wenn es in die falschen Hände geriet.

„Vielleicht liegt's am guten Aussehen", überlegte Turner laut. „Nicht ein einziger dieser Griefer macht so viel her wie ich. Und mich lassen die Viecher einfach nicht in Ruhe."

„Wenn das wirklich der Fall ist, können wir *Intelligenz* definitiv ausschließen", kommentierte Jools trocken und wurde dann wieder ernst. „Es gibt übrigens eine Strategie, die funktioniert, und zwar Täuschung."

„Stimmt", sagte Stormie. „Frida hat es geschafft, ihnen glaubwürdig den Griefer-Freund vorzuspielen. Sie hat so getan, als wollte sie sich ihrer Gang anschließen, und bei der Gelegenheit ein paar Fallen platziert."

„Wisst ihr ...", begann Jools nachdenklich, „was wir brauchen, ist jemand, der unschuldig genug wirkt, um nah an sie heranzukommen. Jedenfalls nahe genug, um Lady Craven auszuschalten." Er drehte sich im Sattel um und warf dem Richter einen bedeutungsschwangeren Blick zu.

„Mich brauchst du nicht anzusehen. Griefer besitzen mächtige Magie und haben keinerlei Respekt vor dem Gesetz."

Jools dachte nach. „Aber vielleicht fallen ihnen ein Paar neutrale Wölfe nicht weiter auf." Er blickte De Vries an, der neben ihm auf Velvet ritt. Der Baumeister drehte sich um und musterte seine Schwester.

Crash wirbelte ihre Spitzhacke lässig über Roadrunners Kopf und erschreckte damit Nachtwind, der einen Ausfallschritt zur Seite machte. Kim lenkte ihn zurück in die Formation.

„Ihr müsst euch nicht sofort entscheiden", kam Robs Stimme von hinten. „Denkt einfach darüber nach."

Sie ritten weiter in die verschneite Taiga, und die Unterhaltung verebbte. Es hatte vor Kurzem geschneit, sodass die Landschaft mit glitzernd weißem Feenstaub eingepudert war. Die niedrigen Terrassen sahen aus wie mit Zuckerguss überzogene Ebenen einer mehrstöckigen Torte, und hier und da steckten Blumen die Köpfe aus dem Weiß wie bunte Lollis. Die Stille war vollkommen und wurde nur durch das Geräusch der Hufe und Lorenräder auf dem Schnee gestört.

Sie rasteten eine Weile in der friedlichen Idylle und wandten sich schließlich nordwärts, um am verschneiten Strand entlangzureiten, den ihre Späherin entdeckt hatte. Ein schneebedecktes Sandmeer breitete sich in alle Richtungen vor ihnen aus, und die Luft roch nach Frost.

Crash machte Frida auf sich aufmerksam und bewegte fragend eine Hand wellenförmig auf und ab.

„Den Ozean werden wir erst dort sehen können, wo wir unser Lager aufschlagen", erläuterte Frida. „Dieser Strand wird in Richtung Spike City immer schmaler. Während wir bei Bluedog sind, habt ihr die Chance, die Küste ausgiebig zu erforschen."

Mit der Erwähnung des Syndikatsbosses kamen ihre Sorgen zurück. Wie würden sie ihm erklären, dass sie nur eine Hälfte der Kürbisse und keine einzige Weizenähre dabeihatten? Und was viel wichtiger war: Was würde Bluedog mit ihnen anstellen?

*

Es wurde bereits Nacht, als die Gruppe den Lagerpunkt erreichte. Wie Frida vorhergesagt hatte, verjüngte sich die Küste hier deutlich und wurde von der Eisebene verdrängt, die im Westen angrenzte. In Richtung Osten lag ein Ozean vor ihnen, dessen blaues Wasser im schwindenden Licht am Horizont bereits eine lila-schwarze Tönung annahm.

„Das weckt bestimmt Erinnerungen, was, Neuling?“, fragte Turner und dachte dabei an Robs unsanfte Landung in der Oberwelt, die nicht allzu lange zurücklag.

Frida warf einen Blick über die Schulter. Der Anblick der See hatte Rob tatsächlich innehalten lassen. Still saß er auf Sabers Rücken und starrte aufs Wasser, als wäre er vorübergehend von seinen Emotionen gelähmt. Frida war sich sicher, dass er an seinen Sturz aus dem Flugzeug dachte, der ihm einen sehr nassen Start in dieser Welt beschert hatte. Sie und Turner waren beide beeindruckt gewesen, dass es ihm gelungen war, diesen ersten Tag zu überleben und sich an die Küste und dann in ein Dschungelbiom zu retten, wo Frida ihn gefunden hatte – allein, halb verhungert und mit angeschlagener Gesundheit.

Seitdem hat er sich sehr verändert, dachte sie. *Aber unsere Clanprüfung würde er trotzdem nicht bestehen*. Bei den beiden letzten Aufträgen hatte er schließlich bewiesen, dass er immer noch zu nachgiebig und schwach war. Wenn Bluedog oder Lady Craven das herausfanden, waren er und sein Bataillon bald tote Soldaten. Obwohl sie sich von seiner Sanftmut einst angezogen gefühlt hatte, war es genau diese Eigenschaft, die sie und die anderen nun in Gefahr brachte. Aber wie sollte sie das Wesen dieses Cowboys ändern?

„Beeilung!", rief Jools und riss Frida aus ihrem Tagtraum. „Wir müssen das Lager aufschlagen, bevor die Eiszombies auftauchen."

Der Schnee und das viele Eis inspirierten De Vries zu einem ganz neuen Entwurf für eine Unterkunft, die die Beschaffenheit der Landschaft zum Vorteil des Bataillons ausnutzte. Noch bevor die Pferde gefüttert und untergebracht waren, hatte Crash begonnen, das Eis für einen gemütlichen Iglu auszuhöhlen.

Das Schneehaus fühlte sich zwar nicht so sicher an wie die vorigen Unterkünfte, die aus Stein bestanden hatten, aber es war wenigstens schalldicht. So bekam niemand mit, welche Mobs nachts draußen spawnten, während es sich die Kameraden drinnen gemütlich machten. Am nächsten Morgen zeugte eine einsame Spur von der nächtlichen Anwesenheit eines Creepers, der offenbar niemanden angetroffen hatte und wieder davongekrochen war.

Bei Sonnenaufgang machte sich Trupp A mitsamt dem Bataillonshauptmann und dem Packpferd auf den Weg zur Eisebene und ließ die anderen zur Erkundung der Küste im Lager zurück. Unterwegs wollten die Reiter noch in der Stadt vorbeischauen, bevor sie sich zum wöchentlichen Treffen mit Bluedog und Mad Jack begaben.

In der vergangenen Nacht hatte Frida sich die Situation noch einmal durch den Kopf gehen lassen. Sie wollte ihre Freunde natürlich nicht im Stich lassen, aber sie war sich mehr als unsicher, ob Rob der Aufgabe wirklich gewachsen war. Schließlich mussten sie nicht nur das Fehlen eines

Großteils der bestellten Ware erklären, sondern hatten noch einen weiteren Schutzauftrag in den Extremen Bergen zu erledigen. Und sie traute weder Bluedog noch dem gesprächigen Lorenführer über den Weg. Frida nahm Turner zur Seite und bat ihn, mit dem Hauptmann zu sprechen und ihm auf seine Weise klarzumachen, wie wichtig es war, nur das Nötigste zu sagen und gegebenenfalls auch zu lügen.

Wenigstens sind wir bewaffnet, wenn es hart auf hart kommt, dachte sie. Außerdem befand sich der Rest der Mannschaft außerhalb von Bluedogs Reichweite. Frida wusste nicht, wie viel Rafe dem blauen Hund über die Aktivitäten des Bataillons mitgeteilt hatte und wie viel er überhaupt wusste. Aber ihr Bruder hatte mit Sicherheit in der ganzen Stadt Augen und Ohren – und vielleicht sogar darüber hinaus. Trotzdem war er nun mal ein Stadtbewohner und kein Griefer.

Das Treffen mit dem Syndikatsboss würde in etwa so entspannt werden wie der kürzlich überstandene Ritt durch das Gewitter, und Frida fragte sich, wie nah der Blitz wohl diesmal einschlagen würde.

„Überlass mir das Reden“, schlug Turner dem Hauptmann vor, als sie sich der Grenze zu den Extremen Bergen näherten. „Und leg dir wenigstens vorübergehend ein dickeres Fell zu“, wies er ihn an. „Wir brauchen diese Jobs.“

„Wir müssen Bluedog noch einmal davon überzeugen, dass wir seine Aufträge zuverlässig erledigen können“, fügte Stormie hinzu.

Ihr sprecht mir aus der Seele, dachte Frida.

Je weiter sie sich Bluedogs Netherportal näherten, desto vorsichtiger wurden die Pferde, und die Lorenräder schienen plötzlich lauter zu quietschen.

Stormie, die wie immer an der Spitze ritt, erblickte als Erste die bergige Baumgrenze in der Ferne. Bald kamen auch die Schienen und der Rand des Netherportals in Sicht. „Da drüben ist es!", rief sie.

Bluedog wartete am Treffpunkt und trat ungeduldig von einem Fuß auf den anderen. Neben ihm stand der unvermeidbare Käfig voller Silberfischchen, die unter ihrer Wolldecke zu ruhen schienen wie Kanarienvögel. Aber je näher Frida dem Kontaktmann kam, desto deutlicher hörte sie das charakteristische Krabbeln und Klackern der unzähligen Insektenbeine. Sie erschauderte.

Bluedog betrachtete die Lore, die Gnom hergezogen hatte, und seine kleinen schwarzen Augen wurden noch winziger. „*Eine* Truhe! Wo ist der Rest?", knurrte er.

Rob öffnete den Mund, um zu antworten, aber Turner schnitt ihm das Wort ab. „Der ist überall in der Landschaft verstreut. Wir hatten alles beisammen, als uns ein Gewitter erwischte, und haben alles bis auf die eine Truhe verloren."

„Der Auftrag ist also nicht erledigt", schloss Bluedog bedrohlich leise.

Turner ließ sich nicht beirren. „Es war höhere Gewalt." Entspannt legte er den Kopf schief und blickte den blauen Gauner an, als wolle er ihn dazu auffordern, das Schicksal infrage zu stellen.

Bluedogs Gesichtsstreifen verfärbten sich lila. „Ich bezahle euch gut, damit ihr euch von solchen Dingen nicht aufhalten lasst", polterte er.

„Wir können das Wetter nicht kontrollieren", stellte Rob klar.

Frida hielt den Atem an.

„Das ist *euer* Problem! Wir hatten eine Vereinbarung." Bluedog zog die Decke vom Käfig und riss seine sechsbeinigen Tierchen aus dem Schlaf. Sofort begannen die übellaunigen Biester klackernde Warnlaute von sich zu geben. „Wenn ihr nicht wollt, dass euer Leben in einem endlosen Strom aus Silberfischchen endet", warnte er sie, „dann geht beim nächsten Job besser nichts schief. Ich will, dass ihr mir bis nächste Woche eine komplette Viehherde heranschafft."

Der ganze Auftrag bestand darin, die Kühe von einer Ranch im Tafelberg-Biom abzuholen und hierher zu treiben – eine Reise, für die ihnen gerade einmal sieben Tage blieben.

„Bis dahin …", Bluedog strich über den Käfig, „zahle ich euch nur noch die Hälfte für weitere Aufträge."

Turner akzeptierte die Bedingungen widerstrebend, fragte aber: „Was ist mit unserer Anzahlung?"

„Es gibt keine! Und ihr seht keinen einzigen dreckigen Kiesel von mir, ehe die Lore mit der Lieferung aus den Extremen Bergen nicht genau hier vor mir steht." Bluedog deutete mit dem Kinn auf das Portal. „Das Packpferd könnt ihr als Pfand hierlassen. Und jetzt verzieht euch!"

*

„Bist du sicher, dass es klug war, einen Gauner wie Bluedog anzulügen?", fragte Rob, als die Pferde gerade mit dem Anstieg begonnen hatten.

„*Klug* und *notwendig* sind zwei unterschiedliche Paar Schuhe", antwortete Turner.

„Ich finde nur, dass Ehrlichkeit immer am längsten währt …", gab Rob vorsichtig zurück.

Stormie atmete hörbar aus. „Meine Güte, Hauptmann! Hast du denn noch nie von kleinen Notlügen gehört?"

„Außerdem hat uns dein Weltverbesserergehabe den

ganzen Schlamassel erst eingebrockt", sagte Turner vorwurfsvoll.

„Momentan leben wir in einer verlogenen und unfairen Oberwelt, Rob", erklärte Stormie ihm mit sanfterer Stimme. „Sie *wird* irgendwann wieder ehrlich und friedlich sein, aber bis dahin müssen wir mit allen Mitteln versuchen, am Leben zu bleiben und für diese Ziele kämpfen. Außerdem mussten wir *alle* einen Großteil unserer Prinzipien über Bord werfen, damit wir etwas verändern können." Sie pausierte kurz. „Sieh dir zum Beispiel Turner an. Seine gute Seite ist schon so verschüttet, dass er sie wohl nie wiederfinden wird."

„Hey, wenn sich einer mit Typen wie Bluedog abgibt, sollte er lieber seine süße, sensible Seite verstecken. Und unser Hauptmann Neuling ist so ehrlich – das Schlimmste, was der jemals gemacht hat, war bestimmt, Cheats einzusetzen, um sich einen Meter weiter als erlaubt teleportieren zu können."

„Was sind … Cheats?", wollte Rob wissen, und Turner lachte vergnügt.

Frida mischte sich nicht ein und ließ es zu, dass ihre Freunde weiter auf Rob einredeten. Sie hatte ihr Bestes getan, um den einstigen Cowboy zu lehren, wie schwierig das Überleben in dieser Oberwelt war. Schließlich war genau das ihre Spezialität – jedenfalls, wenn sie allein arbeitete. In einer Gruppe zu leben und einen Teil ihrer Verantwortung anderen zu überlassen, war ihr immer noch fremd. Aber sie wusste ebenso, dass man im Kampf gegen Größenwahnsinnige wie Bluedog und Lady Craven Prioritäten setzen musste.

Stormie bemerkte eine Bewegung auf den Schienen über ihnen. „Da ist Mad Jack. Wenn dich in den nächsten Minuten wieder der Drang zur Ehrlichkeit überkommt, hältst du besser den Rand, Hauptmann."

Der Lorenführer mit dem wettergegerbten Gesicht näherte sich langsam und mit angezogener Handbremse auf dem kleinen Vorsprung. „Seid gegrüßt", rief er ihnen zu, und Frida spürte sofort, dass sein fröhliches Äußeres nur Maskerade war. „Ich bin froh, erneut so fähige Bodyguards um mich zu haben. Da fällt einem das Atmen gleich leichter."

Die Reiter teilten sich auf und positionierten sich für die nun folgende Strecke ringsum die Lore, wobei die Frauen an den Seiten und die Männer dahinter ritten.

„Folgt dir diesmal jemand?", fragte Frida.

„Wie immer", erwiderte er, „sieht man sie erst, wenn sie zuschlagen." Er zeigte auf die Ladung, die sich unter ihm befand – eine große Truhe, auf der er Platz genommen hatte, und drei weitere kleine dahinter. „Es gibt einige, die an dieser Beute Interesse haben."

„Kann ich mir vorstellen."

Turner taxierte die Ladung und versuchte, mehr zu erfahren. „Sieht aus wie eins, zwei, drei ... vielleicht vier geplünderte Dörfer?"

Mad Jack kratzte sich den Bauch. „Weiß nicht, wo das Zeug herkommt, und will's auch nicht wissen."

Rob könnte von dem noch einiges lernen, dachte Frida. Es machte sich immer bezahlt, seinen Feinden gut zuzuhören ... oder den Freunden seiner Feinde.

„Ich halte meine Neugier lieber im Zaum", fuhr Mad Jack fort. „Denn nur, wenn ich nicht allzu viel weiß, verdiene ich mir meine Steinchen."

„Die richtigen Prioritäten zu haben, hat noch keinem Mann geschadet", schmeichelte Turner ihm.

„Geld regiert die Oberwelt."

„Das kannst du laut sagen", pflichtete Stormie ihm bei. „Ich habe einmal erlebt, wie eine Frau ihr eigenes Baby gegen einen Creeper-Kopf eingetauscht hat."

„Vielleicht bist du ja meiner Exfrau begegnet", scherzte Mad Jack und lachte pfeifend. Er erhöhte den Druck auf die Bremsen, weil das Terrain steiler wurde. Sie ließen einen Block nach dem anderen hinter sich und passierten dabei einige tote Fichten. „Sagt mal, ihr treibt euch doch schon eine Weile hier herum. Da seid ihr vielleicht schon mal ein paar von meinen Mitarbeitern begegnet. Ich schulde ihnen noch etwas für einen Job."

„Und wer soll das sein?", erkundigte sich Turner in der Hoffnung, vielleicht einen Anteil abzustauben.

„Ein Geschwisterpaar, das mir hier oben begegnet ist. Ist hier ziemlich bekannt für seine aufwendigen Bauten."

Turner grunzte. „Und was willst du von den beiden?"

„Sie haben mir hochwertiges, nicht ganz legales Zeug zum Weiterverkauf überlassen. Aber nachdem ich einen passenden Käufer gefunden hatte, hab ich sie nie wiedergesehen, um ihnen ihren Anteil zu geben."

Fridas Ohren brannten, während sie zuhörte und versuchte, herauszufinden, was von der Geschichte, die ihnen gerade aufgetischt wurde, wahr und was gelogen war. All das klang eher nach ihrem tugendhaften Hauptmann als nach einem Gauner wie Mad Jack, der ihnen schließlich bereits mehrfach seinen korrupten Lebensstil offenbart hatte.

„Wir kennen die beiden nicht", behauptete Rob, und es hätte kaum offensichtlicher sein können, dass er log. „Wie heißen sie denn?"

Mad Jack schüttelte nachdrücklich den Kopf. „Namen kann man ändern, Junge. Sie sind beide blond, er groß, sie deutlich kleiner. Sie redet nicht viel. Und er spricht mit Akzent, aber ich weiß nicht recht, wo ich ihn einordnen soll."

„Die sollten nicht allzu schwer zu finden sein", sagte Stormie ruhig. „Sollen wir ihnen sagen, wo sie dich antreffen können?"

„Nein, nein", gab er hastig zurück. „Sagt mir einfach, wo sie sind, wenn wir uns das nächste Mal sehen." Er zögerte kurz. „Ich werd euch gut bezahlen."

„Alles klar", erwiderte Stormie.

Ein Weilchen liefen sie stumm nebeneinander her. Pferde und Reiter waren auf diesem Teilstück besonders vorsichtig, denn sie ritten gerade durch ein Kiesfeld. Mad Jack begann leise, ein altes Lied über einen einsamen Abenteurer auf der Suche nach einem Goldschatz zu singen.

„Das erinnert mich an meine Zeit auf dem Land", meinte Rob leichthin. „Da würdest du übrigens gut hinpassen, Jack. Hast du schon jemals eine Herde gehütet?"

Frida sah den Schatten einer selbstgefälligen Miene über das Gesicht des Fahrers huschen.

„Hab schon jeden Job gemacht, den man hier oben kriegen kann … und auch die unter der Oberfläche, wenn du weißt, was ich meine. Vieh zu hüten gehörte auch dazu. Wo warst du denn schon überall unterwegs, wenn ich fragen darf?"

„Darfst du nicht", erwiderte Turner scharf, aber Rob war so erfreut, endlich einmal wieder über sein altes Leben reden zu dürfen, dass er zu einem ausführlichen Bericht über sein altes Pferd Pistol, seinen Hund Jip und seine Herden anhob.

„Der Ort kommt mir gar nicht bekannt vor", murmelte Mad Jack verwundert. „Woher stammst du denn?"

„Von einem Wüstenplateau im Westen", antwortete

Rob, der offenbar sämtliche Anweisungen vergessen hatte, die er von Turner erhalten hatte. „Jedenfalls bevor ich in dieser Welt gelandet bin. Hier bedeutet das Wort *Westen* scheinbar nicht dasselbe wie zu Hause."

„Und wieso muss sich ein Cowboy wie du hier mit solcher Arbeit abgeben?", fragte Mad Jack interessiert.

Frida hörte sich und ihre Freunde den Hauptmann in Gedanken förmlich anbrüllen, dass er nicht weiterreden sollte.

„Ich befehlige dieses Bataillon", erwiderte Rob stolz. „Wir sind gerade dabei, uns auf den Kampf gegen Lady Craven vorzubereiten."

„Was du nicht sagst."

Wäre in diesem Moment eine Stecknadel zu Boden gefallen, hätte man das meilenweit wahrgenommen. Bis auf das sanfte Hufgetrappel war einige Sekunden lang gar nichts zu hören, denn Trupp A hatte es die Sprache verschlagen.

Im verzweifelten Versuch, das Thema zu wechseln, begannen im nächsten Augenblick, alle auf einmal zu reden.

„Aber das wird wahrscheinlich nie …"

„Er meint natürlich …"

„Schönes Wetter, nicht wahr?"

Absolut jeder, und dazu zählten auch Mad Jack und Rob, wusste, welchen Schaden der Kommandant soeben angerichtet hatte. Sowohl die wahre Identität der Soldaten als auch ihre Mission waren nun endgültig und unrettbar nach außen gedrungen. Diese beiden Informationen waren mehr als wertvoll – und zwar im wahrsten Sinne des Wortes. Gewisse Leute würden viel Geld dafür bezahlen.

Frida wurde vor Sorge ganz schwindelig. Bluedog würde die Information mit Freuden meistbietend verkaufen.

Legs und Dingo waren ohne Zweifel immer noch auf der Suche nach der Person, die ihre Zombie-Operation infiltriert hatte. Und was noch viel schlimmer war: Lady Craven und ihre Griefer-Armee würden beenden wollen, was sie bei der Schlacht am Zombiegipfel begonnen hatten. Nachdem Colonel M ihnen geholfen hatte, nach Ende der verlorenen Schlacht in diese entfernte Region der Oberwelt zu entfliehen, hatten sie sich unter dem Deckmantel der Anonymität verbergen können. Aber nun war dieser Vorteil passé.

Trotzdem verhielt sich die Gruppe für den Rest des Schutzauftrags so, als wäre nichts Besonderes passiert. Sie trafen Bluedog beim Netherportal und sahen ihm dabei zu, wie er die Truhe öffnete und enorme Mengen Beute ins wabernde Lila des Portals goss. Für das Bataillon blieben nur ein paar lumpige Brocken Eisen- und Golderz übrig, die er in Gnoms leere Truhe warf. Mad Jack sagte nicht viel, und alle Beteiligten einigten sich auf denselben Treffpunkt zur Ablieferung der Viehherde, die Bluedog bestellt hatte.

Auch diesmal warteten sie ab, bis sie sich außerhalb der Hörweite der beiden Männer befanden, bevor sie wieder etwas sagten.

„Ich weiß, was ihr sagen wollt …“, begann Rob.

„Welchen Teil von *Klappe halten* hast du nicht kapiert?“, rief Turner aufgebracht.

„Ich verspreche, dass ich mich beim nächsten Mal zurückhalte.“

„Du versprichst es also? Komisch, und ich dachte, du hattest uns *genau das* längst versprochen gehabt“, fauchte Stormie und schleuderte ihm die Worte wie Peitschenhiebe entgegen.

Ruhig versuchte Frida, einfach weiterzuatmen und auf diese Weise ihren lodernden Zorn loszuwerden. Sie mochte Rob – vielleicht liebte sie ihn sogar. Aber gerade hatte er alles in Gefahr gebracht, wofür sein eigenes Bataillon stand. *Er ist eben nicht von dieser Welt. Er weiß nicht, wie leicht es ist, hier zu sterben*, dachte sie.

Und ein weiterer, viel gemeinerer Gedanke drängte sich in ihren Kopf: *Vielleicht sollte ich zulassen, dass er es endlich herausfindet.*

Kapitel 11

Frida fühlte sich schuldig, weil sie zornig über Robs Verhalten war und Zweifel an seinen Führungsqualitäten in ihr aufkeimten. Also ging sie ihm lieber aus dem Weg, während sie alle gemeinsam die notwendigen Aufgaben erledigten, bevor sie das Lager am verschneiten Strand abbrachen. Es war leicht, eine Beschäftigung zu finden. Das Bataillon verbrachte einige Zeit mit Zielübungen und stellte danach mehrere Stunden lang Pfeile her und reparierte Waffen.

Beim nächsten Job durften sie sich keine weiteren Fehler erlauben. Sie brauchten mehr Leute, um die Viehherde von ihrem Besitzer abzuholen und sie durch die verschiedenen Biome zu Bluedogs Netherportal zu treiben. Außerdem benötigten sie viel mehr Munition, um die tagelange Reise unbeschadet zu überstehen und die Tiere zu beschützen. Rob bat die Rekruten mitzukommen und stellte die riskante Mission als kleine Abwechslung dar, die ihnen gefallen würde.

Richter Tome dachte darüber nach. „Ich wollte schon immer einmal das Leben eines Hirten ausprobieren. Ich komme mit."

De Vries und Crash erklärten sich ebenfalls bereit, ihr Glück als Viehtreiber zu versuchen.

Niemand erwähnte Mad Jacks Interesse an den Geschwistern. Rob und Jools steckten die Köpfe zusammen und beschlossen, dass Crash, De Vries und der Richter mindestens bis zum Basislager im Tafelberg-Biom mitreiten sollten. So mussten die Geschwister keinen überraschenden Überfall befürchten, während alle anderen unterwegs waren.

In der Sicherheit des Eispalastes, den Crash und De Vries während der Abwesenheit von Trupp A errichtet hatten, fertigte das Bataillon noch bis spät in die Nacht nützliche Gegenstände. Kim übernahm die knifflige Aufgabe, Lassos aus Spinnenseide herzustellen und Haken an den Sätteln zu befestigen, die als Halterungen dienen sollten. Ein wahres Chaos brach aus, als die Soldaten versuchten, sich gegenseitig mit Lassos einzufangen – eine deutlich schwierigere Aufgabe, als sie gedacht hatten. Zur Überraschung aller stellte sich ausgerechnet der Richter besonders geschickt an.

„Du solltest dich lieber aufs Zielen mit einer richtigen Waffe konzentrieren", murrte Turner, denn der Richter hatte sich im Umgang mit Klinge und Bogen immer noch nicht verbessert.

Richter Tome schürzte die Lippen. „*Usus magister optimus*, sage ich immer."

Crash legte den Kopf schief und sah ihn fragend an.

„Übung macht den Meister, meine Liebe."

Rob bemerkte Fridas untypische Distanziertheit und versuchte, sie in die Unterhaltung miteinzubeziehen. „Erinnerst du dich an unseren ersten Versuch als Reiter, bevor wir Kim trafen? Ich wette, damals hättest du nicht gedacht, dass du dich später einmal als Viehtreiberin betätigen würdest."

Vor dem Tag, an dem sie auf Saber und seine Herde

getroffen waren, hatte Frida noch nie auf einem Pferderücken gesessen. Damals war es ihr kaum gelungen aufzusitzen, geschweige denn, dort länger als eine Sekunde zu verweilen. „Meine Güte, danke, dass du mich daran erinnerst, Hauptmann", erwiderte sie sarkastisch und drehte ihm den Rücken zu. „Hättest *du* damals gedacht, dass du irgendwann einmal der Kommandant einer Kavallerieeinheit sein würdest, nur, um deren Mitglieder in den sicheren Tod zu schicken?"

Rob schwieg betroffen.

„Ja, ich erinnere mich gut an die letzte Schlacht, in der Stormie deinetwegen gestorben ist und der Rest von uns bergauf in eine Sackgasse getrieben wurde. Und all das nur, weil du den Aussichtspunkt erreichen wolltest, den du für dein Tor nach Hause gehalten hast."

Alle anderen in dem Eisblockraum erstarrten.

Aber Frida war gerade erst in Fahrt gekommen und wandte sich wieder zu Rob um. „Du hättest eine Schlachtformation befehlen können, die zur bergigen Landschaft gepasst hätte. So wären wir den Zombies entkommen und hätten sogar in Deckung gehen können, um Lady Cravens diamantbewehrte Skelette zu bekämpfen. Aber du wolltest ja lieber *nach Hause*!" Fridas Blick bohrte sich in Robs. „Wenn *ich* nicht für dich vorausgeplant und rechtzeitig das Netherportal dort platziert hätte, wären wir alle abgeschlachtet worden und die Oberwelt wäre inzwischen sicher verloren."

Niemand hatte Rob einen Vorwurf wegen der Ereignisse dieser schicksalhaften Nacht gemacht, nicht einmal Stormie, die ihr Leben verloren hatte. Aber die Büchse der Pandora war geöffnet worden, und es hagelte weitere Anschuldigungen.

„Die Wahrheit tut weh, was, Neuling? An dem Tag sind viele Dorfbewohner deinetwegen gestorben", sagte Turner anklagend.

Der degradierte Sergeant warf dem Hauptmann einen Seitenblick zu. Der Dorfbewohnertrupp war unter seiner Führung gescheitert, und der Verlust so vieler seiner Schützlinge hatte den harten Söldner tiefer getroffen, als er je zugegeben hätte. Stormie musste an ihren Tod und die Wiederauferstehung im Nirgendwo denken, und auch Kim und Jools erinnerten sich an den schwarzen Tag und fragten sich, ob ihre Loyalität nicht fehl am Platz war.

Frida verschränkte die Arme. „Meine Antwort lautet also: *Nein*, Rob. Ich hätte nie gedacht, dass ich lange genug leben würde, um eines Tages die Viehhirtin zu spielen. Besonders nicht unter deiner Führung." Sie wartete auf eine Antwort, aber Rob blieb stumm. „Erbitte die Erlaubnis, wegtreten zu dürfen, Hauptmann."

Der Schmerz in seinen Augen versetzte Frida einen scharfen Stich der Reue.

„Erlaubnis erteilt, Unteroffizier."

*

Erschüttert machten sich die Mitglieder von Bataillon Null am nächsten Morgen auf den Weg nach Spike City, wo sie vor ihrer Reise alles Nötige einkaufen und Rafes Anteil abliefern wollten. Auch bei ihm kam die überraschende Kürzung seines Lohnes nicht besonders gut an.

„Es spielt keine Rolle, ob ihr den Job vermasselt habt oder nicht", meinte er zu Frida, „ihr schuldet mir trotzdem einen ganzen Smaragd. Schließlich habe ich den Auftrag im guten Glauben an euren Erfolg an euch vermittelt."

Frida beäugte ihren Bruder in seiner purpurnen Robe,

dessen Karriere als Geistlicher nichts anderes als Fassade für seinen persönlichen Schwarzmarkt war. „Brüderchen, in deinem Wortschatz gibt es die Begriffe *gut* und *Glaube* doch gar nicht. Du bekommst deine Bezahlung nach dem nächsten Job."

Die Reiter verließen umgehend die Stadt, um die alte Unterkunft am Tafelberg-Plateau zu erreichen, bevor in der Dunkelheit zu viele Feinde auftauchten.

Als die Sonne schon tief am Himmel stand, freute Turner sich dennoch darauf, endlich wieder einmal gewöhnliche Mobs zu bekämpfen, anstatt sich immer nur mit zwielichtigen Bösewichten abgeben zu müssen. „Wenn die Nacht hereinbricht, breche ich Mobs", verkündete er fröhlich. „Wie findest du den Spruch, Richter?"

„Irgendwie glaube ich nicht, dass das auf Latein besonders gut klingt", murmelte Jools.

Weil Tomes Zielfähigkeiten nach wie vor zu wünschen übrig ließen, übernahm Crash auf Robs Befehl hin seine Position in der Formation, woraufhin die Bergbau-Expertin in der letzten Reihe und der Richter in der Mitte der ganzen Gruppe ritt. So war er geschützt, sobald das unheimliche Gestöhne und Knochengeklapper begann. Die Pferde hatten sich in der Zwischenzeit daran gewöhnt, in Schlachten zu reiten, sodass sie ruhig über die Eisebene trotteten, während ihre Reiter sich um die Monster kümmerten.

Im gleichmäßigen Takt luden Stormie, De Vries und Jools wieder und wieder ihre Bögen nach und schickten ein Projektil nach dem anderen in Richtung der schießwütigen Skelette, die kaum je selbst ein Ziel fanden. Frida, Turner, Kim und Rob hielten ihre Schwerter in den Händen und schlugen auf alle Zombies ein, die schnell genug waren, um mit den Pferden Schritt zu halten. Crash drehte sich in Roadrunners Sattel um und drosch auf die Babyzombies ein, deren Strategie darin bestand, sich an die Pferdebeine zu klammern, um so an die Reiter zu gelangen.

Bald darauf hatte das Bataillon die Felsenunterkunft erreicht. Die Höhlen standen immer noch so stabil, wie sie sie zurückgelassen hatten, sodass nur hier und dort einige Verstärkungen notwendig waren, um über Nacht alle sicher unterzubringen. Kim platzierte sorgfältig Fackeln im Pferdestall, damit die Tiere in Frieden schlafen konnten, und das Bataillon legte sich müde zur Ruhe.

Aber Frida hatte Schwierigkeiten einzuschlafen. Sie war am Abend zuvor unnötig hart zum Hauptmann gewesen, obwohl ihre Beschreibung des Schlachtverlaufs zutreffend gewesen war. Sie hatte noch nie gelogen, um das Image eines anderen Menschen aufrechtzuerhalten, aber gar nichts zu sagen, wäre keine Lüge gewesen. *Ich und meine große Klappe*. Nur ihr war Robs wahres Motiv für den Vorstoß in die Extremen Berge bekannt gewesen. Und obwohl er sie nie gebeten hatte, die Sache geheim zu halten, hatte sie eine unsichtbare Grenze überschritten, als sie dem Bataillon die Wahrheit offenbarte. Insbesondere, weil der Hauptmann sich den Respekt der neuen Rekruten erst noch verdienen musste …

Dann hätte er nicht für seine eigenen Ziele unser aller Leben aufs Spiel setzen dürfen, dachte sie trotzig.

Trotzdem befürchtete sie, dass sie diese Freundschaft mit ihrem Verhalten dauerhaft beschädigt hatte. Sie hatte noch nie zuvor einen Freund gehabt, der nicht gleichzeitig auch ihr Sparringspartner war. Und sie hatte auch nie zuvor einen gewollt.

Erneut fragte sich Frida, ob sie ihr Überlebenskünstler-

Feingefühl verloren hatte. Und ob es überhaupt Sinn ergab, es wiederzuerlangen. Sie seufzte ungeduldig und rollte sich am Boden neben dem Bett, das De Vries für sie bereitgestellt hatte, auf die andere Seite. Was war nur los mit ihr? Sie war doch sonst nie unschlüssig.

Ihre Gedanken wanderten zu dem Vorfall, der ihre Verärgerung ausgelöst hatte. Mad Jack hatte genau gewusst, wohin er Rob lenken wollte, als er ihm so geschickt die Zunge gelockert hatte. Aber … der alte Lorenführer hatte noch etwas anderes gesagt, das seitdem in Fridas Unterbewusstsein verankert war. Warum war er so interessiert am Aufenthaltsort von De Vries und Crash? Enthielt sein Märchen von den gestohlenen Baumaterialien vielleicht sogar ein Körnchen Wahrheit?

Wenn ja, dann war den Rekruten nicht zu trauen. Und falls nicht, wurde Mad Jack vielleicht von Dritten bezahlt, die die beiden aufspüren wollten. Aber von wem? Und warum?

Frida hatte den Geschwistern Glauben geschenkt, als sie ihre Gründe für den Beitritt zum Bataillon dargelegt hatten, aber sie kannte noch immer kaum Details aus ihrer Vergangenheit. Andererseits konnte es sich heutzutage niemand in der Oberwelt leisten, seine Geschichte komplett zu enthüllen. Vielleicht war es an der Zeit, mehr über den fleißigen Baumeister und seine Schwester zu erfahren. Sie beschloss, den beiden ab sofort mehr Aufmerksamkeit zu widmen. Und was Rob anging … Nun, sie würde sich schon etwas einfallen lassen.

Aber als sich der Trupp am nächsten Tag wieder auf den Weg machte, blockte der Hauptmann jegliches Gespräch mit seiner Späherin ab.

„Turner! Du wirst ab sofort wieder als Sergeant eingesetzt. Sag bitte dem Unteroffizier deines Trupps, dass ihre Dienste am Beratungstisch nicht länger gebraucht werden."

Turners Gesichtsausdruck spiegelte Unverständnis wider. Verstohlen blickte er sich nach einem Beratungstisch um, der ihm vielleicht vorher entgangen war.

„Ich meine, wenn die Zeit gekommen ist, Sergeant! Erst dann. Das war alles."

Die Nacht verbrachten sie in einem Dickicht auf einem bewaldeten Plateau. Crash hob einen Unterschlupf aus, während Stormie und Turner einige Kühe erlegten, die in der Gegend aufgetaucht waren.

„Das Rindfleisch kommt gerade recht", stellte Turner fest. „Schließlich werden wir von Bluedogs Herde nicht viel abkriegen."

Frida aß das Fleisch, um ihre Hungerleiste zu füllen, aber Appetit verspürte sie nicht.

Es dauerte den ganzen folgenden Tag und die Hälfte des nächsten, das riesige Biom zu durchqueren. Niemand begegnete ihnen, also vertrieb Turner sich die Zeit damit, Jools aufs Korn zu nehmen, der immer noch Gefreiter war, da er nie einen höheren Rang angestrebt hatte.

Jools und De Vries schwiegen sich an, weil sie sich am Abend zuvor über die Gestaltung der Unterkunft gestritten hatten. Nach wie vor mied Frida Stormies Gesellschaft, weil sie spürte, dass die Abenteurerin Rob viel zu nahe kam. Sogar der langmütige Richter äußerte seine Verärgerung, als Crash sich pantomimisch über Marilyns Ausdünstungen beschwerte.

So überquerte das Bataillon am nächsten Tag ohne viel Gerede die Grenze zu einem deutlich weniger hügeligen Biom. Crash hieb verbissen auf das braune Gras zu Roadrunners Hufen ein. Turner führte ein gemurmeltes Selbstgespräch. Und Frida machte sich Sorgen. *Ich hoffe, dieser Auftrag verläuft ohne Zwischenfälle*, dachte sie.

Aber der Hauptmann war abgelenkt und Jools gereizt. Und so gab es keinen Plan.

*

Rob richtete sich im Sattel auf, als er das Muhen von Kühen vernahm und eine Staubwolke bemerkte. Rotes Fleckvieh stand in Dreier- und Vierergruppen auf einer riesigen Weide beieinander, die hier und da von Kakteen übersät war und von einem Fluss in zwei Hälften geteilt wurde. Die Übergabe verlief deutlich besser als die letzten beiden, da der Hauptmann nun etwas mehr Übung darin hatte, Ware einzufordern. Außerdem hatte er gute Laune – der Ranchbesitzer hatte mit dem ehemaligen Cowboy viel gemeinsam; sie trugen dieselbe Kleidung und verstanden sich auf Anhieb.

In kürzester Zeit war die Übergabe von neunhundertneunundneunzig Stück Vieh über die Bühne gegangen.

„Warum es wohl neunhundertneunundneunzig sind?", fragte sich Rob laut.

„Vielleicht ist er abergläubisch?", mutmaßte Stormie.

Frida schnaubte. „Vielleicht kann er auch einfach nicht weiter zählen."

Rob und Kim zeigten den anderen, wie man die Pferde positionieren musste, um derart viele Kühe vor sich herzutreiben. Frida musste zugeben, dass der Hauptmann in seinem Element war. Besonnen lenkte Rob seinen Hengst nach links und rechts, jagte immer wieder ausbrechenden Kühen hinterher und rief: „Beweg dich, Kuh!", um die trägeren Tiere zu ermutigen.

Die anderen Soldaten folgten seinem Beispiel und waren mehr oder weniger erfolgreich. Zwar war keines der Pferde geübt im Viehhüten, aber alle gehorchten willig ihren Reitern, und sogar die störrische Marilyn hatte bald den Dreh heraus.

„Nicht übel, Richter!", rief Jools, als die beiden eine Kuh durch einen flachen Bach trieben. „Ich glaube, sie hat ihre Bestimmung gefunden."

Richter Tome grinste von einem Ohr zum anderen. „Und das Beste: Neben diesen vielen Kühen riecht Marilyn wie eine Parfümerie!"

Selbst Crash musste lächeln.

Das Bataillon war gezwungen, bei dieser Aufgabe zusammenzuarbeiten, um den leicht ablenkbaren Kühen einen sinnvollen Weg vorzugeben. Die meisten Tiere ließen sich vom Strom der Herde treiben und blieben brav in Reih und Glied. Nur ein junger Ochse mit Sommersprossen auf dem Maul entfernte sich immer wieder von seinen Artgenossen und rannte in die andere Richtung, wann immer ihm ein Hindernis in den Weg kam.

Turner biss die Zähne zusammen und lenkte Duff wiederholt direkt neben das störrische Tier, aber keine seiner Drohaktionen fruchtete.

„In dem steckt sicher ein Viertel Maultier", meinte der Richter.

„Lass mich mal versuchen!", rief De Vries und winkte seiner Schwester zu.

Sie banden ihre Pferde fest und verwandelten sich in Wölfe. Als Vierbeiner waren sie viel flinker als zuvor, und gemeinsam hatten sie den unwilligen Ochsen schon kurz darauf davon überzeugt, dass es gesünder war, dauerhaft bei der Herde zu bleiben. Die Vorstellung beeindruckte vor allem Kim, die sich die Technik der Geschwister für zukünftige Aktionen merkte.

Die anstrengende Arbeit mit der riesigen Herde lockerte nach und nach die Spannungen, die sich während der letzten Tage aufgestaut hatten, und als sich die Kavallerie kurz vor Nachteinbruch im Tafelberg-Lager versammelte, war die Stimmung beinahe friedlich.

Rob seufzte zufrieden und leckte sich das Hühnerfett von den Fingern. Keiner wollte die Herde auch nur um ein einziges Tier verkleinern, um den Hunger des Bataillons zu stillen. „Nach einem Tag voll harter Arbeit schmeckt ein gutes Abendessen gleich noch besser", erklärte er.

„Harte Arbeit", wiederholte Jools und blickte den kauenden Turner an. „Ein Konzept, mit dem *du* dich nicht so gut auskennst."

Turner runzelte die Stirn und hob drohend eine Faust. „Ich geb dir gleich ein Konzept zum Nachdenken, Freundchen."

Trotzdem war er sichtlich froh, dass Jools sich wieder mit ihm kabbelte.

Kurz darauf bereiteten sie sich auf die Nacht in der einfachen Grubenunterkunft vor, die Crash ausgehoben und De Vries eingezäunt hatte, damit die Kühe nicht hineinfielen. Der Hauptmann überließ Crash die erste Wache. „Ich werde mich derweil um die Herde kümmern", meinte Rob. „Das kann ich am besten. Wer deckt mir den Rücken, falls Mobs auftauchen?"

Stormie hob die Hand. „Das mache ich."

Der Rest legte sich einige Stunden schlafen.

Frida musste sich eingestehen, dass der vergangene Tag mehr als anstrengend gewesen war. Ozelot hatte wieder einmal ihr exzellentes Gespür bewiesen, da sie immer schon vorher wusste, wann eine Kuh sich von der Herde entfernen wollte. Die Stute wurde zum besten Hütepferd der Gruppe erklärt. Außerdem hatte Frida Rob den ganzen Tag bei seiner Aufgabe beobachtet, die ihn offensichtlich mit sehr viel Freude erfüllte, und ihr Ärger war merklich abgekühlt. Sie verstand genau, wie er sich fühlte. Schließlich vermisste auch sie ihr altes Leben.

Der aufgehende Mond schien hell auf die provisorische Unterkunft. Frida konnte nicht schlafen, also kletterte sie die Leiter hinauf, die De Vries vorsorglich platziert hatte, und verließ die Grube. Im Vorbeigehen winkte sie Crash zu und ging weiter zur passiven Herde, um sich ein Weilchen mit dem Cowboy zu unterhalten und sich – vielleicht – bei ihm für die harschen Worte zu entschuldigen, die sie ihm am verschneiten Strand entgegengeschleudert hatte.

Das monotone Muhen der Kühe durchbrach die Stille der Nacht, und dennoch drangen murmelnde Stimmen an Fridas Ohr. Stormie und Rob unterhielten sich leise. Als Frida gerade auf sich aufmerksam machen wollte, erblickte sie die Silhouetten ihrer Freunde, die sich vor dem silbrigen Mond abzeichneten. Der Hauptmann beugte sich zu Stormie hinüber, als sie ihm etwas zuflüsterte. Und dann, hell erleuchtet vom strahlenden Mondlicht, umarmten und küssten sie sich.

Fridas Herz hörte für einen Moment auf zu schlagen. Sie ballte die Fäuste, stolperte rückwärts und rannte davon, bevor ihr bitterliche Tränen in die Augen stiegen.

Kapitel 12

Frida war das Alleinsein gewöhnt und hatte immer gedacht, dass ihr die Einsamkeit nichts anhaben konnte. Aber ihr war nicht bewusst gewesen, dass die Trennung von einer Gruppe dieses Gefühl noch verstärkte. Als sich die neun Soldaten und die neunhundertneunundneunzig Kühe wieder in Bewegung setzten, erfuhr Frida, was es bedeutete, sich wirklich und wahrhaftig allein zu fühlen.

Sie überließ Ozelot die Initiative bei dem launischen Fleckvieh und saß wie betäubt im Sattel. Tage und Nächte verschwommen zu einer Einheit, bis das Bataillon wieder am alten Tafelberg-Lager eintraf. Frida erwachte wie aus einer Trance. Jeder außer ihr freute sich auf den entspannten Abend. Morgen würde der anstrengende Viehtreiber-Auftrag endlich ein Ende finden.

Nach dem Abendessen, das aus Kanincheneintopf bestanden hatte, unterhielten sich alle angeregt. Frida hatte sich freiwillig für die Nachtwache gemeldet und Kim zu verstehen gegeben, dass sie ihr nicht zu folgen brauche. „Keine Sorge, ich komme schon klar", versprach sie der Pferdemeisterin.

Turners Stimme drang an Fridas Ohr. Er hatte offenbar einen Scherz gemacht, denn ihre Kameraden lachten herzlich. Die Späherin fühlte sich einsamer denn je. Zum ersten Mal in ihrem Leben war Frida in dieser Nacht nicht in Topform. Einem Zombie gelang es gar, sich durch die Viehherde bis zu dem Grasblock zu schleichen, auf dem sie sich postiert hatte, und sie mit seinem verrotteten Arm zu schlagen. Frida fiel aus dem Sattel und versuchte hastig, ihr Schwert zu erreichen.

„*Ööööhh …*“, machte der Zombie, dessen Reflexe allerdings viel zu träge waren, als dass er ihr wirklich hätte gefährlich werden können.

Durch das Meer aus Kuhbeinen vernahm sie plötzlich Bewegungen am Rand der Herde. Dann hörte sie Rufe.

Eine bekannte Stimme rief: „Jetzt haben wir sie, Jungs!“

Eine Ladung TNT ging in die Luft, und sofort brach unter den neunhundertneunundneunzig Kühen nackte Panik aus. Noch während Frida sich aufrappelte, um sich wieder in Ozelots Sattel zu schwingen, setzte sich die Herde in Bewegung.

„*Herde in Panik!*“, brüllte sie, so laut sie konnte, aber die Warnung war kaum nötig.

Frida erblickte die Gesichter einiger nächtlicher Reiter, die einen Heidenlärm verursachten, um die verängstigten Kühe noch weiter anzustacheln. *Viehdiebe!*

Die Späherin gab ihrer Stute die Sporen und ritt in Richtung Lagerfeuer. Sie hörte, dass ihr jemand zu Pferd folgte. Als sie den Rest des Bataillons erreicht hatte, waren ihre Kameraden gerade auf dem Weg zu den Pferden. Kurz darauf ertönte ein weiterer lauter Knall.

„So klingt eine Botschaft von Precious McGee!“, schrie eine heisere Stimme, während eine Frau in den Lichtschein ritt. „Hab euch doch gesagt, ich komme wieder!“ Sie galoppierte davon und folgte der Herde, während sie in ein irres Gelächter ausbrach, dessen Echo noch zwischen den Bergen erscholl, als die Viehdiebin schon lange verschwunden war.

Die Truppe sattelte in Hochgeschwindigkeit die Pferde und zog die Waffen, während ihr Hauptmann einfach dastand – wie gelähmt starrte er hilflos der Herde hinterher.

„Lasst es gut sein, Leute“, sagte er. „Wir haben keine Chance.“

„Ich krieg die!“, polterte Turner und blickte Rob mit wild funkelnden Augen an.

„Wir können sie noch erreichen, Hauptmann!“, meinte Kim, während sie auf Nachtwinds Rücken sprang.

„Halt“, murmelte Rob matt. „Das wird nichts bringen. Das Letzte, was eine Herde in Panik braucht, sind noch mehr Menschen, die ihr folgen.“ Er ließ sich auf den Boden fallen. „Es ist vorbei.“

Frida lief zu Turner. „Was machen wir nur, Klops?“ Beide wussten, dass Bluedogs Zorn mörderisch sein würde.

„Abhauen. Raus aus der Oberwelt. Mehr fällt mir auch nicht ein.“

Stormie hörte ihr Gespräch und schaltete sich ein. „So handeln wir uns nur ein Kopfgeld ein. Ich schlage vor, wir treffen uns mit Bluedog und versuchen noch einmal, ihn zu besänftigen.“

„Ja, wegzulaufen ist keine gute Idee“, stimmte Jools ihr zu. „Ich denke, es ist am weisesten, Hauptmann Robs Weg zu folgen und Bluedog die Wahrheit zu sagen. Ihm zu schwören, dass wir es wiedergutmachen. Nur so retten wir unsere Haut.“

Nach einigem Hin und Her einigten sich die Mitglieder von Bataillon Null darauf, dass Jools recht hatte. Das Bataillon würde am nächsten Tag geschlossen zu Bluedog reiten und die schlechten Nachrichten überbringen, während die Rekruten hier in der Felsenunterkunft zurückbleiben sollten, um sich gegebenenfalls zu verteidigen.

„Lasst mich euch begleiten", sagte Richter Tome zur Überraschung aller. „Meine Autorität könnte uns nützlich sein."

Crash und De Vries erklärten sich einverstanden, allein im Lager zu bleiben.

„Wir würden euch ohnehin nicht viel nützen", meinte De Vries. „Und hier sind wir einigermaßen sicher." Crash machte eine Handbewegung, und ihr Bruder übersetzte: „Wir können die Zeit nutzen, indem wir unserem Vorrat weitere Erze hinzufügen."

„*Unserem* Vorrat?", wiederholte Rob.

Crash blickte ihren Bruder an, und beide nickten.

„Genau. Gemeinschaftseigentum." De Vries grinste. „Wir haben beschlossen, offiziell eurer Kavallerie beizutreten."

*

Natürlich, dachte Frida. Jetzt, da das Bataillon seine Geschäfte mit Bluedog so schnell wie möglich abwickeln musste, waren die Geschwister umso mehr daran interessiert, sich in dieser Gruppe als berittene Soldaten zu tarnen. Sie hätten natürlich auch die Einheit verlassen können, aber zu viele verschiedene Leute hatten sie beim Durchqueren des riesigen Tafelberg-Bioms gesehen. Daher hielten sie es anscheinend für klüger, sich diesem Menschenrudel anzuschließen.

Der Ritt zum Netherportal verlief in gedrückter Stimmung. Anschuldigungen und Missmut machten die Runde.

„Es geht doch nichts über zwei Jobs zum Preis von keinem", knurrte Turner. „Ich will ja niemanden beschuldigen, aber diesmal hast du's wirklich versaut, Hauptmann Neuling."

Wie immer ergriff Stormie Partei für Rob. „Nimm das gefälligst zurück, Klops. Niemand hätte ahnen können, dass uns Precious auf den Fersen war."

Diese Aussage traf Frida bis ins Mark. *Sie* hätte es ahnen sollen. Sie war im Bataillon zwar die Späherin, die normalerweise vorausritt, aber ihr Training hatte sie gelehrt, die Fühler immer in alle Richtungen auszustrecken. Pausenlos. Sie hätte niemals zulassen dürfen, dass ihr ... vorübergehender Streit mit Rob ihr Urteilsvermögen beeinträchtigte. Die Scham übermannte sie wie ein Tsunami.

„Hört mal, wir können mit dem Finger aufeinander zeigen, wie wir wollen, aber ändern wird das rein gar nichts", fuhr Stormie fort.

Kim nickte. „Wir haben uns gemeinsam für dieses Bataillon entschieden, also bewältigen wir auch gemeinsam seine Probleme. Kommt schon, Leute, alle für einen, erinnert ihr euch?"

„Nur fühle ich mich gerade weniger wie ein Musketier und mehr wie ein Dummkopf", murmelte Jools.

„Solange du kein toter Dummkopf bist, ist doch alles in Ordnung", erklärte Turner, und Jools blickte ihn überrascht an. Turner ignorierte seinen Kameraden. „Ich schätze, wir hätten alle etwas aufmerksamer sein können. Ich nehme zurück, was ich eben gesagt hab, Hauptmann."

„Entschuldigung angenommen." Rob drehte sich zum Richter um, der zwischen ihm und Turner ritt. „Unteroffizier, würdest du eine eidesstattliche Erklärung unterzeichnen, die festhält, dass sich der Sergeant tatsächlich einmal für etwas entschuldigt hat?"

Richter Tome grinste.

„Hey, Hauptmann, du hast einen Witz gemacht", brach Frida ihr Schweigen und wandte sich ebenfalls an den Gesetzeshüter. „Ich glaube, das sollten wir auch offiziell festhalten, Richter."

Vorübergehend hatte sich die Stimmung entspannt, sodass sich die Soldaten auf die bald folgende Konfrontation vorbereiten konnten.

„Wer sagt's Bluedog?", fragte Turner.

„Ich könnte es tun", meldete sich Frida.

„Nein, *ich* werde es tun", sagte Rob. „Es ist meine Pflicht als Hauptmann. Ich werde ihm einfach sagen, was passiert ist, und ihm einen weiteren Auftrag ohne Bezahlung anbieten."

Da keiner aufrichtiger war als der Hauptmann, stimmten alle dem Plan zu.

Bei allen Szenarien, die sie sich ausgemalt hatten, hatte jedoch niemand mit Bluedogs tatsächlicher Reaktion gerechnet. Die Spieler trafen den Syndikatsboss wie üblich am Netherportal, hinter dem sich die Extremen Berge erstreckten. Rob beschrieb ihm die Viehdiebe und zeigte in die Richtung, in der sie verschwunden waren. Richter Tome bestätigte die Geschichte und schwenkte seinen VBO-Ring. Aber der Gauner war wenig beeindruckt.

„Wir hatten keine Chance gegen sie", berichtete Rob Bluedog. „Eine Ladung TNT erschreckt jede Herde, und nur ein Trupp aus hundert Leuten wäre in der Lage gewesen, so viele Tiere wieder einzufangen."

Bluedogs Gesicht hatte inzwischen die Farbe reifer Weintrauben angenommen. „Dann müsst ihr eben für sie bezahlen! Gebt mir neunhundertneunundneunzig Smaragde, und die Sache ist erledigt."

Rob breitete die Hände aus. „So viel haben wir nicht.

Aber wir können dir anbieten, den nächsten Job ohne Bezahlung zu machen."

Bluedog verzog das Gesicht zu einer affektierten Grimasse. „Oh, wie wahrhaft großzügig, Euer Lordschaft." Er kniff die Augen zusammen. „Woher soll ich denn wissen, ob ihr es diesmal überhaupt schafft?"

Rob schluckte schwer. „Du ... Du hast mein Wort."

„Ha, lächerlich! Ihr müsst mir etwas hierlassen, wie beim letzten Mal das Packpferd." Er beäugte die Gruppe und lief dann zu Ozelot, um Frida die Zügel aus der Hand zu reißen. Die Späherin war derart überrascht, dass sie die Faust nicht kommen sah, mit der Bluedog sie in die Seite boxte und vom Pferd warf. Dann nahm er sie in den Schwitzkasten. „*Sie* bleibt hier bei mir, bis ihr euren Teil der Vereinbarung eingelöst habt."

„Bist du sicher, dass du das tun willst?", erkundigte sich Tome. „Denn damit würdest du deinen mannigfaltigen Straftaten auch noch Entführung hinzufügen."

„Ich entführe niemanden ... Sie ist nur ein Pfand. Bringt mir sechs Loren voller Lava aus dem Vulkansee in der westlichen Taiga, und ich lasse sie wieder frei. Ich schlage vor, ihr macht euch auf den Weg." Er lief mitsamt Pferd und Reiterin rückwärts in Richtung des Käfigs mit den Silberfischchen und fügte böse grinsend hinzu: „Und zwar schleunigst."

Bluedog riss die Decke vom Käfig und öffnete die Tür. Mindestens neunhundertneunundneunzig zornige Insekten strömten aus dem Käfig und stürzten sich auf die verbliebenen Mitglieder von Bataillon Null. Eilig gaben sie ihren Reittieren die Sporen, und sogar Marilyn gehorchte unverzüglich.

Das Letzte, was Frida sah, war eine Traube Silberfischchen, die nur noch wenige Zentimeter von Sabers Rumpf entfernt war. Dann zog Bluedog eine Holzaxt und rammte Frida das stumpfe Ende gegen die Schläfe.

*

Einige Jahre zuvor

Die kleine Frida saß inmitten mehrerer junger Mädchen, die allesamt olivgrüne Haut und kurzes dunkles Haar hatten und auf Anweisungen warteten. Eines der Ziele des Apfelkorps war es, denjenigen Geduld anzutrainieren, die ihre Freiheitsprüfung noch vor sich hatten. Danach kam alles andere meist von selbst.

„Ich möchte, dass ihr euch in Paaren zusammenfindet", sagte Fridas Tante Lea. „Und zwar immer ein jüngeres mit einem älteren Mädchen."

Frida wählte eine Cousine, die schon immer auf sie aufgepasst hatte, wenn es Nacht wurde und die Mobs spawnten. Dann beschrieb Tante Lea die Übung, bei der es um Vertrauen ging: Das ältere Mädchen sollte still stehen bleiben. Dann würde sich das jüngere vor ihm positionieren, die Augen schließen und sich nach hinten fallen lassen.

Das klang einfach. Die jungen Probanden stellten sich auf und warteten auf das Kommando. „Und jetzt schließt eure Augen und lasst euch fallen!", forderte Tante Lea sie auf.

Die nächsten Sekundenbruchteile verstrichen in Zeitlupe. Frida wusste, dass ihre Cousine sie auffangen würde, also überließ sie sich ganz der Schwerkraft. Und dann, schneller als ein Apfel vom Baum fällt, schlug sie schmerzhaft auf dem Boden auf.

Empörtes Geschrei brandete auf, als die jungen Mädchen die Augen öffneten und erkannten, dass kein einziges von ihnen aufgefangen worden war.

Tante Lea hob gebieterisch die Arme, und die Empörung verebbte. „Warum glaubt ihr, haben wir diese Übung mit euch gemacht?"

„Ich dachte, wir sollten lernen, anderen zu vertrauen!", platzte es aus Frida heraus.

Einige der älteren Mädchen kicherten, aber Tante Lea brachte sie zum Schweigen. „Nicht ganz. Denk nach, Frida. Was wollte ich euch wirklich beibringen, damit ihr ganz allein im Dschungel überlebt?"

„Vertrauen ist gefährlich. Vertraue nur dir selbst", erkannte sie.

*

Sie erwachte aus dem Traum und öffnete die Augen, um festzustellen, dass sie sich in einem großen, finsteren Raum ohne Fenster und mit einer Falltür an der Decke befand. Das einzige Licht drang aus einem kleinen Ofen in der Ecke. Der Boden war kalt, also bestand er mit großer Wahrscheinlichkeit aus Eis – möglicherweise Packeis, denn trotz der Wärme des Ofens schmolz es nicht. Fridas Hände und Füße waren nicht gefesselt, aber sie konnte sie kaum bewegen. Ihre Gliedmaßen fühlten sich feucht an, und Frida bemerkte eine kleine Pfütze, die sich auf dem Eis neben ihr gebildet hatte, um dann nach und nach zu erstarren. *Ein Schwächetrank*, folgerte sie.

Sie blickte sich um. Es gab nur ein einzelnes Bett und irgendein Material, das im Ofen vor sich hinschmolz. Nie im

Leben hätte sie ihren Spawnpunkt verändert, indem sie in einem Bett schlief. Und ausgerechnet hier würde sie diesen Vorsatz kaum brechen. Außerdem war ihr ohnehin nicht nach Bettruhe zumute. Sie nahm all ihre Kraft zusammen und kroch zum Ofen. Darin brodelte ein ganzer Stapel Bruchstein, der als reiner Stein herauskommen würde, wenn der Ofen ausgebrannt war. Aber wozu? Stein war ein beliebtes Baumaterial für alles Mögliche, von Festungen bis hin zu Redstone-Verstärkern. Aber ohne zu wissen, wo sie sich befand, würde Frida kaum eine Antwort erhalten.

Sie lauschte der Stille. Durch die Falltür konnte sie ein immer wiederkehrendes Geräusch hören, das wie tropfendes Wasser klang. Dieses Geräusch kam ihr definitiv bekannt vor ... Aber woher? *Denk nach!* Schwächetränke hatten schließlich keine negativen Auswirkungen auf den Verstand.

Und dann erinnerte sie sich. *Rafes Kirche!* Das Tropfen kam von dem Becken mit dem schmelzenden Eis. Sie drehte den Kopf zur Seite, um besser hören zu können, was über ihr geschah. Der Klang kam eindeutig von dort. Sie befand sich also im Keller der Kapelle.

Sie hörte Schritte und dann eine gedämpfte Unterhaltung.

„... manche von ihnen stehen auf Lady Cravens schwarzer Liste", sagte eine Männerstimme.

„Da kann ich sicher helfen. Wie heißen sie?"

Das war Rafe!

Der andere Mann hatte eine weichere Stimme oder sprach durch eine Art Filter. „... Grieferin mit Namen Drift. Und zwei Außenseiter: Crash und De Vries."

Irgendjemand war auf der Jagd, und Frida und ihre Freunde waren die Beute.

Sie verstand nicht, was als Nächstes gesagt wurde; die beiden Männer hatten sich entfernt. Wieder war es still, bis auf das Rauschen des Schmelzofens und das Tropfen des Beckens über ihr: *Tropf! Tropf! Tropf!*

Plötzlich vernahm sie Schritte. Eilig legte sie sich wieder an die Stelle, an der sie aufgewacht war. Erneut hörte sie die seltsam gedämpfte Stimme: „... Craven wird dich reich belohnen ... hat Baumeister verzaubert ..."

Die Falltür flog auf, und die zwei Männer ließen eine Leiter hinab. Frida blickte aus dem Augenwinkel ins spärliche Licht und entdeckte zuerst Rafes schmutzige Robe. Das Gesicht des anderen Mannes spiegelte Überraschung und dann wilden Triumph wider.

„Das ist die Grieferin! Falls *Drift* überhaupt ihr echter Name ist ..." Der dreibeinige Mann putzte sich am Ärmel die riesige Nase. „Das ist alles, was ich wissen muss. Halt mich über die anderen auf dem Laufenden, Rafe." Unsicher kletterte er die schwankende Leiter wieder nach oben und verschwand.

Kurz darauf klatschte es, und Frida spürte etwas Nasses im Gesicht. Erleichtert stellte sie fest, dass es sich nur um Wasser handelte. Sie öffnete die Augen und tat so, als stünde sie noch unter dem Einfluss des schwächenden Trankes.

Rafe stand über ihr und hatte die Hände in die Hüften gestemmt. Er lächelte boshaft. „Nun, Schwesterherz. Jetzt weißt du, wie es sich anfühlt, wenn man von denen fortgerissen wird, die man *liebt*."

Das Wort „liebt" verhallte in dem kleinen Raum, und in dem Moment wusste Frida, dass es das Gefühl beschrieb, das sie zuallererst für Rob, aber auch für ihre anderen Kameraden und ihr Pferd empfand.

„Was willst du von mir?", fragte sie grimmig.

„*Ich?* Von *dir?*" Rafe stieß ein bellendes Lachen aus. „Absolut *nichts*. Ich habe nichts mehr mit dem Clan zu tun haben wollen, seit man mich als Kind im nächsten Dorf ablud wie ein Stück Altmetall. Mich interessiert nur, was *andere* mit dir und deinen Kameraden vorhaben ... beziehungsweise, wie gut sie zahlen."

„Was haben wir denn getan?"

„Ach, tu doch nicht so, als wärst du die Unschuld vom Lande!", rief der falsche Priester aufgebracht. „Ein ‚Söldnertrupp'? Ihr seid ein Bataillon erbärmlicher Soldaten, das die allmächtige Griefer-Armee ausbooten will. Du kannst ja mal deinen Freund, den Richter, fragen ... Das ist nämlich Hochverrat. Dafür kannst du einhundertmal zum Tode verurteilt werden."

„Dann werde ich eben hundertmal wiederauferstehen", gab sie zurück.

„Nicht, wenn du genug Schaden nimmst. Und dafür wird Legs gern sorgen. Er hat dich als die Grieferin entlarvt, die sich in seinen Ring aus Zombiesklaven eingeschlichen hat, und er hat noch ein Hühnchen mit dir zu rupfen."

„Ich hätte ihn beinahe erledigt."

„*Beinahe* zählt in diesem Spielchen gar nichts, Kleines." Er kicherte. „Genauso wenig wie in deiner Beziehung mit Rob, oder? Sonst wäre er doch längst hier, um dich zu retten."

Die Bemerkung traf Frida bis ins Mark.

„Wieso sollte er? Er bedeutet mir nichts", log sie. „Was hast du eigentlich mit De Vries und Crash vor? Das sind doch nur unschuldige Touristen."

„Ha! Es kümmert mich nicht, wer sie sind. Nur ihre Fähigkeiten interessieren mich. Die beiden sind die größten Architektur- und Bergbauexperten in der gesamten Oberwelt."

„Ja, und? Was hat das mit dir zu tun?"

Ein gieriges Lächeln stahl sich auf Rafes Gesicht. „Sie werden mir die größte und schönste Kathedrale der ganzen Oberwelt bauen!"

Frida schnaubte. „Wieso sollten sie ausgerechnet dir diesen Dienst erweisen?"

„Einige mächtige Leute haben mir viel zu verdanken. Wenn ich dich und dein Bataillon an Legs und Lady Craven ausgehändigt habe, werden sie eure beiden Touristen ... *überreden*, ihre Talente in meinen Dienst zu stellen."

„Und was dann?"

„Dann habe ich keine Verwendung mehr für sie. Sie können meinetwegen im Nether wiederauferstehen."

Frida betrachtete ihn finster. „Ein Geistlicher, der sich der Gier, des Mordes und der Entführung schuldig macht ..."

„Ich bin an keinerlei Eid gebunden", entgegnete er gelassen.

„Und was ist mit Blutsbanden? Du trägst das Wappen unseres Clans!"

Wieder lachte er, schob seinen Pferdeschwanz beiseite und wischte mit einem Finger über das Tattoo. Es verschmierte.

„Das ist nur Farbe!"

„Natürlich. Eine Fälschung. Wir haben es benutzt, um dich in die Falle zu locken, und du bist hineingetappt wie ein dummes Schaf." Er machte einen Schritt auf sie zu und schnipste ihr den rechten Zeigefinger gegen die Stirn. „Ich mag dein Bruder sein, aber ich empfinde keine Liebe für dich. Genauso wenig wie du für mich."

Also hatte er die Vertrautheit nur vorgetäuscht. *Nun, was du kannst, kann ich schon lange*.

„Aber … Ich habe dir vertraut!" Frida sprang auf die Beine.

Er trat zu ihr und schüttelte in gespielter Bestürzung den Kopf. „Aber, aber. Du solltest doch wissen: Die Liebe wird dir wehtun, aber Vertrauen bringt dich um."

„Amen, Bruder." Mit einer einzigen fließenden Bewegung ließ Frida eine Hand zu Boden schnellen, griff nach der inzwischen gefrorenen Flüssigkeit und warf die flache Scheibe in Rafes Gesicht, wo sie augenblicklich schmolz.

Sofort erstarrte sein Körper, und jegliche Kraft wich aus seinen Armen und Beinen.

Frida lief zum Ofen und entfernte den Lava-Eimer, der ihn befeuerte. Sie kippte ihn über dem Bett aus, das umgehend Feuer fing.

„Du hättest *mir* nicht trauen sollen, Brüderchen!"

Sie kletterte aus dem Keller, zog die Leiter hoch und ließ die Falltür ins Schloss fallen. Der eisige Boden würde nicht schmelzen, und das Holz des Bettes wäre schon bald verbrannt. Rafe hingegen wäre dort unten lange genug gefangen, damit sie entkommen konnte.

Frida verspürte plötzlich Angst, als ihr Ozelot in den Sinn kam. Was hatten Rafe und Bluedog ihrem Pferd wohl angetan? Aber ihre Sorgen erwiesen sich als unbegründet. Friedlich stand die Stute in einer Ecke der Kapelle, angebunden an eine Eissäule, und knabberte an einem Heuballen, den man vor ihr platziert hatte.

Die Überlebenskünstlerin stöberte in ihrem Inventar. Rafe hatte nicht hineinsehen können, ohne sie zu töten, und durch die Auswirkungen des Wurftranks hatte sie nichts daraus verwenden können, aber der Effekt hatte inzwischen nachgelassen. Zur Sicherheit griff sie nach dem Griefer-Medaillon, legte sich die Kette um den Hals und ließ sie unter ihrem Oberteil verschwinden.

Sie blickte sich in dem eisigen Raum um und betrachtete dessen hohe Decke und die farbigen Fenster. *Hier muss es doch etwas Nützliches geben …* Rafes Computer lag aufgeklappt auf einem Tisch. Er war wahrscheinlich vollgestopft mit wichtigen Informationen. Sie klappte ihn zu und verstaute ihn in Ozelots Satteltasche.

Ihr Verstand lief auf Hochtouren, während sie das Pferd losband. Rafe und Bluedog waren also mit Legs und Lady Craven verbündet. Rafe hatte sich wahrscheinlich auf ein virtuelles Gesucht-Plakat gemeldet und Fridas Tattoo erkannt. Vermutlich war er daraufhin beim Griefer-Boss vorstellig geworden und hatte angeboten, Frida und ihre Kavalleriekameraden in eine Falle zu locken. Mit dem Tattoo wollte er Fridas Vertrauen gewinnen. Und dann wollte man ihr und ihren Freunden einen simplen Schutzauftrag für eine Lore vermitteln, die keinerlei Schutz brauchte. Sobald ihre Identität bestätigt war, wollten Bluedog und Rafe Lady Craven das Bataillon auf dem Silbertablett servieren. Zur Belohnung würde die Griefer-Königin Bluedog mit Reichtümern überschütten. Sie würde De Vries und Crash versklaven und dazu zwingen, Rafe eine Kathedrale ungeahnten Ausmaßes zu bauen, damit er in Zukunft stilvoller über seinen Schwarzmarkt herrschen konnte.

Es gab nur eine Sache, mit der die Gauner nicht gerechnet hatten: Fridas scharfer Verstand und ihr lange zurückliegendes Training, das ihr eingebläut hatte, niemandem je voll und ganz zu vertrauen, wenn sie überleben wollte.

Kapitel 13

Frida galoppierte auf Ozelot die Eisstraße entlang und durch das Nordtor aus der Stadt hinaus. Die Überlebenskünstlerin nahm etwas Brot aus ihrer Satteltasche, das sie sich sofort in den Mund stopfte. Die Stute war gerade gefüttert worden, sodass sie für den langen Ritt über die Eisebene bestens gerüstet war.

Vor der Grenze zu den Tafelbergen lenkte Frida ihr Pferd gen Süden und ritt an dem alten Bataillonslager in der Taiga vorbei. Sie würde zu ihren Kameraden zurückkehren, aber vorher hatte sie andere Pläne.

Es wurde dunkel, und der Mond ging auf. Immer weiter galoppierten Pferd und Reiterin und durchquerten das Hügelplateau, bis beide vom Hunger zum Halten gezwungen wurden. Frida stieg aus dem Sattel und füllte die Hungerleisten mit dem kleinen Nahrungsvorrat aus ihrem Inventar. Sie achtete kaum auf die Zombies, die in der Nähe spawnten, und erledigte alle, die ihr zu nahe kamen, mit ihrem Eisenschwert. Kurz darauf saß sie wieder auf und ritt in die Nacht hinaus.

Bei Sonnenaufgang hatten sie das weitläufige Plateau hinter sich gelassen und die Grenze zu einem Steinstrand überquert. Frida lenkte die Stute nordwärts, und sie folgten dem Strand, vorbei an schattigen Bergen mit vertrauter Vegetation. Sie hielten nur an, um aus Bächen zu trinken und gerade genug zu essen, damit ihre Gesundheit unversehrt blieb.

Weiter ging es wie der Wind. Kein Monster war schnell genug, um mit ihnen mitzuhalten.

Frida ließ die sorgenvollen Gedanken der letzten Wochen hinter sich und sah nach vorn, sie war völlig konzentriert auf ihr Ziel: Das Herz des Dschungels, der ihr Zuhause war. All ihr Wissen, all ihre Fähigkeiten hatte sie dort gelernt und gepflegt. Ihr ganzes Wesen war zwischen diesen dichten Bäumen geformt worden.

Ozelots Hufgetrappel und ihr stoßweise gehender Atem hallten in Fridas Ohren wider. Pferd und Reiterin waren schweißgebadet von der Küstensonne und der Feuchtigkeit des Ozeans. Trotzdem hielten sie erst spät am Nachmittag, als der aufmerksamen Späherin eine Kerbe in einem Baum auffiel, der alle anderen überragte. Lächelnd zügelte sie ihr Pferd und ritt unter das Blätterdach einiger Eichen, die aus der Dschungelumgebung herausstachen.

Endlich zu Hause.

Plötzlich traf sie ein Schlag, der ihr die Luft aus den Lungen presste und sie aus dem Sattel hob. Sie spürte noch, dass Ozelot davonlief, dann wurde es dunkel.

*

Als sie erwachte, wusste Frida nicht, wie viel Zeit vergangen war. Sie hörte das Kichern kleiner Mädchen und spürte, dass sie auf vielen Händen getragen wurde. Verirrte Sonnenstrahlen fielen auf ihr Gesicht, wenn das dichte Blätterdach es zuließ.

Plötzlich hielt ihr Begleittrupp an, und die Trägerinnen legten Frida vorsichtig auf einem natürlichen Bett aus Farnen ab. Dann erblickte sie ein bekanntes Gesicht.

„Xanto?"

„Die bin ich." Die Frau war ein älteres Spiegelbild von Frida, mit dickem dunklem Haar, das sie um die Hüfte gewickelt trug. Ihr Gesicht strahlte Stärke und Sanftmut, aber auch Weisheit und innere Ruhe aus. „Deine Mutter kehrt gerade von einem Tempelbesuch zurück. Warum bist du gekommen, Kind?"

„Was ist passiert? Irgendjemand hat mich angegriffen."

Xanto hielt eine Goldkette hoch. „Unsere Späherin sah, dass du das hier trugst." Es war das Griefer-Medaillon mit Lady Cravens Initialen.

„Ich bin keine ..."

„Ich weiß."

Frida begann zu erzählen. Sie berichtete vom Zusammentreffen mit Rob, von der Entstehung der Kavallerie, der Infiltration von Legs' Lager, der bitteren Niederlage am Zombiegipfel und den zwielichtigen Aufträgen der letzten Wochen. Sie erzählte Xanto von Rafe, der sie verraten hatte und wie sie ihm entkommen war. „Ich bin hier, weil ich nicht mehr weiterweiß", gab sie schließlich zu.

Von hinten legte sich sanft eine Hand auf ihren Arm. „Du bist jetzt zu Hause, mein Kind."

„Mami! Du – du hast also alles mitangehört?"

„Ich wollte dich nicht unterbrechen."

Gisel war auf dem Rückweg vom Tempel abgefangen worden und sofort zu ihrer Tochter geeilt. Zwei kleine, drahtige Mädchen brachten eine Schale mit Äpfeln und Melonen, und die älteren Frauen aßen gemeinsam.

Frida berichtete ihrer Mutter und Xanto von ihrer Angst, dass sie nach und nach ihre Überlebensfähigkeiten verlor ... oder sogar den Willen, sie einzusetzen.

Gisel blickte erst Xanto an und dann wieder Frida. „Das

klingt nicht nach der Tochter, die ich kenne“, sagte sie. „Wir müssen etwas unternehmen.“

*

Der Clan war mitten in den Vorbereitungen fürs Apfelkorps. Ihre Mutter hatte beschlossen, dass Frida das Training einiger junger Mädchen übernehmen würde. Aber zuerst sollte sie beweisen, dass sie dessen würdig war. „Du musst drei Herausforderungen bestehen, von denen jede schwerer als die vorige wird.“

„Und wenn ich bestehe?“

„Dann wirst du stärker sein.“

„Und … falls ich es nicht schaffe?“

„Das musst du mit dir selbst ausmachen.“

Sobald sie sich ausgeruht hatte, begannen sie mit einer Übung, die Frida noch aus ihrer Jugend kannte. Begleitet von einigen Mädchen mit olivgrüner Haut ging sie zu einem Eichenhain, dessen Bäume voller Früchte hingen. Frida wurde ein Langbogen und ein Stapel Pfeile ausgehändigt. Dann legte sie sich auf den Boden.

Auf Xantos Signal begannen die Mädchen, vor Frida hin und her zu laufen. Von ihrer Position am Boden aus sollte sie auf die Äpfel schießen, die über den Läuferinnen hingen, ohne eines der lebenden Ziele zu treffen. Im Alter von acht oder neun Jahren hatte Frida Todesängste ausgestanden, als sie selbst unter den Äpfeln hatte herumlaufen müssen. Nun war der Spieß umgedreht worden, und sie verspürte einen enormen Druck, gut genug zu zielen, um keines der Mädchen zu verletzen.

Gisel und einige ältere Mädchen standen in der Nähe bereit und hielten Regenerationstränke in den Händen, falls jemand Schaden nahm. Aber diese Erste-Hilfe-Maßnahme verstärkte bei Frida nur noch den Wunsch, die Aufgabe perfekt zu meistern. Xanto hob eine Hand, ließ sie eine Weile in der Luft schweben und dann nach unten schnellen.

Fünf Kinder sprangen und liefen immer wieder durch Fridas Sichtfeld. Langsam legte sie einen Pfeil an, hob den Bogen und beobachtete das Geschehen, ohne die Sehne loszulassen. Sie wusste, dass gerade, wenn man mit beweglichen Störfaktoren konfrontiert war, der Fokus auf das eigentliche Ziel am wichtigsten war. Sie suchte sich einen Apfel aus und konzentrierte sich auf die Frucht. Geduldig atmete sie einmal, dann ein zweites und drittes Mal ein und aus und fokussierte ihre gesamte Aufmerksamkeit auf ihr Ziel. Dann hielt sie den Atem an und ließ die Bogensehne los: *Flirr!*

Plopp! Die Frucht fiel zu Boden, als hätte sie Fridas Überlegenheit anerkannt und sich ergeben.

Wieder und wieder beobachtete sie, atmete ruhig ein und aus, pausierte und schoss, ohne auch nur eines der Kinder zu streifen. Schließlich gingen ihr die Pfeile aus, aber sie war so in ihre Aufgabe versunken, dass Gisel ihre Tochter vom Boden hochziehen musste, ehe sie aus ihrer Trance erwachte.

„Das hast du gut gemacht. Fast so gut wie ich selbst in deinem Alter“, sagte Gisel.

„Fast so gut? Aber ich habe alle Äpfel getroffen und keines der Mädchen verletzt.“

Gisel lächelte. „Ich habe damals einen Bonuspunkt erhalten. Als die Übung beendet war, stellte sich heraus, dass ich außer den Früchten auch noch einen ganzen Mob Skelette erledigt hatte, der im schwindenden Tageslicht unter den Bäumen gespawnt war.“

„Ich wäre gern dabei gewesen", meinte Frida bewundernd. „Warum versuchst du es nicht gleich hier?"

Aber ihre Mutter winkte ab. „Meine Augen sind zu alt", murmelte sie verlegen.

Trotzdem trägt sie all dieses Wissen in sich, dachte Frida. Sicher kam ein gut platzierter Schuss durch mehr als nur eine exzellente Hand-Augen-Koordination zustande. Und wenn der Körper nicht mehr mitspielte, musste man eben …

„Eine Brille!"

Gisel nickte verlegen. „Ich weiß, ich brauche eine, aber …"

Frida berührte ihren Arm. „Nicht nur du. Ein Freund von mir ebenfalls. Mir ist gerade aufgegangen, warum er einfach kein Ziel trifft. Seine Augen sind sogar noch älter als deine."

„Wärmsten Dank."

Zerstreut winkte sie ab. „So meinte ich es nicht … Bei meinem nächsten Besuch in der Stadt werde ich euch beiden Sehhilfen besorgen. Also gut, wie geht es weiter?" Frida konnte die nächste Herausforderung kaum abwarten.

„Du kannst mir bei einem Rätsel helfen, an dem ich schon lange knobele."

„Dann geh voran!"

Sie liefen eine Weile durch den Dschungel, bis sie an einem moosbedeckten Tempel ankamen. Das Bauwerk war gewaltig und erhob sich in drei hohen Stufen vor ihnen. Gisel und Frida betraten den heiligen Schrein auf der mittleren Ebene und platzierten Fackeln im Zwielicht.

„Nach unten oder oben?", fragte Frida.

„Das ist Teil des Rätsels. Du wirst selbst entscheiden müssen", antwortete ihre Mutter geheimnisvoll.

Wenn Frida die richtige Richtung wählte und den Code knackte, würde sich ein Tresorraum öffnen, der eine Schatztruhe enthielt. Wenn sie einen Fehler machte, würde sie Stolperdrähte aktivieren, die versteckte Pfeilfallen auslösen konnten. Diese waren besonders gefährlich, da man kaum ausweichen konnte, wenn man nicht sah, woher die Geschosse kamen. Frida fragte ihre Mutter nicht, auf welche Art von Problemen sie stoßen würde. Ob es sich bei den Schutzvorrichtungen nun um magische oder mechanische Fallen handelte, die einst von den Einwohnern des Heiligtums verbaut worden waren – dieser Tempel war definitiv auf irgendeine Weise vor Grabräubern gesichert. Das Geniale an dem Rätsel war, dass jeder Abenteurer, der es knacken wollte, ein eigenes vorgesetzt bekam und sofort entweder bestraft oder belohnt wurde.

Gefolgt von Gisel tastete Frida sich vorsichtig vorwärts. Mit Fackeln in den Händen liefen sie zuerst nach unten. Der kurze Bruchsteinkorridor führte hinab zu mehreren Eingängen. Frida bemerkte sofort ein unheilvolles Klicken, als sie über eine Druckplatte gelaufen war – sie konnte den Auslöser fast schon *spüren*. Anstatt sich zu ducken, um den Pfeilen auszuweichen, ging sie schleunigst in die Hocke, machte einen Salto rückwärts und landete neben Gisel im Steinflur.

Sie liefen wieder nach oben. Frida öffnete eine Tür zu einer Kammer, die eine verführerisch aussehende Truhe enthielt. Nichts in dem Raum schien jedoch den Truhendeckel zu bewegen. Daher verließ sie die Kammer wieder und entdeckte drei Hebel an der Wand. Frida hätte die Reihenfolge auch erraten können, aber sie wollte die Truhe öffnen, ohne dabei einen eventuellen Mechanismus auszulösen, der an eine Falle gekoppelt war.

Sie zog eine Eisenschaufel aus ihrem Inventar. Die Bruchsteinblöcke abzubauen hätte die Hebel zerstört, also hieb sie auf die Erde am Boden der Wände ein. Kurz darauf erblickte sie ein Wirrwarr aus Stromkreisen und Dioden. Frida betrachtete alles genau und erkannte, in welche Richtung der Strom floss. In Gedanken strich sie den Hebel, der den Strom vom Schatzraum weglenkte, von ihrer Liste. Die zwei verbleibenden würden also das Truhenschloss öffnen.

Nun konnte Frida die verbesserten Chancen nutzen und das Rätsel durch Ausprobieren lösen. Während ihre Mutter zusah, öffnete Frida das Schloss in weniger als einer Minute, indem sie die beiden Hebel abwechselnd betätigte. Der Deckel der Truhe sprang auf.

„Aha!", rief Gisel.

Frida strahlte. „Bitte sehr, Mami." Sie deutete auf die Truhe.

„Nein, Kind, du hast dir diesen Schatz verdient."

In der Truhe lagen mehrere wertvolle Dinge – Goldbarren, Smaragde, Lapislazuli und vieles mehr. *Rob wird Augen machen!*, dachte Frida. Die Reichtümer würden das Kriegsbudget des Bataillons mehr als verdoppeln.

Gisel half ihr dabei, die wertvollsten Gegenstände in ihrem Inventar zu stapeln. Dann schlossen sie die Truhe und ließen den Rest für den nächsten Abenteurer zurück, der den Tempel entdecken mochte. Auf einmal hatte Frida eine Idee. So eine Rätselfalle konnte in einer Schlacht gegen Griefer von großem Nutzen sein, da sie nur wenig über den Dschungel wussten. Sie merkte sich den Standort, um später zurückzukehren und den Redstone und die anderen Materialien abzubauen. Außerdem hatte der Nächste, der die Truhe fand, sicher nichts gegen deaktivierte Pfeilfallen einzuwenden.

Es war ein langer Tag voller geistiger und körperlicher Prüfungen gewesen, und die Nacht brach herein. Frida hoffte, dass die letzte Herausforderung am nächsten Tag stattfinden würde.

Aber als Mutter und Tochter ins Lager zurückkehrten, drückte Gisel Fridas Schulter und verkündete: „Nun kommt die schwierigste Prüfung."

Fridas Magen zog sich zusammen. Sie hatte seit Tagen nicht richtig geschlafen und sich nur kurz ausgeruht, nachdem sie zuerst von Bluedog und dann von ihren eigenen Verwandten niedergeschlagen worden war. Sie war nicht in Form. Aber das Leben eines Überlebenskünstlers musste immer weitergehen, bis seine Kraft vollständig aufgebraucht war.

*

Die letzte Prüfung, die Xanto vorschlug, war ein Test, an dem sich nur die Besten des Clans versuchten. Frida musste den Inhalt ihres gesamten Inventars abgeben und sich in der Dunkelheit an einen entfernten Ort im Dschungel begeben, der als „Minenfeld der Spawn-Eier" bekannt war. Ihre Aufgabe bestand darin, dort die Nacht zu verbringen und schlicht am Leben zu bleiben.

Während sich Frida die Instruktionen anhörte, spürte sie Angst in sich aufsteigen. Sie war schon oft mit wenig Ressourcen ausgekommen, hatte aber immer irgendeine Waffe dabeigehabt. Und sie war furchtbar müde.

Ich kann das schaffen! Aber was, wenn nicht? Sie wünschte sich nichts sehnlicher, als dass ihre Freunde da wären, damit sie einander beschützen konnten.

Dann erinnerte sie sich, dass sich ihr Cowboyfreund vor ihrem ersten Zusammentreffen in exakt derselben Situation wiedergefunden hatte, nachdem er in diese Welt gefallen war. Rob hatte ohne jegliche Kenntnis des Terrains einen Creeper und eine ganze Zombiehorde abgewehrt. Er hatte sich sowohl eine Waffe als auch eine Unterkunft aus nichts als Sand gefertigt. Wieder bewunderte Frida seinen Mut und seinen Erfindungsreichtum. Wenn er es geschafft hatte, konnte sie es ebenfalls!

Cheats würden in dieser Nacht nichts bringen, denn damit wäre die Prüfung ungültig. Das Griefer-Medaillon und der Rest von Fridas Inventar waren sicher in einer Truhe in Xantos Unterkunft verstaut worden. Die alte Frau und Gisel umarmten ihr lange verschollenes Familienmitglied und schickten Frida hinaus in das tödlichste Gebiet des Dschungels.

Die Bataillonsspäherin fühlte sich seltsam unbeschwert, während sie lautlos in Richtung der vereinbarten Koordinaten schlich, um ihre Prüfung anzutreten. Sich nur auf sich selbst zu verlassen bewirkte, dass sich die wohlbekannte Balance zwischen Kontrolle und Verletzlichkeit wieder einstellte. Sie hatte dieses Gefühl vermisst. Ungeduldig drängte sie die quälende Erinnerung an den Fehler zurück, den sie bei ihrer Freiheitsprüfung gemacht hatte, und konzentrierte sich ganz und gar auf ihre Umgebung.

Sie zog die Schuhe aus und spürte die kalte Erde unter den Füßen. Noch während sich ihre Augen an das schwindende Licht gewöhnten, schnupperte sie. Ein feuchtkühles Aroma umgab sie, begleitet vom Sprudeln eines rauschenden Gewässers. Irgendwo in der Nähe befand sich ein Wasserfall, was bedeutete, dass es auch eine Klippe geben musste, die man gut als Falle oder Fluchtroute verwenden konnte. Der Boden fühlte sich nun fester an und war vollständig mit einem grünlichen Mantel überzogen.

Moosstein! Wenn es nass wurde, war dieses Gestein glitschig wie Eis. Sie verzeichnete den Ort auf ihrer geistigen Karte.

Wie am Tag ihres ersten Zusammentreffens mit Rob suchte sie das Dschungel-Zwielicht nach nützlichen Gegenständen ab. Flink sammelte sie Melonen, Spinnweben und Ranken ein. Dann erblickte Frida einen Kakaobaum und klaubte so viele der großen Bohnen auf, wie sie tragen konnte. Mit den Fäusten bearbeitete sie einige kleinere Bäume und platzierte Stöcke und andere Dinge im Inventar.

Wieder hörte sie das Geräusch schnell fließenden Wassers, aber diesmal befand sich der Ursprung unter ihr. Das Wasser musste ja irgendwo herkommen, also kroch Frida in einem immer größer werdenden Kreis umher und suchte nach dem Ursprung. Auf keinen Fall wollte sie von einer Klippe stürzen. Sie entdeckte einen kleinen Fluss, der sich in einem natürlichen Steinbecken sammelte. Genau der richtige Ort für eine nächtliche Angelsitzung.

Frida baute sich eine Rute aus Stöcken und Spinnfäden und versuchte ihr Glück. Sie zog gerade den dritten Fisch an Land, als sie einen Zweig brechen hörte. Noch bevor sie sich dem Geräusch zugewandt hatte, vernahm sie ein Platschen. Flüssigkeit troff ihren Nacken hinab, und ein schimmeliger Geruch erfüllte die Luft.

„Au!" Sie spürte, dass ihre Gesundheit etwas Schaden genommen hatte, und drehte sich um. Hinter ihr stand eine Hexe mit einer großen Warze auf der Hakennase, die gerade eine leere Flasche einsammelte.

Die hässliche Frau gurgelte etwas Unverständliches und griff nach einem weiteren Flakon. Sie befand sich in Fridas Reichweite, also griff die Überlebenskünstlerin beherzt nach dem pergamentenen Handgelenk und zog die Hexe mit einem Ruck in den Fluss, um ihr den Kopf unter Wasser zu drücken. *Ich hoffe, sie hat keinen Trank der Unterwasseratmung dabei!* Aber selbst in diesem Fall hätte Fridas Entschlossenheit dessen Wirkung wahrscheinlich überdauert. Sie drückte sich mit ihrem ganzen Gewicht auf die stinkende Kreatur, bis sie sich nicht mehr wehrte.

Fridas Beute waren ein kleiner Vorrat an Spinnenaugen, etwas Zucker und Glowstone-Staub, den die sterbende Hexe fallen gelassen hatte. Da sie hier keinen Braustand hatte, behielt Frida nur den Zucker, um ihn später Ozelot zu geben, und verschwand wieder im Dickicht.

Frida nahm ihre Umgebung so konzentriert wahr, dass sie sogar das Geräusch der weichen Pfoten einer Katze auf der Erde hörte. Der Angelausflug würde sich bezahlt machen, dachte sie, während ein Ozelot in ihr Blickfeld trat. Sobald die Samtpfote Frida entdeckt hatte, schlich sie näher und blickte ihr menschliches Gegenüber interessiert an. Frida warf dem kleinen Tier einen der Fische hin, und die Katze verschlang die Beute sofort. Ein sanftes Schnurren folgte, und Frida wusste, dass das Tier sie ab sofort überallhin begleiten würde. Das war mehr als praktisch, denn schon hörte sie in der Nähe eine ganze Horde Zombies lamentieren.

Frida ging zurück zum Moosstein, in dessen Nähe sie den ersten Wasserfall verortet hatte. Die zahme Katze folgte ihr lautlos, während die Zombies weniger auf Stillschweigen bedacht waren. Frida schöpfte etwas Wasser und verteilte es auf dem Moosstein. Dann blieb sie stehen und atmete, so ruhig sie konnte.

„Ööööhh … ooohhh …" Der Lärm der Monster übertönte das Gurgeln des Wasserfalls und das Miauen der Katze.

Frida hatte früher schon einmal eine Katze besessen, die sie völlig verrückt gemacht hatte, und zwar nicht etwa, weil sie überall hinaufsprang oder laut wie ein Hund war, sondern weil sie keinen Laut von sich gab, sodass Frida ihre Anwesenheit oft nicht bemerkte und ständig über sie stolperte – schließlich warf Frida ihre Supersinne nur dann an, wenn es unbedingt nötig war.

Nun setzte sie den kleinen Körper der Katze als natürlichen Stolperdraht ein. Die Zombies torkelten weiter durch die Finsternis. Plötzlich erreichten sie das nasse Moosgestein und kamen ins Rutschen. Noch während sie versuchten, ihre unbeholfenen Bewegungen zu kontrollieren, stolperte einer von ihnen über die gut getarnte Katze und fiel um, wobei er seine Kameraden mit sich zu Boden riss.

„*Ööööööhhhhhhhhh …*"

Die ganze Zombiehorde überschlug sich und stürzte in einem Wust aus Extremitäten in den Fluss, dessen mächtige Strömung sie über eine Klippe unbestimmter Höhe zog.

„… ööööhh – *Platsch! Platsch! Platsch!*"

Dann wurde es wieder still.

Frida nahm ihre Angel auseinander und fertigte daraus einen Bogen. Schon kurz darauf erwies sich diese Maßnahme als blendende Idee, denn aus der anderen Richtung verkündete ein vertrautes Klappern die Ankunft einiger Skelette.

„Versteck dich, Kätzchen!", warnte sie ihre kleine Begleiterin. „Jetzt hört der Spaß auf."

Frida kletterte auf den nächsten Baum und holte die Kakaobohnen hervor.

Die Skelette marschierten in Reichweite und richteten ihre Bögen in alle Richtungen – nur über ihren Köpfen vermuteten sie niemanden. Bevor sie auf diese Idee kommen konnten, nutzte Frida die Kakaofrüchte als Pfeilersatz.

Zisch! Wusch! Pock! Pock! Pock!

Die scharfkantigen Kakaobohnen eigneten sich bestens als Geschosse, wenn ihr Flug mittels einer Bogensehne aus großer Höhe verstärkt wurde.

In kürzester Zeit war der Boden unter Fridas Baum übersät mit Knochen, und die Überlebenskünstlerin war außer Gefahr. Ihre Katzenfreundin steckte den Kopf durchs Gebüsch und schnurrte zufrieden.

Kurz darauf schimmerte Erlösung durch das Blätterdach, als ein Sonnenstrahl hindurchdrang. Die Nacht war vorüber.

Spätestens jetzt wusste Frida, dass sie die Instinkte niemals verlieren würde, die sie sich schon als kleines Mädchen während ihrer Ausbildung antrainiert hatte. Sie hatte diese Nacht der Gefahren nicht nur überlebt – nein, sie hatte triumphiert!

Kapitel 14

Es gab keinen Grund, noch länger im Dschungel zu bleiben. Der Clan musste ohne eine Extratrainerin auskommen. Die meisten von Fridas Fragen waren beantwortet worden ... bis auf einige wenige.

Nach einem Nickerchen neben ihrer Katze sprach Frida mit Xanto, die auf einer Lichtung saß und gerade bei einem Übungskampf zusah. Lächelnd dachte Frida an die vergangenen Tage zurück, als sie selbst Schülerin gewesen war. Hatte sie vergessen, wie sehr sie sich damals auf ihre Schwestern und Cousinen verlassen konnte? Sie hatten alle gemeinsam gelernt.

Sie berichtete Xanto von ihrer Frustration der letzten Tage und wie sehr ihr das Leben in einer Gruppe zusetzte. „Warum ist es heute so viel schwerer für mich, mit anderen zusammenzuarbeiten, obwohl ich es als Kind so gut konnte?"

Die alte Frau seufzte. „Alles wird komplizierter, je älter du wirst. Diese Erfahrung macht jeder Mensch, dem du begegnest. Die Angelegenheiten, mit denen sich Erwachsene befassen, sind viel komplexer. Aber dafür sind sie auch lohnender."

Frida sprach über ihre Zweifel an der Mission, die darin bestand, die Oberwelt vor der Griefer-Armee zu beschützen. Zunächst hatte sie die Notwendigkeit ohne zu zögern akzeptiert – schließlich handelte es sich um eine noble Sache. Aber nach mehreren Rückschlägen hatte sie sich mehr und mehr nach ihrem alten einsamen Dschungelleben gesehnt. „Aber wenn ich die aktuelle Situation betrachte, erscheint es mir egoistisch, so zu denken."

Xanto nickte. „Unsere Lebensweise hat enorme Vorteile, aber auch ihre Schwächen. Wenn du meinen Segen willst, sollst du ihn haben. Geh. Erlöse die Oberwelt von denen, die von den Armen nehmen und niemals geben." Sie lächelte. „Und vielleicht kehrst du eines Tages zurück und übernimmst meinen Platz."

„Oh nein, das könnte ich nie ..."

Xanto brachte sie mit einer Geste zum Schweigen. „Irgendjemand muss es tun."

Frida kam eine Frage in den Sinn, die ihr schon lange im Kopf herumschwirrte – besonders seit sie ihrem Bruder Rafe begegnet war. „Xanto, warum werden die Jungen unseres Clans fortgeschickt?"

Von der Lichtung erschollen Lachen und Rufe. Einer der Übungskämpfe hatte eine kritische Phase erreicht.

Xantos Blick wanderte zu den jungen Kriegerinnen. „Wie sonst würden die Mädchen lernen, auf eigene Faust zu überleben? Früher oder später müssen wir alle für uns selbst sorgen." Sie schnalzte mit der Zunge. „Viele Jungen sind stark genug, um ohne Sondertraining zurechtzukommen. Wenn sie hier wären, würden sie die Leistung der Mädchen nur schwächen. Wir schicken sie zum Lager der Männer auf der anderen Seite des Bioms oder zu einem der Dörfer, damit sie sich dort nützlich machen können."

Die Umsiedlung der männlichen Clanmitglieder schien deren Variante einer Freiheitsprüfung zu sein. Sie sollten selbst entscheiden, was sie mit ihrem Leben anfangen wollten. Rafe hatte einen wenig tugendhaften Weg gewählt. Frida hoffte, dass sie eines Tages einem Bruder begegnen würde, der seine Fähigkeiten für bessere Zwecke einsetzte.

Sie umarmte die ältere Frau und ließ sie an der Lichtung zurück. Die Katze folgte ihr.

Frida traf Gisel in ihrem Unterschlupf beim Herstellen von Pfeilen an.

„Mutter, ich werde zum Bataillon zurückkehren. Aber zuerst brauche ich deinen Rat …"

Gisel hob eine Hand, bevor ihre Tochter noch etwas sagen konnte. „Frida, mein Kind, wenn du den weiten Weg vor allem wegen dieser einen drängenden Frage zurückgelegt hast, kennst du bereits die Antwort." Sie umarmte ihre Tochter und fuhr dann fort: „Zu deinem eigenen Schutz hat dir der Clan beigebracht, der menschlichen Natur zu misstrauen." Gisels Augen glänzten. „Aber wir haben niemals etwas von Liebe gesagt."

*

Nachdem sie ihre zahme Katze einem der Mädchen übereignet hatte, das ganz verzückt von dem kleinen Fellknäuel war, sattelte Frida ihr Pferd und ritt davon – zu schnell, als dass ihr irgendeine Gefahr etwas anhaben konnte.

Sie passierte die Stelle, an der sie vor wenigen Tagen den Steinstrand betreten hatten, und galoppierte von dort aus südwärts in Richtung der westlichen Taiga. Frida fiel auf, dass die Griefer auf dieser Seite der Extremen Berge keine der Grenzen besetzt hielten. Hier war das Leben noch, wie es sein sollte. Hier konnte man sich nach Herzenslust frei bewegen, die Gegend erforschen, sich niederlassen oder das Leben eines Nomaden führen.

Der Fichtenwald kam immer näher, während Frida die Taiga nach ihren Freunden absuchte, die sicher immer noch dabei waren, Bluedogs letzten Auftrag auszuführen. Obwohl in der Nähe hier und dort Kühe und Hühner auftauchten, nahm sie sich keine Zeit, um anzuhalten, die Tiere zu erlegen, ihr Fleisch zuzubereiten und zu verzehren. Fridas Familie hatte ihr etwas Kuchen als Proviant eingepackt, an dem sie ab und zu knabberte und den sie sich mit Ozelot teilte. Weiter und weiter ging es über Stock und Stein.

Das Pferd umrundete und übersprang Terrassen aus kalter Erde, die der letzte Schneefall bepudert hatte. Die Bäume standen hier so dicht, dass Frida in keine Richtung besonders weit sehen konnte. Sie musste das Bataillon abfangen, indem sie sich auf die Informationen konzentrierte, die Bluedog ihnen gegeben hatte. Also suchte sie die Gegend nach einem Lavasee ab und erblickte schließlich in der Ferne einige Erzblöcke und eine Eisenrüstung, die über dem Boden schwebten. Manchmal erschuf die Hitze solch eines sengenden Sees ein Vakuum, das feste Objekte anzog wie ein schwarzes Loch.

Sie ließ die Bäume hinter sich und wurde tatsächlich Zeugin dieses Phänomens. Ein blubbernder See rot glühender Lava schlug Wellen unter schwebenden Blöcken, die hier und da von Eruptionen erfasst wurden. Ein Ring aus feuchtem Gras und Erde umgab das Naturschauspiel, dessen enorme Hitze sämtlichen Schnee sofort schmolz, der hier zu Boden fiel. Jemand hatte einen Tunnel zum See gegraben und auf diese Weise eine Obsidianader geschaffen.

Frida stieg ab und führte Ozelot zum Ufer, um dort nach Spuren zu suchen. Sie folgte den Erdblöcken und entdeckte tatsächlich Fußspuren und die beiden markanten Linien, die die Lore im feuchten Boden hinterlassen hatte. Ihre Freunde waren also hier gewesen! Und wieder verschwunden.

Aber nun konnte Frida den Spuren folgen, die nach und nach unter einer dünnen Schneeschicht verschwanden, je weiter sie vom See wegführten. Sie atmete in der kalten Luft mehrmals tief durch, und kurz darauf trabten Pferd und Reiterin wieder zwischen Bäumen.

Nach einer Weile vernahm Frida ein Quietschen und die Stimme eines Mannes. Sie machte sich bemerkbar, sprang aus Ozelots Sattel und rannte auf ihr Bataillon zu.

„Späherin!" Rob hatte Saber angehalten und sah sie als Erster. „Du bist in Sicherheit", fügte er aufrichtig erleichtert hinzu.

Der Hauptmann befahl dem Bataillon zu stoppen, und alle versammelten sich um Frida und Ozelot und wollten hören, wie sie entkommen war und wo sie gesteckt hatte.

Jools salutierte mit zwei Fingern, und ein breites Lächeln erhellte sein blasses Gesicht. Stormie und Kim schlugen zur Begrüßung die Fäuste gegen Fridas.

„Ein paar von uns sind umgekehrt, um dich zu befreien", sagte Stormie,

„... aber Bluedog hatte dich schon fortgeschafft", beendete Kim den Satz.

Richter Tome, der wie gewohnt in Marilyns Sattel thronte, reichte Frida die Hand. „Ich bin froh, dass es dir gut geht, Unteroffizier."

Turner sprang von Duffs Rücken, zog sie – zu ihrer Überraschung – in seine Arme und klopfte ihr ein paar Mal auf den Rücken. „Ich dachte schon, wir hätten dich verloren."

Frida schob ihn sanft von sich und sah ihm ins Gesicht. „Niemals", erwiderte sie entschlossen.

Danach widmete sie ihre Aufmerksamkeit dem Packpferd Gnom, das brav seine Lore zog, an die im Moment noch fünf weitere Wagen gekoppelt waren. Sie enthielten mehrere Eimer voller brodelnder Lava. „Hilf mir mal, Kim", meinte sie und befreite den kleinen Gnom von seiner Last. „Wir packen die Wagen ein. Die Ladung bleibt hier. Bluedog braucht sie ohnehin nicht mehr."

Stormie warf ihr einen hoffnungsvollen Blick zu. „Hast du ihn etwa …?"

Frida hob eine Hand. „Keine Zeit zum Reden. Bluedog und Rafe sind beide am Leben, aber wir arbeiten nicht mehr für sie. Wir müssen zurück zum Tafelberg-Plateau. Die Griefer sind auf der Suche nach Crash und De Vries. Wir müssen sie warnen!"

Rob war abgestiegen und sah ihr benommen zu. Es war klar erkennbar, wie besorgt er bis eben noch gewesen war. Als sie ihm Gnoms Zügel reichte, legte er eine Hand auf ihre Schulter. „Frida, ich …"

Sie schnitt ihm das Wort ab. „Was immer du gerade sagen wolltest, Hauptmann, mir geht es genauso." Sie lächelte ihn an und bedeutete ihm, ihr beim Aufsitzen zu helfen. „Bataillon Null", rief sie fröhlich, „wir sind wieder da!"

Pferde und Reiter wandten sich in Richtung Norden, folgten dann ostwärts der Grenze zum Tafelberg-Biom und ließen bald das schneebedeckte Land der Fichten hinter sich. Tatsächlich blieb ihnen kaum Zeit zum Reden, denn der Tag neigte sich bereits seinem Ende zu und sie waren noch immer ein gutes Stück von ihrem alten Felsunterschlupf entfernt. Alle hatten sich ihre Schwerter geschnappt und waren gewappnet, als sich ihnen in einem ausgetrockneten Flussbett eine besonders große Zombiegruppe in den Weg stellte.

„Bataillon, bereit machen! *Angriff!*", befahl Rob.

In Zweiergruppen stürzten sie sich auf den Mob, wobei die Reiter an der Spitze nach einem erfolgreichen Angriff den Weg für die jeweils nächsten Kavalleristen frei machten, sodass jeder seine Chance zum Kämpfen bekam. Das Manöver funktionierte bestens – nur Richter Tome erlitt eine leichte Fleischwunde, weil er sich mit seiner eigenen Klinge verletzte. Marilyn wieherte dramatisch, so als wäre *sie* verletzt worden, und sogleich erfüllte ein wohlbekannter Geruch die Luft.

„Zwischen euch besteht eine echte Verbindung", bemerkte Kim und wedelte sich frische Luft zu.

Das Bataillon ritt weiter und weiter, vorbei an einigen Spinnen und viel zu langsamen Creepern, und erreichte das Plateau-Lager, als der Mond den Himmel bereits erobert hatte.

Sobald sie angekommen waren, begann Frida, nach den Geschwistern zu rufen, die sie hier zurückgelassen hatten. Aber es kam keine Antwort. Die Tür zur Unterkunft stand offen, und drinnen brannten keine Fackeln.

„Wo könnten sie stecken?", fragte Rob in die Runde. „Vielleicht auf der Jagd?"

„Zum Handeln in der Stadt?", schlug der Richter vor.

„Ich fürchte, die Antwort ist nicht so einfach", murmelte Frida.

Die Soldaten versorgten die Pferde und machten es sich gemütlich. Als sich alle am Esstisch versammelt hatten, berichtete Frida von ihrer Flucht und klärte ihre Freunde über die Scharade ihres Bruders auf.

„Ich wusste, dass an Rafe etwas faul war", sagte Rob, der sich rechts neben Frida gesetzt hatte.

Turner, der links neben ihr saß, nickte. „Der Mann verdient nicht mal ein *unechtes* Tattoo."

Kim erschauderte, als sie vom Plan des falschen Geistlichen erfuhr, De Vries und Crash für seine architektonischen Pläne zu versklaven. „Das erinnert mich an das, was Dr. Dreck damals mit meinen Pferden angestellt hat."

„Mad Jacks Geschichte über De Vries und Crash kam mir gleich so komisch vor", warf Stormie ein. „Die beiden hatten bestimmt nichts mit ihm zu schaffen. Warum sollten sie auch Ressourcen stehlen? Crash ist schließlich in der Lage, fast alles abzubauen, was sie brauchen."

Jools fasste die Situation zusammen. „Das Syndikat macht also gemeinsame Sache mit Lady Cravens Griefern. Und da sich ihre Armee noch nicht südlich der Extremen Berge ausgebreitet hat, konnte Bluedog Schutzgeld eintreiben, ohne tatsächlich irgendwen beschützen zu müssen. Es war leicht verdientes Geld. Zwischenzeitlich spielten er und Rafe die Mittelsmänner für Lady Cravens Griefer und ließen sich jegliche Informationen gut bezahlen."

„Ja, und zwar mit Waren, die sie aus den Dörfern stahlen", fügte Kim hinzu.

Richter Tome zählte die Straftaten des Dreiergespanns auf. „Bestechung, Erpressung, Diebstahl, Menschenhandel … Als Bataillon Null auf der Bildfläche auftauchte, wussten sie, dass sie eine Menge zu verlieren hatten."

Rob rieb sich das Kinn. „Und zu gewinnen … Bluedog und Rafe hatten enormes Glück, dass wir ausgerechnet in Spike City auftauchten. Es war genau die Chance, die sie sich erhofft hatten. Nachdem Dr. Dreck erledigt war und wir vom Zombiegipfel fliehen mussten, wurde Bataillon Null wahrscheinlich von allen Kriminellen der Oberwelt gesucht. Und Informationen über unseren Verbleib waren Lady Craven sicher so viel wert, dass es Rafe leichtgefallen sein muss, sie davon zu überzeugen, dass er noch immer ein festes Mitglied von Fridas Clan war. Er dachte, er könnte uns allesamt in die Falle locken."

„Er ist definitiv mein Bruder. Aber ich bezweifle, dass er sich das Familienwappen hätte verdienen können. Ob nun mit Verkleidung oder ohne ...", stellte die Überlebenskünstlerin fest, „... kein Außenseiter wird jemals den Ort des Apfelkorps finden, geschweige denn, ihn infiltrieren."

Rob blickte sie fragend an. „Des Apfelkorbs?"

„Korps, mit PS", korrigierte Frida ihn. „Das ist eine Trainingsveranstaltung unseres Clans. Der Ort ändert sich jedes Jahr und wird immer erst am Tag der Zusammenkunft bekannt gegeben."

„Klingt, als wäre das was für mich", sagte Turner. „Überall Frauen und die perfekte Gelegenheit, meine männlichen Fähigkeiten unter Beweis zu stellen." Frida zog eine Augenbraue hoch und warf ihm einen halb amüsierten, halb strafenden Blick zu. „Ich meinte natürlich meine Fähigkeit, Monster auszuschalten", fügte er hastig hinzu.

„Es geht um viel mehr als nur das", meinte Frida. Sie berichtete ihnen von der Freiheitsprüfung, die jedes Mädchen bestehen musste, bevor es sein Tattoo erhielt und allein in den Dschungel geschickt wurde. „Rafe hätte Xantos Herausforderungen niemals bewältigt."

Stormie war beeindruckt. „Aber du schon. Ich bin wirklich froh, dass du auf unserer Seite stehst."

Dann berichtete Frida von den Ereignissen, die sich direkt nach ihrer Gefangennahme zugetragen hatten. Sie erwähnte Legs' Auftauchen im Keller der Kapelle und seine Freude über das unerwartete Wiedersehen mit ihr. Schließlich hatte sie ihn und Dingo überaus clever überlistet, indem sie sich als Griefer ausgegeben hatte. „Ich nehme an, Lady Craven war nicht besonders erfreut über sein schlechtes Urteilsvermögen."

Frida wusste nicht, was aus Legs geworden war, aber sie erzählte den anderen, dass sie Rafe im brennenden Keller zurückgelassen hatte, als sie geflohen war. „Übrigens konnte ich seinen Laptop mitgehen lassen", sagte sie, woraufhin Jools breit grinste und anerkennend beide Daumen hob.

Frida erfuhr, dass Kim diejenige gewesen war, die das Bataillon letztlich vor Bluedogs menschenfressenden Silberfischchen gerettet hatte.

„Wenn man wegrennt, werden sie nur noch wilder", erklärte Kim. Die Pferdemeisterin hatte das Verhalten vieler Tiere studiert und wusste, dass die Insekten ohne Probleme in der Lage waren, ein Pferd einzuholen. Aber aufgrund ihrer Anatomie konnten sie sich kaum seitwärts bewegen. Außerdem wurde ihnen zu viel direktes Sonnenlicht früher oder später zum Verhängnis; deshalb hatte Bluedog sie auch unter einer Decke gehalten. Es war vor allem die enorme Anzahl, die diese Tiere so tödlich machte.

„Wir haben Glück, dass wir noch leben", gab Rob zu.

Kim hatte die fliehenden Truppen im Zickzack zu einer nackten Klippe geführt, die im prallen Sonnenlicht lag. Die Silberfischchen waren ihnen gefolgt und einfach an Gnom vorbeigezogen, der mit seiner Lore im Schlepptau auf dem steilen Terrain nicht hinterhergekommen war. Als die winzigen Monster blindwütig aus dem schützenden Schatten stürzten, verbrannten sie allesamt in der Sonne und die Gefahr war gebannt.

„Ich wünschte, wir könnten dasselbe über Bluedog sagen", murmelte Stormie.

„Was ist mit unserem Vertrag?", wollte Richter Tome wissen.

„Den habe ich offiziell gekündigt", antwortete Frida und berichtete ihren Freunden von der Beute, die sie aus dem Dschungeltempel hergebracht hatte.

Diese Neuigkeit erfreute vor allem Turner, der sofort nach der genauen Anzahl aller Barren, Erzklumpen und Edelsteine fragte. „Nun, das ist doch schon mal ein Anfang", fand er und verschränkte die Arme, nachdem Frida alles aufgezählt hatte. „Aber ich weiß, wie wir an mehr Reichtümer kommen, als wir jemals ausgeben können, um Bluedog ein für alle Mal auszuschalten."

Jools beugte sich vor. „Hey, ich bin der mit den Ideen!"

Turner grinste. „Du kannst gern den Plan ausarbeiten, Gefreiter", meinte er zum Quartiermeister und wandte sich dann an alle. „Wisst ihr, all die Ausflüge mit Mad Jack haben mich auf eine Idee gebracht. Schließlich war die größte Beute immer genau vor unserer Nase …"

*

Bluedogs Vereinbarung mit der Griefer-Armee hatte ihn zu einem wohlhabenden Mann gemacht. Er hatte Trupp A seine reiche Beute mehrfach vorgeführt, um sie dazu zu bringen, weitere Aufträge von ihm anzunehmen. Außerdem wusste er, dass seine Belohnung von Lady Craven all seine Ausgaben wettmachen würde. Er hatte Mad Jack befohlen, herauszufinden, was er konnte. Und er hatte den Standort seines Netherportals offengelegt – eindeutig ein weiterer Köder, der gleichzeitig als Falle fungieren sollte, falls die Mitglieder hier zwischen den Lieferungen herumschnüffelten.

„Aber was er nicht bedacht hat", sagte Turner, „war unser Verbindungsmann im Nether." Nacheinander blickte er den anderen am Tisch in die Augen. „Ich schlage vor, wir nehmen ihm seine Beute ab … und zwar im Untergrund."

Jools grinste. „Er wird nicht damit rechnen, dass wir ihn von der anderen Seite aus angreifen. Während er oben mit seinem Knüppel wartet, sind wir unten und nehmen ihn aus wie eine Weihnachtsgans."

Rob wurde jetzt erst die Tragweite dieses Plans bewusst. „Mit so viel Kapital könnten wir jeden von uns ohne Probleme mit Diamantrüstungen ausstatten."

„Und zwar inklusive der Pferde", warf Kim ein.

„Wir wären endlich wieder kampfbereit", erklärte Stormie zufrieden.

Richter Tome räusperte sich. „Sag mal, Hauptmann, hat dein Bataillon Verwendung für einen rechtlichen Beistand, der leider nicht in der Lage ist, mit dem Schwert ein Scheunentor zu treffen?"

„Ich denke, da kann ich helfen, Richter", schaltete sich Frida ein.

Rob sah dennoch besorgt aus. „Hm … Den Frieden wiederherzustellen ist ein gefährliches Geschäft, Richter Tome."

Ein Feuer glomm in den Augen des Rechtsprechers. „*Si vis pacem, para bellum*, meine Freunde. Wenn du Frieden willst, bereite dich auf den Krieg vor."

Kapitel 15

Hauptmann Rob hatte während seiner ersten Reise in den Nether genug über diesen Ort gelernt, um zu wissen, dass der Schlüssel zum Überleben in der Vorausplanung lag. Am Folgetag rief er seine Leute zu einer Versammlung zu sich. „Jools! Sieh zu, ob du irgendetwas mit Rafes Computerdateien anfangen kannst. Wenn du auf kriminelle Aktivitäten stößt, teile sie umgehend dem Richter mit. Frida, du versorgst den Quartiermeister mit Informationen, die er auf dem Computer nicht finden wird."

Kim wurde mit der Vorbereitung der Reittiere auf das Terrain im Nether beauftragt, während Stormie sich um die Kartierung des Netherportals kümmerte, durch das sie die Beute abtransportieren wollten.

„Was ist mit mir, Hauptmann?" Turner lehnte sich lässig zurück und erwartete seine Befehle. „Soll ich Ghasts erledigen? Lohen auslöschen? Witherskelette zerbröseln?"

„Du wirst als Portalwache eingesetzt, Sergeant. Colonel M wird uns unten im Nether die Monster vom Hals halten, sodass wir dich an besserer Stelle einsetzen können." Rob hielt inne. „Ich rechne damit, dass Bluedog ausrasten wird, sobald er von unserem kleinen Überfall erfährt."

Turner schlug mehrmals mit einer Faust in die Handfläche. „Ich bin bekannt für meine Ausraster – meist steckt danach mindestens einem Griefer ein Pfeil im Hals."

„Denk dir am besten eine effektive Falle aus, damit du deine Kraft nicht verschwendest. Außerdem brauchen wir die besten Rüstungen, die du je gebaut hast. Mehrere für jeden von uns. An die Arbeit, Leute."

Frida setzte sich zu Jools, um ihm beim Entziffern von Rafes Computerdateien zu helfen. Bald darauf hatten sie genügend Beweise gesammelt, damit sie ihn für immer hinter Schloss und Riegel bringen konnten. Da waren Listen mit den Namen von Bauern und Dorfbewohnern unter dem „Schutz" des Syndikats ... Biomstädte, die bald attackiert werden sollten ... Namen und Ränge von Lady Cravens Lakaien und deren Zuständigkeitsbereiche. Die beiden Bataillonsmitglieder fanden sogar Rafes Entwürfe für die Kathedrale, deren Bau er von Crash und De Vries erzwingen wollte. Sie besaß ein ausgedehntes Verlies-System – zweifellos dazu gedacht, weitere unschuldige Seelen einzukerkern. Sie riefen Richter Tome zu sich, um die Anklageschrift vorzubereiten.

Jools öffnete die Datenbank, in der er das gesamte Inventar des Bataillons verzeichnet hatte, und fügte mit Fridas Hilfe ihre Beute aus dem Dschungel hinzu. Als sie bei den Gegenständen ankamen, die sie aus dem Tempel geholt hatte, spitzten besonders Stormie und Turner die Ohren und gesellten sich wie zufällig zu ihnen.

„Werfer, verschiedene Kabel, Kolben, Hebel und Redstone-Blöcke", las Jools vor, während er alles katalogisierte.

„Hey, Quartiermeister", begann Stormie, „ich könnte etwas von dem Redstone gebrauchen, um ein System aus Beförderungsrohren mit Energie zu versorgen. Damit könnten wir die Schätze viel schneller von A nach B bewegen, als wenn wir alles tragen."

„Und ich hätte Verwendung für den Werfer, um Bluedog direkt an seinem Portal zu erwischen, wenn er nach seiner Beute sucht."

„Gute Idee, Klops", sagte Frida. „Ich hatte mir so etwas Ähnliches gedacht, als ich die Sachen aus dem Dschungeltempel mitnahm." Sie beschrieb die Verkabelung, die das Schloss an der verborgenen Truhe aktiviert hatte, und wie man den Redstone legen musste, damit bei Eingabe des falschen Codes der Werfer seinen Zweck erfüllte.

Die eben geschilderten Pläne wurden sofort in die Tat umgesetzt. Nachdem Turner und Frida den Werfer verkabelt und hinter einer von Bluedogs Truhen getarnt hatten, machte sich Turner daran, jedem Bataillonsmitglied Goldrüstungen zu bauen.

„Wir könnten im Nether etwas zusätzlichen Feuerschutz gebrauchen", meinte Frida, während sie ihrem Freund zusah, der aus den Goldbarren Helme und Brustplatten fertigte.

„Überlass das mir", entgegnete Jools. „Ich werde diese Rüstungen verzaubern, wie noch nie etwas verzaubert wurde." Er nahm das Gesetzbuch des Richters aus dem Inventar und kombinierte es mit etwas Obsidian vom Lavasee und zwei von Bluedogs Diamanten. Heraus kam ein Verzauberungstisch.

Alles schien plötzlich wieder in geregelten Bahnen zu verlaufen. Frida erkannte, dass sie alle sofort bereit für die nächste große Schlacht sein würden, wenn der Plan aufging. Und Lady Craven und alle Kriminellen der Oberwelt würden sich noch entschlossener zeigen, Bataillon Null auf eben diese Anzahl zu dezimieren.

„Rob, wir brauchen die restlichen Vorräte aus der Festung. Und einige Dinge aus der Stadt."

„Das wäre mein nächster Befehl gewesen. Kim hat die Pferde vorbereitet. Ich werde mich mit ihr auf den Weg zum Savannenlager machen, um unsere Sachen abzuholen. Du stattest gemeinsam mit Stormie Spike City einen Besuch ab. Ihr solltet unerkannt bleiben, also verkleidet euch lieber. Und kommt zurück, so schnell ihr könnt."

„Geht klar, Boss."

„Oh, und Frida?"

Sie drehte sich zu ihm um.

„Passt auf euch auf."

*

Endlich verstanden sich die Späherin und die Abenteurerin wieder. Frida hatte sich geschworen, mit allen Bataillonsmitgliedern zusammenzuarbeiten und ihre persönlichen Belange fürs Erste in den Hintergrund zu stellen. Der bevorstehende Krieg war wichtiger. Liebe brauchte bekanntlich Zeit – Zeit, die der Rest der Oberwelt nicht erübrigen konnte.

Frida nutzte Turners Kürbislaterne als Maske, und Stormie stülpte sich den alten Spinnenkopf über, den ihnen der geladene Creeper damals im dichten Wald beschert hatte. Mithilfe dieser Verkleidungen und unterstützt vom Bedürfnis der Stadtbewohner, unter sich zu bleiben, ging der Besuch in Spike City ohne weitere Zwischenfälle über die Bühne.

Sie kehrten zurück, im Inventar unter anderem eine Uhr, die Stormies Rohrsystem automatisieren sollte, und ein Geschenk für Richter Tome. Frida konnte es kaum erwarten, ihm die Überraschung zu präsentieren.

Als Rob alle zu Zielübungen zusammenrief, zogen sie zunächst die neuen Goldrüstungen an und stapelten Pfeile neben ihren Waffen. „Frida, Turner: Ihr setzt diese Runde aus. Wir beginnen mit denen, die noch etwas mehr Übung gebrauchen können."

Frida winkte Richter Tome zu sich und überreichte ihm das Geschenk, das sie vom Bibliothekar erstanden hatte. Er setzte die Brille auf und blickte sich blinzelnd um. Dann ergriff er Fridas Schultern und drückte ihr einen Kuss auf die Lippen.

Als er an der Reihe war, den hängenden Ring mit seiner Klinge aufzuspießen, steuerte er Marilyn gezielt darauf zu und schaffte es dreimal hintereinander. Die Körperattrappen wurden kurzerhand erledigt, und in jedem Erdblock, den Rob in die Luft warf, steckte mindestens ein Pfeil, nachdem er auf dem Boden aufkam.

Turner beobachtete die Szenerie ungläubig von der Seite. Aus Gewohnheit hatte er einen sehr großen Sicherheitsabstand zwischen sich und den Gesetzesmann gebracht.

Während Jools, Stormie und Kim jubelten, schlenderte Turner hinüber zu Frida, die das Geschehen mit höchst zufriedener Miene beobachtete. „Was zum Henker hast du ihm gegeben?", fragte Turner.

Richter Tome drehte dem Söldner breit grinsend das Gesicht zu, und die Brillengläser glänzten im Sonnenlicht. „Na, was hältst du jetzt von meinen Schießkünsten, Klops?"

*

Nun, da alles vorbereitet war, machte sich Bataillon Null auf den Weg in den Nether. Stormie und Turner hatten unweit von Bluedogs Portal an der Grenze zwischen den Extremen Bergen und der Eisebene ein eigenes Portal gebaut, es mit Bruchstein verstärkt und dann versteckt. Sie hatten sich bewaffnet und waren bereit, ihre Pferde in die Untergrund-Dimension zu führen.

„Wir müssen sofort nach der Ankunft Colonel M kontaktieren", ordnete Rob an. „Späherin. Schaffst du das allein?"

Ozelots Flinkheit, Fridas brandneue goldene Rüstung und ihr wiedergefundener Glaube an sich selbst stimmten sie mehr als zuversichtlich, dass sie diese Mission bewältigen konnte. Sie war froh, dass der Hauptmann genug Weitsicht bewies, indem er eine einzelne Spielerin damit betraute, sich in Gefilde vorzuwagen, in denen man besser keine Gesellschaft hatte. Entschlossen akzeptierte sie die Mission.

Stormie wiederholte noch einmal die Koordinaten von Colonel Ms Netherfestung, und kurz darauf waren Reiterin und Pferd durchs Portal verschwunden. Lila Partikel umschwirrten sie, und die Geräusche um sie herum erschienen ihr wie gedämpft und gleichzeitig von einer kuriosen Orgel verstärkt. Dann waren sie auf der anderen Seite angekommen, und ihre Sinne nahmen die plötzlichen Veränderungen wahr.

Das Licht war hier unten viel finsterer, und die Geräusche klangen unbestimmter als in der Oberwelt. Und alles, was man berühren konnte, war entweder schärfer oder heißer oder beides. Der Geruch und Geschmack von beißendem Rauch erfüllten Fridas Nase und Mund.

Die Späherin wartete nicht ab, bis sie sich an das Zwielicht und das Gefühl der Enge gewöhnt hatte. Ozelots größere Augen nutzten das spärliche Licht des Glowstone ohnehin sehr viel effektiver, also saß Frida auf und ritt einen Hügel aus Nethergestein hinab, der vom Portal zum scharfkantigen Grundgestein führte. Der Orientierungssinn der Stute funktionierte hier unten ebenfalls besser als der ihrer Reiterin, also überließ Frida ihrem Pferd die Führung.

Sie galoppierten über unebene Felsen aus Nethergestein und ließen brodelnde Lavaströme hinter sich. Nur, wenn sie sich Gebieten aus Seelensand näherten, wurden sie langsamer, und sie zögerten einmal kurz, als sie das Ufer eines breiten Lavaflusses erreichten, den Ozelot erst nach einiger Überredung übersprang.

Als sie sich der wohlbekannten Festung näherten, bemerkte Frida einen Ghast, der darüber schwebte. Der riesige, beinahe durchsichtige Körper mit den nutzlos baumelnden Beinen starrte die näher kommende Reiterin an und beschoss sie dann mit einem Feuerball. Frida hatte mehr als genügend Zeit, ihr Schwert zu ziehen und das Geschoss zurückzuschlagen. Die Explosion erledigte den Ghast und machte gleichzeitig Colonel M auf die Ankömmlinge aufmerksam.

Das schwere Tor öffnete sich, und ein riesiger Kopf erschien im Eingang. Der Körper des Colonels hatte am Ende des Ersten Krieges so viel Schaden genommen, dass er den größten Teil davon verloren hatte – nur der Kopf war wiederbelebt worden. Er war mindestens doppelt so groß wie eine erwachsene Frau und verlieh ihm die respektable Präsenz eines geborenen Kommandanten.

„Gefreite!", sagte er sichtlich erfreut. „Was führt dich an meine Tür?"

„Ich bin jetzt Unteroffizier, Colonel. Das Bataillon braucht Begleitschutz."

Mit wenigen Worten umriss sie den Plan. Er hieß ihn gut und begleitete sie sogleich zurück zum Portal. Eilig schwebte er hinter Frida und Ozelot her – kaum ein Monster wagte sich in seine Nähe, und wenn doch, wurde es umgehend unschädlich gemacht.

Die Wiedervereinigung des Colonels mit Bataillon Null fiel ebenfalls kurz aus. Je schneller sie ihren Plan ausführten, desto eher konnten sie sich wieder dem eigentlichen Krieg widmen. Der alte Geist war sichtlich gerührt, seinen Schützling Rob, sein Pferd Nachtwind und die anderen Soldaten wiederzusehen.

„Du kümmerst dich doch gut um meinen treuen Hengst, oder, Kim?"

„Er kümmert sich gut um mich", antwortete sie.

„Und wer ist das hier?" Er deutete mit dem Kinn auf Tome. „Ich glaube, wir kennen uns noch nicht."

Rob stellte sie einander vor.

„Meinen Glückwunsch, Unteroffizier", gratulierte der Colonel. „Ein Mann, der das Herz eines Maultiers gewinnen kann, ist wahrlich etwas Besonderes."

Bald darauf ritten sie wieder über Nethergestein, alle in einer Reihe, deren Schlusslicht diesmal Gnom und der Colonel bildeten. Die Gruppe verließ sich auf Stormie, die am zuverlässigsten in der Lage war, hier unten die Koordinaten von Bluedogs Oberwelt-Portal zu lokalisieren. Nach einigen Anläufen fanden sie schließlich den richtigen Ort.

Wortlos bedeutete Stormie den anderen stehen zu bleiben und sah sich benommen um. Frida, Turner, Jools, Kim, Richter Tome und Rob zügelten ihre Pferde und blickten gemeinsam auf den größten Schatz, den sie je gesehen hatten.

Die riesige Truhe unter dem Portal war schon vor langer Zeit übergelaufen. Edelsteine, Erze, Redstone-Komponenten, Waffen, Kürbisse und andere gestohlene Waren türmten sich rund um das Behältnis. Außerdem wimmelte es von Kühen und Hühnchen.

Selbst Colonel M, der schon einiges in seinem langen Leben gesehen hatte, schwebte an den Freunden vorbei und rief: „Beim hochexplosiven Gott aller Creeper!"

Stormie fand ihre Stimme wieder. „Was für ein Chaos!"

Es schien so, als wäre der Gauner schon lange nicht mehr auf dieser Seite seines Portals gewesen, um Ordnung in das Durcheinander zu bringen.

„Die armen Tiere", murmelte Kim, als sich ein Hühnchen zu nahe an eine Lohe wagte und in Flammen aufging.

Turner schüttelte fassungslos den Kopf und spuckte aus. „So viel Zeug zu stehlen, dass man es nicht mal mehr zählen kann … *Pfui!*"

„Ich schlage vor, wir erleichtern den armen Bluedog um einen Teil dieser Beute, was meint ihr?", fragte Jools, der sich als Erster wieder im Griff hatte. Er nahm seinen Computer aus Becketts Satteltasche. „Und Sergeant … Ich schreibe mit."

*

Die enorme Aufgabe erforderte die ungeteilte Aufmerksamkeit des gesamten Bataillons, also ließen Colonel M und Richter Tome die jüngeren Leute in Ruhe arbeiten, kümmerten sich um feindliche Mobs und unterhielten sich bei der Gelegenheit über die Situation in der Oberwelt. Kim passte derweil auf die Pferde und das Maultier auf und stellte sicher, dass sich keines der Tiere von der feindlichen Umgebung abschrecken ließ und durchging.

Frida half Stormie beim Aufbau der Vorrichtung, mit der die Beute in die Kriegstruhen des Bataillons transportiert werden sollte. Stormie war froh, dass sie zur Sicherheit mehr Rohre gebaut hatte. Sie würden alle fünf Teilstücke benötigen, um eine Pipeline zwischen den Portalen zu legen.

Die Uhr sollte als Schaltuhr fungieren, sodass die Vorrichtung nur noch in Gang gesetzt werden musste, sobald alle Rohre zusammengebaut und mit Energie versorgt waren. Als alles vorbereitet war, stellten sich die Spieler hintereinander auf und erschufen eine Art Eimerkette, woraufhin bald ein Gegenstand nach dem anderen im ersten Teilstück verschwand. Jools saß daneben und nahm alles akribisch in seine Datenbank auf.

Nach einer Weile hielt Turner kurz inne und drückte sich eine Hand ins Kreuz. Sein Blick klebte am Schatz. „Es ist so ... grell", sagte er, während Diamanten und Gold an ihm vorbeizogen und das gedimmte Licht des Glowstone reflektierten.

Jools war nicht weniger bezaubert. „Ich muss zugeben, dass ich in einem Moment wie diesem deine Faszination für glitzernde Dinge verstehen kann, Turner."

Turner warf ihm einen Seitenblick zu. „Sind wir jetzt etwa Freunde?"

Jools legte den Kopf schief und lächelte. „Verbündete ist ein besseres Wort, würde ich sagen. Das ist auch viel effektiver, als befreundet zu sein."

Bataillon Null schien endlich wieder in der Lage zu sein, Berge zu versetzen – in diesem Fall bergeweise Beute –, solange seine Mitglieder als Einheit agierten. Nach und nach passierten alle Gegenstände die Teilstücke der Transportkonstruktion, bis schließlich alles umgelagert und katalogisiert war.

Nun mussten sie es nur noch in ihre Truhen in der Oberwelt überführen – und zwar, ohne dass Bluedog Wind davon bekam.

Colonel M kannte den Preis des Krieges. Er war glücklich, dass er dem Bataillon hatte beistehen können und dass sie nun ihrem Ziel einer freien Oberwelt erneut einen großen Schritt näher gekommen waren. „Viel Glück, Hauptmann“, meinte er zu Rob. Dann wandte er sich an Richter Tome. „Es ist gut, dass du der Einheit deinen Schwertarm und dein Wissen zur Verfügung stellst. Ein kluger Mensch sagte einst: Man kann seine Erfahrung nicht in Rente schicken. Man muss sie nutzen.“ Und nach kurzem Zögern fügte er hinzu: „Nutze sie für mich mit.“

Frida glaubte, eine Spur von Neid im Gesicht des Colonels zu erblicken, als sie alle wieder aufsaßen und sich auf den Weg zurück zum Netherportal machten. Dort angekommen nahm sie Rob beiseite. „Lass mich zuerst durchgehen. Bluedog oder Mad Jack könnten sich in der Nähe aufhalten. Ich sehe mir das erst an und gebe euch dann grünes Licht.“

Er stimmte zu, und sie führte Ozelot durch das Dimensionstor. Als sie weder Gauner noch feindliche Mobs entdeckte, signalisierte sie ihren Kavalleriefreunden, dass die Luft rein war. Trotzdem wurde sie das Gefühl nicht los, dass etwas nicht stimmte. Doch sie mussten hier einige Zeit verweilen, in der die Rohre ihren Inhalt durch das Portal schicken sollten.

Während Stormie das letzte Teilstück wieder mit einer Uhr versah, um alles in Gang zu setzen, bauten Frida und Turner flink die Werfer-Falle an Bluedogs nun nutzlosem Portal auf. Wenn er dort ankam, würde er eine Truhenattrappe vorfinden, die mit falschen Hebeln ausgestattet war, und hoffentlich denken, dass er einfach vergessen hatte, eine Lieferung auszuleeren. Nur hielt diese besondere Truhe eine schmerzhafte Überraschung für ihn bereit.

Ausgelöst durch einen Hebel und einen Stolperdraht aus Spinnenseide würde der Werfer mehrere Pfeilstapel auf einmal verschießen. Und wenn die ihn nicht töteten, bestand immer noch die Chance, dass er an seiner Scham zugrunde ging. Frida hatte die restlichen Fächer nämlich mit Eiern gefüllt, die inzwischen ziemlich verfault waren. Sie freute sich schon darauf, das Schauspiel zu beobachten. Einer der Soldaten musste zurückbleiben und warten, bis Bluedog auftauchte, damit kein Unschuldiger in die Falle tappte. Nachdem sie einmal Bluedogs Opfer gewesen war, konnte es Frida kaum erwarten, den Spieß dieses Mal umzudrehen.

Rob hatte dem zugestimmt, aber darauf bestanden, dass Turner bei ihr blieb, während der Rest der Gruppe sich auf den Rückweg zum Lager machte. Kim spannte Gnom vor seine Wagen, und bald darauf waren die Tiere sowie Stormie, Jools, Rob und Richter Tome am Horizont verschwunden.

Frida und Turner tarnten ihre glänzenden Rüstungen mit Blättern und setzten sich Rücken an Rücken, um jeden Winkel genau im Auge zu behalten. Duff und Ozelot grasten in der Nähe. Kurz nachdem ihre Freunde außer Sichtweite waren, störte eine eintreffende Gruppe das friedliche Bild. Über den Berg kam eine unverkennbare weiß-blaue Figur auf sie zu, begleitet von einer anderen mit drei Beinen … und zwei silbrig-braunen Wölfen mit schwarzen Diamanten auf der Stirn.

Kapitel 16

Frida und Turner empfanden sowohl Erleichterung als auch Sorge, als sich die wölfischen Formen ihrer zwei Gestaltwandler-Freunde näherten. Die Werfer-Falle würde nicht zwischen Freund und Feind unterscheiden. Frida musste schleunigst eine Entscheidung treffen.

„Wir dürfen kein Risiko eingehen, Klops", flüsterte sie. „Wir müssen die beiden Drecksäcke gefangen nehmen. Hast du noch das Lasso dabei?"

Er nickte.

„Ich schleiche mich an sie heran und ziehe ihnen eins über. Du verschnürst sie."

Er nickte erneut. Dann warteten sie darauf, dass sich ihre Feinde dem Portal näherten.

„... Monster stehen auf dem Hügel bereit", sagte Legs mit seiner nasalen Stimme, während er neben Bluedog herlief.

„Schade nur für Rafe, dass er im Kreuzfeuer fallen wird. Aber wo der herkommt, gibt es genügend andere Narren", erwiderte Bluedog.

Ihr Gespräch übertönte das leise Geräusch von Fridas Füßen auf dem harten Ton, aber die Wölfe konnten sie riechen. Sie sah in ihren Augen, dass sie ihre Anwesenheit bemerkt hatten, und als sie sie entdeckten, warf sie ihnen einen warnenden Blick zu und schüttelte fast unmerklich den Kopf.

Mit einer einzigen Bewegung nahm sie einen scharfkantigen Stein in jede Hand und bewarf die zwei Kriminellen, die kurz darauf gleichzeitig zu Boden sackten wie zerbrochene Rüstungsteile. Die Wölfe heulten, aber blieben, wo sie waren.

Mit donnernden Hufen galoppierte Turner mit Duff auf sie zu, das Lasso in der einen Hand und Duffs Zügel in der anderen. Er sprang vom Pferd und wickelte das Seil um die beiden bewusstlosen Griefer. „Ich konnte dieses Ding noch nie vom Sattel aus einsetzen", murmelte er.

Die Wölfe begannen zu zittern und verwandelten sich nach und nach. Einige Sekunden später standen Crash und De Vries an ihrer Stelle.

„Wir sind so froh, euch zu sehen", erklärte De Vries. Crash nickte nachdrücklich, holte erleichtert ihre Spitzhacke hervor und machte sich sogleich an die Arbeit. „Wir konnten nicht einfach untätig im Lager bleiben, als wir hörten, was dir passiert war. Wir ließen es zu, dass Bluedog uns ‚zähmte', und hörten bei der Gelegenheit jedes Wort."

Turner trat nach dem bewegungslosen Mann. „Wir haben eben etwas über ein Kreuzfeuer gehört. Planen sie einen Raubzug?"

Crash zeigte erst in Richtung der Lorenschienen auf dem Berg und dann auf Spike City.

Frida beäugte Turner. „Ich wette, sie wollen ihre Zombies hinschicken."

„Ja!", bestätigte De Vries. „In den letzten Tagen erfuhren wir, dass Lady Craven sich dem Süden zuwenden will. Und sie beginnt mit der Eisebene. Dadurch rückt Spike City genau in ihren Fokus."

„Und damit einige wirklich anständige Leute", schloss Frida. „Wir müssen es Rafe sagen!"

Turner verzog das Gesicht. „*Anständig* ist der aber nicht."

Frida betrachtete die Geschwister, die vor ihr standen. „Aber er ist mein Bruder. Außerdem brauchen wir ihn und diese beiden Schleimbeutel lebend, damit sie den ganzen Komfort einer Gefängniszelle genießen können."

Bluedog und Legs begannen sich zu regen.

Frida musste wieder einmal schnell nachdenken. „Wo sind eure Pferde?", wollte sie von Crash wissen, die erneut zum Hang zeigte.

„Wir haben ihnen einen hübschen Stall in den Berg gebaut, der sie vor allzu neugierigen Blicken schützt", erklärte De Vries.

Frida blickte sich um. „Wir müssen hier die Stellung halten, um die Monster abzufangen. Ihr bleibt hier und grabt uns einen Bunker. Ich nehme die Gefangenen mit nach Spike City und warne Rafe." Sie ergriff Duffs Zügel und überreichte sie Turner. „Klops, du reitest so schnell du kannst zum Lager und versammelst die anderen. Und bringt das TNT und sämtlichen Sprengstoff mit, den wir haben. Wir treffen uns bei Sonnenuntergang."

Turner zögerte. „Weißt du, Unteroffizier, ich habe einen höheren Rang als du. Ich sollte hier die Befehle geben."

Frida seufzte. Männliche Egos konnten so empfindlich sein. „Gut, Sergeant. Dann entscheide du."

„Ja, also ... Dein Plan ist nicht schlecht, so machen wir's. Ich reite nach Westen und informiere den Hauptmann. Ihr zwei ...", er nickte Crash und De Vries zu, „... arbeitet an dem Bunker und lasst euch nicht blicken, falls noch mehr Griefer auftauchen. Wir treffen uns alle hier wieder, sobald wir können." Er stellte einen Fuß in Duffs Steigbügel und saß auf. Kurz darauf war er in einer Staubwolke verschwunden.

Crash rannte zum Berg und holte Velvet und Roadrunner. Mit ihrer Spitzhacke zerschnitt sie die Enden des Lassos und fesselte damit die Hände der erwachenden Gauner. De Vries half ihr, den Rest des Seils aufzuwickeln und die beiden Gefangenen auf die Pferde zu hieven. Bluedog und Legs brabbelten benommen, aber Frida hatte kein Ohr für ihre Beschwerden. Sie ergriff die Zügel der beiden Pferde, sprang auf Ozelots Rücken und ritt zur Stadt.

Der Geistliche war nicht in seiner Kapelle, als die Späherin eintraf. Frida führte die Tiere samt Ladung in den großen Hauptraum, ließ Ozelots Zügel fallen und lenkte Roadrunner und Velvet zum Kellereingang.

„Was hast du vor?", kreischte Legs, als sie ihm einen Ellbogen in die Seite stieß. Da er sich nicht abstützen konnte, fiel er hart auf den Eisboden.

„Warte", bettelte Bluedog. „Wenn du uns gehen lässt, gebe ich dir so viele Smaragde, wie du tragen kannst."

Frida genoss es, den Gauner aus dem Sattel zu stoßen, und hielt es nicht für nötig, ihm zu antworten. Sie öffnete die Falltür und schaffte die beiden Männer in den Keller. Dann ging sie zur Mitte der Haupthalle, um dort auf Rafe zu warten.

Der Zorn der Überlebenskünstlerin auf ihren Bruder war inzwischen verraucht. Vor ihrem Gespräch mit Xanto hatte sie seine Verbitterung über die erzwungene Isolierung von seiner Familie sogar verstehen können. Aber nun sah sie ein, dass beide Gruppen von dieser frühen Trennung profitierten. Sie machte die Frauen stärker und ermöglichte den Männern schon früh die Entscheidung, was sie mit ihren Fähigkeiten anstellen wollten. Niemand stand dem anderen im Weg. Sie fand, Rafe verdiente eine zweite Chance … *nach* seiner Entlassung aus dem Gefängnis.

Frida lauschte dem wohlbekannten Geräusch tropfenden Schmelzwassers, bis sie Schritte auf dem gefrorenen Boden vernahm. Sie erhob sich und wartete mitten im Raum.

Kurz darauf schritt der ehrlose Priester eilig durch die Vorhalle und hatte ein kleines Bündel in der Hand. Überrascht blickte er sie an.

„*Du!* Aber wie …?"

„… bin ich schon wieder einer Gefangennahme entgangen? Betriebsgeheimnis. Deine Freunde Legs und Bluedog spielen übrigens unten im Keller Verstecken."

Rafe sprang auf die Falltür zu, aber Frida zog flink ihr Eisenschwert und versperrte ihm den Weg. „Du kannst ihnen gern Gesellschaft leisten, wenn du unbedingt willst."

Er hielt inne, lief dann langsam rückwärts und stolperte über den Saum seiner eigenen Robe.

„Oder du tust, was ich dir sage, und lässt dich brav in ein deutlich gemütlicheres Oberwelt-Gefängnis sperren. Du hast die Wahl. Genau wie damals, als dich der Clan ins Dorf geschickt hat."

„Als sie mich eiskalt *hinausgeworfen haben*, meinst du wohl", knurrte er gallig.

Frida schüttelte den Kopf. „Wir alle konnten frei entscheiden, welchen Weg wir nehmen würden. Du hast einen finsteren gewählt."

„Na und? Dafür habe ich Freunde in hohen Kreisen."

„Ha!" Frida machte einen Schritt auf ihn zu. „Deine geschätzte Lady Craven ist gerade dabei, dich der Eroberung einer weiteren Oberwelt-Grenze zu opfern – und bei der Gelegenheit übrigens auch die gesamte Population von Spike City. Deine *Freunde* dort unten waren gerade im Begriff, dich im Kreuzfeuer draufgehen zu lassen, als ich sie auflas."

Diese Neuigkeit ließ Rafe kurz erstarren. „Du lügst! Der Boss hat Legs und Bluedog nur geschickt, um die Einwohner auszunehmen. Aber sie wird die Stadt in Ruhe lassen. Und mein Versteck ebenfalls."

„Wie üblich setzt du auf die falschen Verbündeten, Rafe. Und das, obwohl Mutter uns etwas anderes beigebracht hat." Frida machte einen Satz und stieß ihren Bruder um. Dabei ließ er sein Bündel fallen, und sie trat es aus seiner Reichweite.

„Vorsichtig, das ist …"

Sie ergriff es, erfühlte eine Glasflasche unter dem Stoff und bewarf ihn damit.

„… Gift!"

Die Flasche zerbrach und benetzte Rafe mit dem Inhalt, der sogleich massiven Schaden verursachte. Seine Gesundheitsleiste war wohl schon vorher nicht vollständig gefüllt gewesen; Frida vermutete, dass ihr Bruder weder regelmäßig aß noch sich besonders fit hielt. Gequält krümmte er sich am Boden, während sie ihr Lasso hervorzog und ihn verschnürte.

„Du behauptest, ich empfände keine Liebe für dich, aber da irrst du dich, Rafe. Du verdienst es zwar nicht, aber du bist nun mal mein Fleisch und Blut. Du bleibst hier, solange meine Freunde und ich die Stadt vor den Mobs verteidigen, die Lady Craven aus den Bergen herschicken wird."

Sie griff erneut in ihr Inventar. „Hiermit wirst du vor ihnen sicher sein. Danach bist du auf dich allein gestellt." Sie legte ihm das Griefer-Medaillon um den Hals. „Demnächst wird übrigens eine VBO-Delegation nach dir suchen." Sie ging zu den Pferden und zog sich in Ozelots Sattel. „Leb wohl, Bruder. Und viel Glück."

*

Als sie zum Portal zurückkehrte, waren Crash und De Vries immer noch bei der Arbeit. Sie hatten bereits einen Bunker konstruiert und das Dach mit Bruchstein verstärkt. Mehrere Grubenfallen waren in der Umgebung ausgehoben worden, verteilt zwischen den Fichten am Berghang. Crash war gerade dabei, eine der Fallen mit Kies zu tarnen. De Vries erblickte Frida und kam ihr entgegen, um ihr die Pferde abzunehmen.

„Hast du Bluedog und Legs gut verstaut?“, fragte er.

Sie berichtete ihm von Bluedogs kläglichem Bestechungsversuch.

„Pah, was für ein jämmerlicher Geizkragen“, schimpfte der Baumeister. „Die beiden haben uns nicht einen einzigen Knochen zugeworfen, nachdem sie dachten, wir wären gezähmt. Die, die am meisten besitzen, tun immer so, als hätten sie nichts – bis sie etwas für sich selbst wollen.“

„Das trifft den Nagel auf den Kopf“, stimmte Frida ihm zu. Sie besprachen ihr weiteres Vorgehen beim Bau der provisorischen Festung, brachten die Pferde in Sicherheit und bereiteten den Ort auf die anstehende Schlacht vor.

Während Frida die Konfiguration der Werfer-Falle auf manuelle Bedienung änderte, dachte sie über die eben erhaltenen Informationen nach. Rafe war nur ein Bauer im Schachspiel seiner „mächtigen Freunde“ gewesen. Er hatte seine Rolle als winziges Zahnrad in einer riesigen Maschine gespielt und war dann ausgemustert worden. Und Lady Craven würde nicht ruhen, ehe sie jede einzelne Grenze dieser Oberwelt kontrollierte.

Wer wusste schon, ob die Griefer-Königin nicht auch Legs und Bluedog opfern würde, um ihre Ziele zu erreichen. Vielleicht ahnten sie sogar etwas und hatten vorgehabt, durch das Netherportal zu verschwinden.

Hmm … Das war eigentlich gar kein schlechter Plan – und zwar fürs Bataillon! Sie mussten allerdings einen Weg finden, während der Schlacht ihre Ressourcen zu sichern. Frida ließ den Werfer zurück und ging zum Bataillons-Portal. Die Rohre befanden sich immer noch an Ort und Stelle. Die Spieler mussten nur die Fließrichtung umkehren.

Außerdem bot dieses Portal die perfekte Fluchtmöglichkeit, falls das Gefecht unplanmäßig verlief. Dieses Szenario rief Erinnerungen wach. Aber die Schlacht am Zombiegipfel war durch einen Fehler des Hauptmanns verloren gegangen, und Frida war davon überzeugt, dass ihm so etwas nicht wieder passieren würde – nicht einmal, wenn ein Flugzeug mit seiner Ranch als Ziel direkt vor ihm landen würde.

Das war der Unterschied zwischen Rob und Rafe. Der Cowboy besaß genügend Demut, um aus seinen Fehlern zu lernen, während dem falschen Geistlichen ausgerechnet diese Tugend fehlte … jedenfalls bisher.

Die Sonne zog ihre Bahn und traf bald auf die westliche Baumgrenze, als endlich die Verstärkung eintraf. Frida half Kim mit den Pferden und führte eins nach dem anderen in den Bergstall. Sie sollten sich ausruhen, denn schon bald würden sie die Tiere wieder brauchen. Vor ihnen lag eine lange Nacht.

Kim gab Frida Zucker für die Tiere. An Ozelots Box blieb die Späherin etwas länger stehen und klopfte ihrer Stute den Hals, während diese die Leckerei genüsslich zerkaute. Sie waren kaum voneinander getrennt gewesen, seitdem Kim Frida das Pferd damals zugeteilt hatte. Ozelot hatte Frida sicher durch mehrere Schlachten und den Nether getragen und geduldig auf sie gewartet, als sie in Gefangenschaft geraten war. Die Späherin erkannte, dass sie sich mehr und mehr auf den eisernen Willen des Pferds verlassen hatte, während sie selbst sich auf ihr eigenes Überleben und die Freiheit der Oberwelt konzentrierte.

„Hey, Kim. Ich wollte dir nur danken, dass du uns alle mit den Pferden zusammengebracht hast. Ohne sie wären wir niemals so weit gekommen." Aus Frida sprach nun sowohl die Kriegerin als auch die Frau. Früher hatte sie sich mit jedem gemessen, der ihr begegnet war. Aber das hier war genau die bedingungslose Freundschaft, die ihr schon ihr ganzes Leben lang gefehlt hatte.

„Man knüpft eine besondere Verbindung zueinander", erwiderte Kim schlicht. „Wenn du eins mit deinem Pferd wirst, bist du stärker, als es beide Kreaturen allein je sein könnten."

Frida warf Kim einen dankbaren Blick zu. „Das werde ich nicht vergessen."

Jools steckte den Kopf in die niedrige Höhle. „Der Hauptmann will uns alle sprechen."

Hauptmann Rob hatte das ganze Bataillon auf einem Grashügel zwischen den beiden Netherportalen versammelt, um zu seinen Soldaten zu sprechen.

„Gute Arbeit, Späherin", sagte er zu Frida. „Die Informationen, die du mit Turner gesammelt hast, ermöglichen uns einen Überraschungsangriff auf die Griefer-Armee. Lady Craven ist sich ihrer Sache sicher. Sie wird glauben, sie könnte ungehindert in den Süden expandieren und die Eroberung der Oberwelt weiter vorantreiben."

„Man wird sich dort nicht mehr verstecken können", merkte Stormie an.

„Deshalb müssen wir Erfolg haben und sie auf die andere Seite dieses Bergs zurückzwingen." Der Hauptmann wandte sich an Jools. „Wir werden im Dunkeln kämpfen müssen. Kannst du uns mit Nachtsicht-Tränken versorgen?"

Jools nickte. „Sie sind bereits in meinem Brau-Inventar."

„Artilleristin? Bist du mit der Herstellung der TNT-Kanone fertig?"

„Negativ, Hauptmann. Mir fehlen noch einige Teile. Aber wir haben reichlich TNT."

„Wir können es mit dem Werfer abfeuern", fügte Frida hinzu. „Aber die Flugbahn ist auf diese Weise nur schwer vorauszusehen. Diese Methode wird also nur gegen große Monstergruppen auf kurze Distanz funktionieren."

„Klingt doch gut", meinte Turner.

„Mit wäre es lieber, wenn sie mir nicht allzu nahe kommen", murmelte Jools.

Crash deutete mit ihrer Spitzhacke auf den Berg.

„Vielleicht gelingt es uns mit unseren Grubenfallen, ihre Anzahl zu dezimieren", sagte De Vries.

Rob nickte. „Sie werden gut funktionieren, das haben wir bereits getestet. Aber wir müssen trotzdem auch auf den Fern- und Nahkampf vorbereitet sein." Er sah die ganze Gruppe an. „Wer damit nicht einverstanden ist, sollte jetzt die Hand heben."

Niemand rührte sich.

„Richter?", fragte Rob und zog fragend die Augenbrauen hoch.

Aber Tome war wild entschlossen und hob die Hand mit dem VBO-Ring. „Ich habe meinen Eid für eine freie Oberwelt bereits erneuert. Ich bin dabei."

„Dann werdet ihr drei jetzt offiziell in die Mission eingebunden. Hebt die rechte Hand." Feierlich schworen die Rekruten dem Bataillon und der Oberwelt die Treue. Dann wandte Rob sich an den Sergeant. „Turner? Waffenbericht."

Turner rieb sich die Hände. „Wir haben siebzehn Grubenfallen mit Kiestarnung. Die Pfeile im Werfer tauschen wir noch gegen TNT aus, das Stormie aus der Ferne mit Redstone-Leitungen auslösen wird. Jools hat Heiltränke und Gift vorbereitet. Außerdem wird er einige unserer Waffen mit Nemesis der Gliederfüßer belegen, falls weitere Silberfischchen auftauchen."

Er erhob sich und lief durch die Reihen, um Goldstiefel und -hosen zu verteilen, die zu den Helmen und Brustpanzern passten. „Wir werden in unseren Rüstungen großartig aussehen, Leute. Das ist zwar keine Diamantqualität, aber immerhin das Nächstbeste." Er ging zu Frida. „Das Bataillon hat übrigens beschlossen, dass du das hier haben sollst."

Vorsichtig überreichte er ihr ein wunderbar gearbeitetes, doppelt beschichtetes zweischneidiges Schwert. Eine Seite bestand aus Gold, die andere aus Diamant. Noch nie hatte sie eine solche Klinge gesehen.

„Ich … Ich weiß nicht, was ich sagen soll."

„Dann lass einfach das Schwert für dich sprechen", schlug Kim vor.

„Was hast du sonst noch, Sergeant?", drängte Rob Turner.

„Dank Bluedogs großartigem Schatz haben wir jetzt mehr Waffen und Zubehör als je zuvor – manches davon ist verzaubert. Wir besitzen sowohl feste als auch lose Blöcke, mit denen wir Mobs bewerfen können, Kurz- und Langbögen, stapelweise Pfeile und Klingen jeder Art. Wenn etwas kaputtgeht oder ihr plötzlich keine Munition mehr habt, geht einfach zur Versorgungstruhe und holt Nachschub."

Rob räusperte sich. „Damit kommen wir zu Plan B. Wenn ich euch das Signal zum Rückzug gebe, rennt ihr sofort zu unserem Netherportal und wartet dort auf weitere Anweisungen. Kim kümmert sich um die Pferde."

Stormie hob eine Hand. „Und wenn jemand ... stirbt?"

Der Hauptmann schnitt eine Grimasse. „Wiederauferstehen und den Rest des Bataillons wie gehabt im Nether treffen." Er erhob sich. „Das war alles. Bei Sonnenuntergang nehmen wir unsere Gefechtspositionen ein."

Die Versammlung löste sich auf, und das Bataillon kümmerte sich um die wenigen verbliebenen Aufgaben. Frida folgte Stormie zum Werfer, um ihr beim Umbau zu helfen.

„Das muss man dem Hauptmann lassen", meinte Stormie. „Er gibt nie auf. Und dabei ist das hier nicht einmal sein Krieg."

Frida schnürte es die Kehle zu. „Weißt du, Stormie, er hat mir einmal gesagt, dass ihn Grenzen nicht kümmern und dass wir alle nur Menschen sind. Er hat irgendwann akzeptiert, dass er in diesem Krieg mitkämpfen *muss*."

„Und dafür verdient er meinen Respekt."

„Nun, er ... mag dich sehr."

Stormie warf ihr einen Seitenblick zu. „Ebenso wie alle anderen von uns."

Frida ließ vom Werfer ab. „Ich habe gesehen, wie ihr zwei euch geküsst habt. Ich weiß, dass er *dich* erwählt hat."

„Du irrst dich. Es war ein eher trauriger Kuss. Du weißt schon, wie wenn man auf eine Party geht und viel Aufhebens um jemanden macht ... Aber nur, weil man weiß, dass man ihn nie wiedersehen wird."

Frida hatte keine Ahnung, wovon Stormie sprach, aber sie schien es ernst zu meinen. „Willst du uns denn verlassen?"

Die Abenteurerin richtete sich auf und stemmte sich eine Hand in den Rücken. „Alles zu seiner Zeit, Kleines."

Fridas Herz setzte kurz aus und sie drückte Stormies Arm. „Dann lass uns schleunigst die Grenzen befreien!“

*

Als die Nacht hereinbrach und langsam der Mond aufging, stand Bataillon Null bereit, gekleidet in goldene Rüstungen und zusätzlich gestärkt durch Nachtsichttränke. Fridas Erkenntnisse über die Beziehung zwischen Stormie und Rob hoben ihre Stimmung. Der Hauptmann wies jedem seiner Soldaten einen Posten zu.

Frida, Turner und Rob bildeten die erste Reihe im Hauptbunker. Richter Tome, De Vries und Crash positionierten sich hinter ihnen und sollten erst dann zum Einsatz kommen, wenn der Nahkampf unvermeidbar wurde. Stormie blieb in der Nähe des TNT-Werfers, für den De Vries einen Steinsockel gebaut hatte, damit die Artilleristin den Vorstoß der Monster genau beobachten konnte. Jools behielt die Vorratstruhe im Auge, damit er den Soldaten unverzüglich beistehen konnte, sobald jemand neue Munition oder einen Heiltrank brauchte. Kim hatte keine spezifische Position zugewiesen bekommen und sollte sich in der Nähe der Pferde frei bewegen, damit sie die Tiere wenn nötig in Sicherheit bringen konnte.

„Bataillon, bereit machen!“, rief Rob im schwindenden Licht.

Konzentriert nahmen alle ihre Positionen ein und horchten in die nächtliche Stille.

Schon bald ertönte zwischen den Bergen der altbekannte Chor lamentierender Zombies, untermalt vom eintönigen Geklapper der Skelette.

Turner ballte die Fäuste und streckte sie vor sich aus. „Meine Damen und Herren, es geht los!“

Frida und Rob schlugen ein.

Durch die verstärkte Nachtsicht konnten sie die Wellen aus Zombies sehr gut erkennen, die alle zielstrebig auf sie zumarschierten. Hier und dort verlor eines der Monster ein Bein oder stolperte und wurde entweder sofort von seinen Kumpanen zertrampelt oder stürzte ungebremst den Abhang hinab. Frida stockte der Atem, als sie die schnelleren Skelette beobachtete, während diese ihre fauligen Monsterkollegen überholten, um rascher den Berg hinunterzueilen. Scheinbar wahllos waren Mitglieder beider Monstergruppen mit allen möglichen Rüstungsteilen ausgestattet worden, die die Griefer auf ihren Raubzügen gestohlen hatten.

Da sich Legs, Bluedog und Rafe in der Stadt befanden, hatte das Bataillon das Überraschungsmoment auf seiner Seite. Frida fragte sich, unter wessen Befehl die Legionen agierten. Lady Craven hatte nach der letzten Schlacht Dr. Drecks Macht absorbiert, und es war sehr unwahrscheinlich, dass er damals wiederauferstanden war. Dingo und die anderen unwichtigeren Griefer besaßen weder die Erfahrung noch die Autorität, um einen so großen Trupp anzuführen.

Trotzdem schienen diese Monster einem Befehl zu folgen. Weiter und weiter entfernten sie sich vom Zombiegipfel und drangen in Richtung der Biomgrenze und der ahnungslosen Einwohner von Spike City vor.

„Ööööhh … ooohhh-*oh-oh!*" Das Geschrei der Zombies echote zwischen den Bergen und drang vor bis in die Ebene.

„Sie nähern sich!", stellte Frida fest und wappnete sich.

„Wartet auf meine Befehle", ermahnte Rob das Bataillon.

Dann erreichte die erste Welle aus Skeletten die Kiesfallen. Frida musterte die Monster, die nacheinander ausrutschten, nach hinten umfielen und dabei ihre Bögen verloren. Das Geräusch aufeinandertreffender Knochen wurde immer lauter, während ein Monster nach dem anderen in den Grubenfallen landete.

Turner befingerte unruhig seinen Bogen. „Jetzt, Hauptmann?"

„Warte noch", erwiderte Rob angespannt.

Die Zombies direkt hinter den gefallenen Skeletten hatten keine Chance. Die Schwerkraft forderte ein Opfer nach dem anderen, und ein Heidenlärm erhob sich, während die Zombies hilflos abstürzten. Doch schon bald wendete sich das Blatt. Die Skelette erfassten die Situation und änderten ihre Laufrichtung. Sie wichen den Gruben aus, während die Zombies weiterhin blind hineintappten.

Als sich die Skelette auf sechzig Blöcke Entfernung genähert hatten, stand Rob auf. „Bataillon Null, *Angriff!*"

Er ging auf ein Knie und zielte mit dem Bogen auf die endlosen Reihen aus Angreifern. Rob, Frida und Turner ließen einen Pfeil nach dem anderen von den Sehnen schnellen und verursachten durch ihre verzauberten Bögen ein Vielfaches an Schaden.

Pock! Wusch! Flirr! Der surrende Klang fliegender Pfeile vermischte sich mit dem Klackern loser Knochen, dem Gestöhne untoter Monster und den klagenden Geräuschen sterbender Kreaturen.

„Stormie! Es ist Zeit für unser TNT", brüllte Rob über den Lärm hinweg.

Der Werfer zischte und klickte, und kurz darauf ließen furchtbare Explosionen die Erde erzittern. Ein halbes Dutzend Geschosse fand ihr Ziel und erledigte jeweils mehrere

Zombies und Skelette, deren Rüstungen und Waffen wild umherflogen. Ein immer intensiverer Gestank wehte über das Land.

Im Bunker zogen sich Frida und ihre Kameraden etwas zurück, um nachzuladen, während die Neulinge vorübergehend ihre Plätze einnahmen. Alle drei stellten sich überaus geschickt an. Turner rannte zu Jools, der an der Vorratstruhe bereitstand und stapelweise Pfeile verteilte.

Ermutigend klopfte der Söldner dem Quartiermeister auf die Schulter. „Mach dich auf was gefasst, Junge. Jetzt wird's erst richtig interessant." Dann warf er sich auf den Bauch und kroch zurück in den Schutz des Bunkers.

Die Blende aus Bruchstein fing die meisten Pfeile ab, die die Skelette verschossen, aber einer erwischte De Vries am Arm, den er soeben aus der Deckung genommen hatte, um besser zielen zu können. Die Augen seiner Schwester glühten plötzlich vor Zorn. Wild entschlossen ließ sie ihren Bogen fallen und hob stattdessen einen anderen auf, der auf Flammenpfeile spezialisiert war. Ein Hagel aus brennenden Pfeilen ging auf die toten Fichten nieder, die sofort Feuer fingen und den schuldigen Skelettschützen und einige Zombies in Brand steckten. Die vielen Übungsstunden hatten die Zielfähigkeit der Bergbau-Expertin perfektioniert.

Das Feuer ging von einer Baumgruppe auf die nächste über, bis der gesamte Berg in einer einzigen Feuerkette loderte. Im verbesserten Licht bemerkte Frida eine Gruppe, die wesentlich koordinierter voranschritt und sich soeben auf den Weg bergab machte. Eilig stieß sie ihre Kameraden an.

„Seht ihr, was ich sehe?", rief Stormie beunruhigt.

Eine der Kreaturen war deutlich auffälliger als die anderen, denn sie trug ein Paar riesige Metallschwingen.

Kapitel 17

Es blieb keine Zeit, um einen Angriff gegen die herannahenden Griefer zu starten. Die Monster waren offenbar durch mehrere Spawn-Eier verstärkt worden, denn nie zuvor hatte Frida einen derartigen Ansturm gesehen. Für zehn Mobs, die in den Grubenfallen verschwanden, tauchten weitere zwanzig am Gipfel des mondhellen Berges auf. Mehr und mehr schwärmten aus und wälzten sich wie eine Lawine die Berghänge hinab, inzwischen allesamt abgelenkt von ihrem ursprünglichen Ziel.

Sie waren nur noch dreißig Blöcke entfernt … Die Verteidiger im Bunker konnten schon die schwarzen Augenhöhlen erkennen. Der Gestank der verrottenden Monster stieg ihnen in die Nase.

„Stormie! Feuer!“, befahl Rob. Es war vielleicht ihre letzte Chance, den TNT-Werfer zu benutzen, ohne dass die eigenen Leute ins Schussfeld gerieten.

Die Artilleristin aktivierte die Waffe – einmal, zweimal, dreimal … Aber nur der erste Block entzündete sich. Eine Sekunde später explodierten auch die beiden anderen, und es entstand eine enorme Druckwelle. Stormie wurde von ihrem Podest geschleudert, und alle anderen erlitten leichten Schaden am Kopf, als Brocken zerstörter Rüstungsteile, Fleischfetzen und Knochenstücke auf sie niederregneten.

Frida versuchte, ihre angeschlagene Wahrnehmung wiederherzustellen. Von ihrem Posten am Stall aus erkannte Kim eine Gelegenheit für einen weiteren Angriff. „Jools!", brüllte die Pferdemeisterin, so laut sie konnte. „Lade den Werfer mit Sand. Ich gebe dir Deckung!"

Der Quartiermeister tat, wie ihm geheißen, und verließ seinen Posten an der Vorratstruhe, als Nachtwind an ihm vorbeischoss und genau auf die Monstermassen am Fuße des Zombiegipfels zuhielt. Kim umklammerte die Zügel mit der einen und ein Schwert mit Bann-Verzauberung mit der anderen Hand und ging wie eine Furie auf die stinkenden Kreaturen los. Ihre Goldrüstung schützte sie vor dem ärgsten Schaden. Das selbstmörderische Manöver verschaffte Jools genügend Zeit, um so viele Sandblöcke in den Werfer zu stopfen, wie eben hineinpassten. Stormie hatte sich ebenfalls erholt und ließ eine Faust auf den Aktivierungsknopf niederfahren.

Kim lenkte Nachtwind zurück in Sicherheit. Kurz darauf hagelte es Sandblöcke, die in einem perfekten Bogen über den Bunker flogen und auf die Monster niedergingen, um sie nach und nach zu ersticken. Aber wie Stormie bereits vorhergesehen hatte, war das Zielen mit dem Werfer eine äußerst schwierige Angelegenheit. Einige der lärmenden, klappernden Monster entkamen und wandten den Menschen im Bunker nun ihre volle Aufmerksamkeit zu.

Sechzehn Blöcke lagen noch zwischen ihnen und dem wütenden Mob. Die Nähe zum Feind ließ Turner zu Bestform auflaufen. Er sprang auf die Beine und provozierte die Monster mit den kreativsten Sprüchen, die ihm einfielen, während er einen Pfeil nach dem anderen auf sie niederregnen ließ und schließlich sogar zu einer verzauberten Axt griff.

„Ist dir etwa *kalt*? Dann wärmt dich *das* hier vielleicht auf!"

Wusch!

„Willst du zu deiner *Mami*?"

Flirr!

„Ich hoffe, sie ist tot, denn du wirst sie erst im *Jenseits* wiedersehen!"

Pock!

Turners Enthusiasmus färbte auf die anderen Soldaten ab, die bald darauf ihre gesamte Munition verfeuert hatten. Die wandelnden Gerippe waren nun auf zehn Blöcke Entfernung vorgerückt; es war Zeit für die Wurftränke.

„Bataillon! Flaschen bereithalten!", rief Rob.

Alle wühlten in ihrem Inventar. De Vries und Crash fanden ihre Tränke als Erste und nutzten ihre Bögen, um die Monster mit dem klebrigen schwarzen Gebräu zu benetzten.

Doch zu jedermanns Schrecken zeigten sie keine Wirkung. Nur noch neun Blöcke, acht …

Frida erkannte das Problem. „Falscher Trank!" Schadenstränke konnten Untoten nichts anhaben – im Gegenteil, sie würden sie sogar heilen. Fieberhaft suchte sie nach den Flaschen mit roter Flüssigkeit und hielt eine in die Luft. „Werft diese hier, *schnell!*"

Die erfahreneren Spieler erkannten den Fehler der Neulinge und griffen nach den roten Tränken, um sie auf die herannahenden Monster zu schleudern.

Bämm … Bämm … BÄMM!

Ein Vorhang aus Heiltränken hing in der Luft und erfasste jedes Monster, das versuchte, hindurchzugehen. Ganz nebenbei wurden die Verletzungen des Bataillons geheilt.

Die plötzlich einsetzende Stille ließ die heisere Stimme

umso unheimlicher klingen, die vom Berghang kam. „Bataillon Null! Gebt auf … Eure Zeit ist abgelaufen!“

*

Jahre zuvor

Die kleine Frida kroch durchs Unterholz und spitzte die Ohren. Ihre allererste Teilnahme am Apfelkorps sollte auf keinen Fall mit einem Fehlschlag enden. Sie musste den Dschungeltempel erreichen und den goldenen Apfel erbeuten. Vorsichtig tastete sie sich vorwärts. Sie wusste, dass der Tempel nicht mehr weit entfernt war, konnte ihn aber durch das dichte Blattwerk und die Ranken, die von den Bäumen hingen, nicht sehen. Dann erreichte sie eine Lichtung, an der sich der Weg dreifach gabelte.

Welchen nehme ich …?

Sie wählte den linken … und plötzlich erschien vor ihr eine Gestalt.

„Mutter!“

Aber sie erhielt keine Antwort. *Eine Attrappe!*, erkannte sie und wählte kurz darauf den rechten Weg.

Eine weitere Gestalt blockierte ihr den Weg … Wieder war es Gisel, und erneut erhielt Frida keine Antwort.

Sie wählte den mittleren Weg und rannte, so schnell sie ihre Füße trugen, bis sie die moosbedeckten Tempelstufen erreichte. Dort lag ihr Schatz – angeleuchtet von einem einzelnen Sonnenstrahl, der durch das Blätterdach drang, glänzte direkt vor ihr ein goldener Apfel. Wieder erschien Gisels Bild – diesmal am Fuße der Treppe.

„Mami?“, rief Frida verunsichert.

Zu ihrer grenzenlosen Erleichterung erhielt sie jetzt eine Antwort. Ihre Mutter winkte sie zu sich und ergriff ihre Hand. Gemeinsam gingen sie zur goldenen Frucht, die Frida triumphierend aufhob.

„Aber … Wie lautet meine heutige Lektion?", fragte sie verwundert.

Das Mädchen besaß noch nicht die Reife, um es allein zu verstehen. „Folge stets deinem Herzen", erwiderte Gisel. „Vertrauen zu schenken bedeutet nicht immer Liebe, aber wahre Liebe bedeutet immer vollkommenes Vertrauen."

*

Frida versuchte, den nächsten Schritt der Griefer-Königin vorherzusehen. Lady Craven war inzwischen aus den Schatten getreten – gut fünfzig Blöcke entfernt stand sie da, umhüllt von den Eisenschwingen, die ihr als Schutz dienten. Da sie die Schwingen trug, hatte sie offenbar mit starkem Widerstand gerechnet … Aber es bedeutete auch, dass sie Angst davor hatte, Schaden zu nehmen. Man *konnte* ihr also schaden.

„Hauptmann! Sie wird ihre Truppen schicken, um Bluedogs Nethertruhe aufzuschließen. Wir haben so viele ihrer Skelette erledigt, dass sie sich neu bewaffnen müssen."

Jools hatte ihre Worte gehört und rief von seinem Posten aus: „Das bedeutet, dass unsere Beute in Gefahr ist! Wir müssen unser Portal sichern."

Rob wusste, dass die beiden recht hatten. „Bataillon … Rückzug zum Portal. Unteroffizier Kim! Du kümmerst dich um die Pferde."

Eiligen Schrittes befolgten sie seinen Befehl, während sich eine neuerliche Bedrohung auf den Weg den Berghang hinab machte.

Eine Einheit aus Spinnenreitern kam in Formation auf sie zu. Die Skelette trugen Schwerter, und die Giftzangen der Achtbeiner troffen vor lauter Vorfreude auf baldige Beute.

„Hauptmann!", schrie Kim. „Spinnen sind Gliederfüßer!"

Turner ließ seine Waffen fallen und griff in seinem Inventar nach zwei Äxten, die mit der passenden Verzauberung belegt waren. „Gleich gibt's frische Spinnenbeinchen zum Frühstück", grollte er.

Crash zog an Robs Ärmel, schwang ihre Spitzhacke, und der Hauptmann nickte. „Ihr zwei haltet die Monster auf, während wir unsere Vorräte durch das Portal retten. Rückkehr auf mein Kommando." Er ließ Turner und Crash am Bunker zurück, wo sie sich um die wandelnden Leichen kümmern sollten.

In ihrem Eifer, möglichst schnell den Abstand zwischen Berghang und Bunker zu verringern, übersprangen die achtbeinigen Monster ganze Blöcke. Die Skelette hatten Schwierigkeiten, sich auf dem Rücken der wunderlichen Reittiere zu halten, und der Klang klappernder Knochen und scheppernder Rüstungen hallte ohrenbetäubend laut durch die Nacht. Fridas Herz schlug wie verrückt, während sie, begleitet von Turners trotzigem Gebrüll, zum Bataillonsportal rannte.

„Hast du Hunger, kleines Spinnchen? Wie schmeckt dir meine *Axt?*"

Frida hörte das Geräusch zweier Diamantschwerter, die durch acht Spinnenbeine schnitten wie ein heißes Messer durch Butter. Sie warf einen Blick über die Schulter. Crash hieb wild um sich und erledigte gleichzeitig zwei Skelette, indem sie ihre rasiermesserscharfe Spitzhacke zunächst nach vorn und dann nach hinten schwang.

Turner ahmte die Technik sofort nach. Er stampfte mit den Füßen Löcher in den Boden und sicherte so seinen festen Stand, während er den Oberkörper hin und her schnellen ließ und mit seinen Nemesis-Äxten ein wahres Schlachtfest veranstaltete. „Hätt' ich euch heut' erwartet, hätt' ich *Kuchen* da!"

Schon nach kurzer Zeit war die Einheit aus Giftspinnen und Skeletten erledigt. Turner und Crash starrten einander an und kreuzten dann siegreich grinsend ihre Klingen. Der Hauptmann rief sie zu sich, und bald waren die Trupps wieder vereint.

Nicht abgeschreckt vom Misserfolg ihrer berittenen Einheit und aus sicherer Entfernung verkündete Lady Cravens heisere Stimme: „Ihr seid diejenigen, die gleich als Nachtisch enden werden, Bataillon Null. Und zwar für *die hier!*"

Aus einer Höhle floss ein endloser Zombiestrom – ganze Familien, Mutationen, Köpfe ohne Körper, Körper ohne Köpfe, transformierte Dorfbewohner, verfluchte Tiere … sogar kleine, zerbrechliche alte Zombiedamen mit Krückstöcken kamen auf sie zu. Frida hatte noch nie ein solches Ausmaß an Zombiepräsenz erlebt und bedauerte für einen Moment, dass sie ihrem treulosen Bruder das schützende Medaillon überlassen hatte.

Sie beobachtete Stormie, die das Rohrsystem überwachte, das gerade die Bataillonsvorräte in den Nether transportierte. Die Abenteurerin wollte nichts lieber, als wieder durch diese Oberwelt reisen, sie erforschen und entdecken. Wenn sie sich plötzlich überfordert fühlte, konnte sie sich jederzeit vom Bataillon trennen – und Frida würde das verstehen; schließlich war Stormie im Dienst ebendieses Bataillons schon einmal gestorben.

Ungeduldig trat Jools neben ihr von einem Fuß auf den anderen und setzte in Gedanken ein Häkchen neben jeden Gegenstand, der an ihm vorbeizog. Der Quartiermeister war einst ein neutraler Spieler gewesen, der zwar immer auf der Suche nach profitablen Konflikten war, aber seine Loyalität niemals eindeutig der einen oder anderen Seite geschenkt hatte. Erst Rob hatte ihn davon überzeugt, seine Talente in den Dienst des Bataillons zu stellen, bis der letzte Kampf vorbei war … Aber wie lange würde diese Überzeugung halten?

Frida wischte sich über das verschwitzte Gesicht und lächelte Turner zu, der ihr bei seiner Rückkehr freundschaftlich auf die Schulter drosch, um sich gleich darauf auf die Munitionsvorräte zu stürzen. Ihr alter Freund und Sparringpartner war von all diesen Leuten hier wahrscheinlich am einfachsten gestrickt, denn sein Herz kannte nur eine Leidenschaft: das Geldverdienen. Und obwohl sie sich in der Vergangenheit mehrfach über diese eingleisige Denkweise aufgeregt hatte, beneidete sie ihn jetzt um sein schwarz-weißes Weltbild. Aufgrund der immensen Reichtümer, die in den Nether gebracht worden waren, bestand durchaus die Möglichkeit, dass er sich für den Reichtum anstatt für die Solidarität entschied.

Die drei neuesten Rekruten hatten am meisten zu verlieren. Zwar hatten sie bisher nicht so viel in diesen Krieg investiert, aber auch weitaus weniger Erfahrung gesammelt. So war die Wahrscheinlichkeit deutlich höher, gefangen genommen zu werden oder sogar zu sterben. Den Umgang mit Schwert und Bogen hatten sie erst kürzlich gelernt, und ihr XP-Stand war niedrig.

Nun trat Kim zum Portal, mit Saber und seiner ganzen Herde im Schlepptau. Alle bis auf Gnom trugen ihre Sättel.

Frida wusste, dass Kim den Leithengst liebend gern auf ihre Ebenen-Ranch gebracht hätte, die auf der anderen Seite dieser Berge lag. Wenn es jemand verdiente, endlich nach Hause zu gelangen, dann war es die Pferdemeisterin des Bataillons.

„Hauptmann! Zu Pferd können wir diesen Zombies sicher entkommen."

„Aber nicht Beckett." Jools bekam die Worte kaum heraus.

„Die Vorräte sind fast alle gesichert, Hauptmann", meldete Stormie. „Sollen wir hinterher?"

Sie starrten allesamt auf den Berghang, der nur noch aus einer wogenden Masse taumelnder Körper bestand.

Rob zögerte. Frida wusste genau, wo er jetzt sein wollte. Trotzdem hatte er sich die Führung dieses Bataillons aufgebürdet, um einen Krieg zu führen, den er vielleicht nie gewinnen würde.

Aus dem Augenwinkel bemerkte sie eine Bewegung nahe der Lorenschienen.

Vielleicht hatten sie doch noch eine Chance.

*

Frida sprach kurz mit Jools, und die beiden erläuterten Rob ihre Idee. Er erklärte sich einverstanden, musste aber im Zuge dessen eine schwere Entscheidung treffen. Sieben Soldaten konnten eine derartige Masse an Zombies nicht lange aufhalten. Wenn sie hierblieben und Fridas Plan nicht aufging, würden Bataillon Null und die Einwohner von Spike City den nächsten Tag vielleicht nicht mehr erleben. Aber wenn Rob sie jetzt alle in den Nether schickte und ihr Plan damit fehlschlug, mussten die Stadtbewohner *definitiv* sterben.

Rob bat Richter Tome um Rat, der das Treffen schwieriger Entscheidungen schließlich zu seinem Beruf gemacht hatte.

Der Richter warf einen Blick über die Schulter und entgegnete: „Wenn du dir unsicher bist, lass uns einfach abstimmen."

Es war die schnellste einstimmige Wahl, die der Richter je erlebt hatte. Alle wollten bleiben.

„Bist du sicher, Quartiermeister?", fragte Rob.

Jools winkte ab. „Geht! Aber befolgt meine Anweisungen aufs Wort."

Rob und Frida sprangen auf ihre Pferde und ritten zum Berghang. Die Bataillonsmitglieder stellten alle Fackeln auf, die sie bei sich trugen, um die Mobs so lange wie möglich fernzuhalten.

„Holt sie euch!", brüllte Turner, dessen Kampfgeist erneut geweckt worden war.

Frida und Rob jagten auf ihren Tieren am westlichen Rand des Vorgebirges entlang – die Lorenschienen auf der einen Seite und die Zombies auf der anderen. Sie und der Hauptmann konnten nun eindeutig erkennen, was auf den Schienen vor sich ging: Lady Craven saß in einer Lore und hatte sich, flankiert von einigen Wachsoldaten, auf den Weg zum Portal gemacht.

„Wir müssen sie abfangen", erkannte Frida.

Rob brummte nur, während Saber und Ozelot weiter bergauf galoppierten. Die verkohlten Reste der Bäume, die vorhin noch hier gestanden hatten, knisterten, während die Pferde im Slalom um sie herumliefen. Wieder einmal überraschte Ozelot ihre Besitzerin mit ihrer Verlässlichkeit in brenzligen Situationen. Wie hatte sie eigentlich jemals ohne dieses Pferd überleben können?

Die Tiere gewannen an Boden, während sie sich der Lore näherten, die mit vorprogrammiert gebremster Geschwindigkeit bergab fuhr. Als sie auf zwanzig Blöcke herangekommen waren, zogen Rob und Frida ihre Bögen, um Warnschüsse auf die Lore abzufeuern. Lady Craven lachte keckernd. Mehr Pfeile umschwirrten die Griefer-Königin und trafen ihre Begleiter, prallten jedoch an den Eisenschwingen ab.

Plötzlich stolperte Saber und fiel auf die Knie. Rob wurde beinahe aus dem Sattel geschleudert. Sie rutschten zwei Blöcke nach hinten, aber der Hauptmann konnte sich im Sattel halten, und Saber richtete sich mühsam wieder auf. Doch als der stolze Hengst weiter bergauf laufen wollte, gehorchten ihm die Beine nicht mehr.

„Frida! Er lahmt wieder. Du musst es allein schaffen!"

Frida zügelte Ozelot und blieb neben Rob stehen. „Ich … kann nicht, Hauptmann."

„Oh doch, du kannst, Unteroffizier. Wenn es jemanden in dieser Oberwelt gibt, der in der Lage ist, Lady Craven aufzuhalten, dann bist du das." Rob schluckte schwer. „Ich wusste es schon damals, als du mich im Dschungel gefunden hast – du warst die stärkste und mutigste Person, die mir je begegnet war."

Frida bezweifelte stark, dass sie dieser heldenhaften Beschreibung gerecht wurde.

Rob flehte sie an. „Meine … Gefühle für dich sind sehr kompliziert, Unteroffizier. Aber ich weiß, wozu du fähig bist. Vertrau mir."

Frida blickte ihn durch einen Tränenschleier an. Dann wendete sie ihre Stute und ritt davon.

Sie vertraute ihm tatsächlich, und sie vertraute Ozelot. Jedes andere Pferd wäre bei dieser Geschwindigkeit auf dem felsigen Untergrund ins Straucheln geraten. Sie hatte wertvolle Zeit verloren ... aber sie konnten die Lore immer noch erreichen.

Das Geplärre der Zombies übertönte sogar Lady Cravens Rasselstimme, sodass Frida nicht hörte, was ihr die fliehende Frau zurief. Die Überlebenskünstlerin war der Grieferin nie zuvor so nahe gekommen und hatte daher noch nie das kalkweiße Gesicht mit den schwarzen Lippen und smaragdgrünen Augen gesehen, das als einziges entblößtes Körperteil aus den Eisenschwingen ragte.

Als Ozelot die Lore erreichte, zog Frida ihr Schwert. Sie konnte nur hoffen, dass durch die Adern der Verbrecherin normales Blut floss.

Beim Anblick der Waffe retteten sich Lady Cravens Bodyguards mit beherzten Sprüngen aus der Lore – ein Tod durch Fallschaden schien ihnen willkommener, als Fridas Schwert kennenzulernen. Lady Craven selbst war an die Lore gebunden – die sperrigen Eisenschwingen ließen keinerlei Bewegung zu.

Frida galoppierte einige Blöcke weiter vorwärts, sprang aus Ozelots Sattel und rammte einen Goldbarren zwischen Schiene und Lorenrad. Das Gefährt stoppte abrupt. Panisch hieb die Grieferin mit ihren langen schwarzen Fingernägeln auf den Computerbildschirm ein und versuchte, die Programmierung zu überlisten.

Frida erklomm den Rand des Waggons, hielt ihr doppelseitiges Schwert vor den Hals der bleichen Frau und sah ihr in die Augen. Lady Craven griff nach dem verzauberten Medaillon, das ihr um den Hals hing.

„Zu spät!" Frida erfasste die Kette mit der Schwertspitze und schleuderte sie fort. Das Gezeter der Zombies ließ nach, aber die Kreaturen liefen weiter den Berghang hinab. „Deine Monster können dich jetzt nicht mehr retten."

„Dafür töten sie gerade deine Freunde!"

„Ich bezweifle, dass sie das noch schaffen werden." Frida hielt weiterhin das Schwert auf Lady Craven gerichtet und beugte sich vor. Mit der freien Hand tippte sie einen Befehl ein, den ihr Jools verraten hatte. „Du hast soeben die Kontrolle verloren."

Die ehemalige Griefer-Königin blickte nervös auf den Bildschirm und kreischte. Dort stand:

/gamemode 1

Frida drückte *Enter*.

Plötzlich verstummte das aggressive Gestöhne. Die Zombiehorde auf dem Berghang hielt inne und torkelte auf einmal ziellos umher. Ihre Laute klangen nun eher verwundert – als wüssten sie nicht, was sie hier sollten. „Ööööhh … *ooohhh?*"

Dann erhob sich ein Jubeln aus Richtung des Portals. Die Jagd war vorüber. Die Soldaten waren in Sicherheit. Und heute Nacht würde kein Monster die Ruhe von Spike City stören.

Fridas Schwertarm zitterte, als sie einen weiteren Befehl eingab:

/kill

Lady Craven riss die grünen Augen auf. Verzweifelt versuchte sie, aus der Lore zu entkommen. Aber diesmal drückte Frida nicht *Enter*.

Das war auch nicht notwendig. Das Spiel der Grieferin

befand sich bereits im Kreativmodus, und kein feindliches Monster würde mehr irgendwelchen Befehlen gehorchen.

Frida stieg von der Lore und ergriff Ozelots Zügel. Dann schlenderte sie davon. Lady Craven hier zu töten würde das Böse in der Oberwelt nicht aufhalten. Früher oder später würde sie den richtigen Cheat finden und die Modi wieder wechseln. Sie würde zurückkehren und die Welt erneut im Überlebensmodus bedrohen. Aber wenn es so weit war, würde Bataillon Null bereitstehen. Denn Frida und ihre Freunde liebten diese Welt und würden sie beschützen.

Geistesabwesend berührte sie ihr Nackentattoo, während sie mit ihrem Pferd im Schlepptau den Berg hinablief. Das Überleben war für sie keine einsame Aufgabe mehr, und Aufgeben war keine Option. Frida würde weiterkämpfen, um diese Biome zu verteidigen, und zwar ewig, wenn es sein musste. Und jetzt, da sie wieder wusste, warum sie all dies tat, gab es endgültig kein Zurück mehr. Sie war für diese Aufgabe geboren worden.

DIE BISHER ERSCHIENENEN ABENTEUER VON CAPTAIN UNDERPANTS!

Captain Underpants Band 1
272 Seiten
ISBN 978-3-8332-2544-4

Captain Underpants Band 2
304 Seiten
ISBN 978-3-8332-2545-1

Captain Underpants Band 3
360 Seiten
ISBN 978-3-8332-2564-2

Captain Underpants Band 4
360 Seiten
ISBN 978-3-8332-2565-9

Captain Underpants Band 5
304 Seiten
ISBN 978-3-8332-2565-9

Captain Underpants Band 6
224 Seiten
ISBN 978-3-8332-2986-2